ハヤカワ
時代ミステリ文庫
〈JA1488〉

サムライ・シェリフ

戸南浩平

早川書房
8675

目次

サムライ・シェリフ

序章　凶弾の夏

一

一八七八年（明治十一年）、アメリカ合衆国、カリフォルニア州。

天の彼方まで続く真っ青な空には、灼熱の太陽が輝いていた。狂暴な光を地上へと突き刺し、荒野の街に濃密な影をつくっている。

けたたましい馬の蹄《ひづめ》が響き、五頭の馬がやって来た。乾ききった大地に土ぼこりが舞う。

いななきとともに馬が止まった。

真っ黒に日焼けした男が馬から降りた。

ジャック・モーガン。口髭を生やした顔は引きしまり、鋭い目は不気味な光を放っている。

他に四人の男たちが、音をたてずに馬を降りる。

五人は静かに馬をつなぎ、バンダナで顔を隠した。

ガンベルトから拳銃を抜き、足音を忍ばせてすばやく銀行に入ってゆく。襲撃して現金を強奪する作戦だった。

カウンター内には、白シャツ姿の銀行員が数名。客らしき人間はいなかった。

カウンターへと近づいたモーガンは恫喝の声をあげようとした。が、その時、カウンターやデスクの下に隠れていた男たちが顔を出した。

「動くな!」銃をかまえた男が叫ぶ。待ち伏せをしていたシェリフたちだった。直前に銀行襲撃の情報を得ていたのだ。

だが次の瞬間、モーガンは身を伏せつつシェリフに向けて銃を放った。

撃たれたシェリフが胸を押さえながらも撃ち返してくる。

モーガンたちは体を反転させ、入口ドアから逃亡を試みたが、すでに外は別動隊に固められていた。

銀行内での銃撃戦が始まった。

仲間の一人が銃弾を受けて倒れた。なおも応戦するが、次々と他の仲間たちが負傷してゆく。

モーガンも左腕を撃ち抜かれた。激痛が走る。

モーガンは逃亡を図ろうとし、黄燐《おうりん》マッチを床で擦り、近くにあった書類の束に近づけた。火がつき、白い煙が上がる。

テーブルの上に置いてあった酒瓶に、飛び交う流れ弾が当たった。瓶が割れてまき散らされた酒に引火した。

あっという間に銀行内に炎が広がった。煙がたちこめ、視界をふさぐ。

その混乱に乗じ、モーガンは左肩を押さえながら裏口から逃亡を図ったが、馬で逃げようにも、すでに見張りたちに確保されていた。

やむなく、姿勢を低くしたまま建物の陰に隠れた。全身から汗が吹き出し、胸を波打たせてあえぐ。

銀行内ではいまだ銃声と怒声が飛び交っている。

モーガンは建ち並ぶ建物の裏手を走る。町の端に、つながれている馬を見つけた。その馬を奪おうと走っていった。

その時、モーガンの耳は撃鉄を起こす重い金属音をとらえた。

落ちる。

「モーガン！」鋭い声が響いた。

モーガンの背がびくりと動き、立ち止まった。心臓が激しく鼓動する。汗が頬を流れ落ちる。

ゆっくりと後方を向く。

と、二十メートル後方に、ショットガンをかまえた男が立っていた。

二十代の精悍な白人の男だった。

モーガンの手がホルスターに伸びようとしたその瞬間、「銃に触るんじゃない！」男の声が突き刺さる。

モーガンの手が止まる。

「お前の背中をねらっているぞ」男が静かに言った。「そのまま両手を頭の上にあげろ」

モーガンが手を肩の上まであげてゆく。

「私はスティーブ・マイルズだ。モーガン、お前を逮捕し、合衆国の法に基づいて、裁判にかける。――おとなしく縛に着け」

マイルズは冷静な声で続ける。

「手をあげたまま膝をつくんだ。ゆっくりとだ」

モーガンは指示どおりに膝をついた。喉がひりつくように渇く。乾ききった熱風が肺に侵入してくる。

少しずつマイルズが背後から近づいて来る。

その時、モーガンの目は左の頭上に人影をとらえた。

マイルズも気づいたようで、はっと注意を向けた。

二歳くらいの幼女が、二階の窓から身を乗り出してこっちを見下ろしていた。何かの拍子に転げ落ちそうだった。

「モーガン、動くなよ。銃口はお前に向いているぞ」マイルズは牽制《けんせい》したのち、「危ないから、中へ入って」と、幼女に呼びかけた。

だが、幼女はそれでも室内へ引っこもうとしない。

「親はいないのか。何をしているんだ」マイルズは、モーガンに注意を向けたままで周囲に叫ぶ。

「誰かいないのか！　小さな女の子が窓から落ちそうだ。早くなんとかしてくれ」モーガンの背にねらいを定めたまま叫ぶ。

それでも誰の反応もない。銀行強盗と火事騒ぎで、人が出払ってしまっているのだ。いまだ遠くで怒号と銃声が聞こえている。

マイルズはモーガン逮捕を優先することにしたようだった。

「よし、モーガン、次はうつ伏せになるんだ。ゆっくりとだぞ」

その時だった。

幼女が手をかけていた窓枠の桟《さん》が、腐っていたのか、かかった体重でバキリとはがれた。

身を乗り出していた幼女の姿勢が崩れた。体が前のめりになり、宙へと上半身が出た。頭の重さに引っ張られて大きく振れ、屋根へと転げ落ちてしまった。

板葺《いたぶ》き屋根の上をゴロゴロと転がってくる。

マイルズは一瞬迷っていたが、銃を片手に持ったままで、すぐさま幼女の落下地点へと走った。

幼女が庇の端から下へと落ち、地面にたたきつけられる寸前、ショットガンを投げ捨て、両腕を差し出す。

土ぼこりを舞い上がらせながらダイビングした。両腕に激しい負荷がかかったが、地面につけることなくしっかりと幼女を受けとめた。

そして、ほっとする間もなく幼女をその場に寝かせ、ショットガンを拾い上げてかまえようとした。

だが、その機会をモーガンが逃がすはずはなかった。

マイルズが再び銃をかまえた瞬間には、すでにモーガンが銃口を向けていた。

ねらいをマイルズの額にピタリと当てている。

マイルズは動きを止めて固まった。

「残念だったな」モーガンが薄笑いを浮かべる。

「……」蒼ざめたマイルズの顔から汗が浮き出る。

「マイルズ、合衆国の法はどうだか知らないが、――」低く邪悪な声が響く。「ジャック・モーガンの法に従えば、――お前は即、死刑だ」

そう告げるやいなや、モーガンは引き金を引いた。

人けが失せた街に銃声が轟く。

マイルズの額が撃ち抜かれた。体が崩れ落ち、仰向けに倒れた。土ぼこりが上がる。

額から流れ出た赤い血が、黄土色の地面へと垂れ、あっという間に吸いこまれて黒い土へと変わる。

幼女がけたたましい泣き声をあげていた。

モーガンは、死体となったマイルズとそのかたわらで泣き叫ぶ幼女を冷たい目で見ていたが、再びゆっくりと撃鉄を起こした。

そして、もう一度、銃声が轟いた。
幼女の小さな頭が撃ち抜かれ、マイルズに折り重なるように倒れた。
二人とも静かになった。
モーガンは銃口から立ち昇る煙を口で吹くと、くるりと銃をまわしてガンホルスター
に差し入れた。
辺りに硝煙の臭いがたちこめる。
ズボンについた土を払うと、モーガンは軽い笑みを浮かべる。
きびすを返すと、土煙が舞う中を去っていった。

二

暗闇の中で小さなうめき声がした。
さびた鉄の蝶番《ちょうつがい》がきしむ音が反響する。
闇の上方に、ぽかりと四角い光ができた。ドアが開いたのだ。
縦長の長方形に切られた光に、人形《ひとがた》の影ができた。

バタンと閉められる。

蠟燭を灯した影が階段を下りてくる。

「ジャック」ほのかな炎を手にした男がささやいた。

蠟燭の炎に、浅黒い肌に汗をかいた男の顔が映し出された。

潜りの医者のヨーデフだった。六十くらいの歳で、でっぷりとした大きな体。後頭部に白い毛を残しただけの禿げた頭。口や顎の周りを白い不精髭がおおっている。

「ジャック」ヨーデフがもう一度声を発した。

「ああ、起きている」モーガンが応えた。

「大変だ」

「なんだ、どうした？」モーガンは眠そうな声を出す。

「ついにこの町にもシェリフどもがやって来た。そこらじゅうをうろついている」酒臭い息に少し怯えた色がにじむ。

「ふん」モーガンは舌打ちした。「ずいぶん早いな。もうここまで来やがったか」

「やばいぞ、ジャック。お前が殺《や》ったのは、上院議員の息子のスティーヴ・マイルズって奴だ」

「だからどうした」

「あんたをねらう警察の狼どもが十倍以上に増えるだけでなく、目の色が違ってきている」

モーガンは裸の上半身を起こすと、不敵に笑う。

「そいつは恐ろしいな」

モーガンは、左腕の肩から肘まで包帯を巻いて寝ていた。

港町で医院を開業している古い知り合いのヨーデフにかくまわれ、海岸の一軒家の地下に、左腕に受けた銃創を癒すために身をひそめていた。

「けど心配するな。ここは見つからんよ」藪医者が声に不安を残しながらも、自分に言い聞かせるようにしゃべる。「この地下室にいりゃあ、大丈夫だ」

モーガンは薄笑いを浮かべる。

――このヨーデフは、潜りの医者として当局に目をつけられているから、ここだって充分に危ない。

モーガンは立ち上がると、ガンベルトをつけた。

だるそうな足取りで階段をあがってゆく。ヨーデフが後からついてくる。

一階のキッチンへと出ると、板張りの床を歩き、ペンキのはげたドアを開けた。

外へと出た。目の前には海が広がり、潮風が頬をなでる。

白波をたてて沖へと出て行く漁船が遠くに見える。漁師が捨てていった魚を取り合うようにカモメたちが何羽も飛び交っている。

モーガンはズボンのポケットから煙草を取り出してくわえると、黄燐マッチを庇を支える柱で擦り、火をつけた。

マッチを振って火を消し、柱に縦に走っていた亀裂に差しこんだ。

煙を吸い、ゆっくりと吹き出す。

「あいつは馬鹿だ。おれを撃った後にガキを助ければいいものを。銃を投げ出しやがった」

「お前を撃った後じゃあ、間に合わなかったからじゃないのか」ヨーデフが上目づかいで見る。

「なら、なおさら馬鹿だ。ガキは助かっても、自分が死んじまった。さらにその後、ガキも死んだしな」

「そうだな」ヨーデフは話を合わせた後、不安そうに眉を寄せる。

「これからどうするんだ。――今回ばかりはお前もまずいぞ。なにせマイルズは有力者の義理の息子だ。警察はお前をとっ捕まえるためにしゃかりきになっている」顔色をうかがうように続ける。「――しばらく遠くへ行って、ほとぼりを冷ましたほうがいいんじゃないか」

モーガンは口の中の粘ついた唾を吐き捨てると、

「ああ、実はおれもそう思っていた」低い声で言った。

ボーッと汽笛が鳴った。

モーガンは遠くを見つめたまま煙草をくゆらしている。

「どこかあてがあるのか？」ヨーデフがさらに聞く。

その瞬間、モーガンは拳銃を抜くと、餌を取り合っているカモメ二羽に向けて引き金を引いた。

銃声が轟き、その余韻が空に消えてゆく中、二羽のカモメがきりもみしながら落ちてきて、海面にあたって水しぶきをたてた。

モーガンはつぶやいた。

「日の出ずる国か……」

三

横浜元町の料理屋では、酔客の陽気に騒ぐ声が響いていた。むせるような濃厚な酒のにおいに、醤油や味噌、食べ物のにおいが混然一体となって漂っている。

二階では、元士族の男たちが飲み食いしていた。無精ひげに酒焼けした肌。三人ともいかにも荒れた生活をしている不逞《ふてい》の輩《やから》だった。関東のほうぼうで、刀を突きつけて商人から金を強奪している凶悪犯である。浪人たちは女給にちょっかいを出し、袖を引っ張っては体に抱きつき、無理やり口吸《くちす》いをしたり尻を触って乳をもむなど、狼藉《ろうぜき》の限りを尽くしていた。

その連中の隣の部屋には二人の刑事がいた。

一人は歳が二十九で、名は三崎蓮十郎《みさきれんじゆうろう》。焦げ茶色の色あせた着物に袴《はかま》。仕込み杖を肩にもたせ掛け、酒の代わりの茶に口をつけている。

細身ながら筋骨のしっかりした体で、精悍な顔だが、どこかとぼけた愛嬌がある。ざんぎり頭のボサボサの髪を伸ばしていたが、夏になって暑くなり、だいぶ刈りこんでいた。

もう一人は、歳は二十七で、名は伝六《でんろく》。ずんぐりむっくりの体に丸い顔に丸い鼻。刑事というよりは噺家《はなしか》にいそうな男だった。

二人は無言で顔を見合わせた。三崎が目配せをする。

伝六はうなずくと、そっと襖を開けて廊下へと出た。

忍び足で階段を下りてゆく。

それを見届けると、三崎は盃を置き、腰を浮かした。仕込み杖を手に、その時を待つ。

三分ほどじっと待っていると焦げ臭いにおいがしてきた。

薄く白い煙が階下から漂ってくる。

「火事だー!」突如、叫び声が響いた。

階下では、あわただしく行き交うドタドタという足音。

煙はさらに濃くなってきて、二階へと昇ってくる。

階段を踏み鳴らして伝六が駆けあがってきた。

そして、不逞浪人の部屋の前で膝をつき、襖をガラリと開け放った。

「どうした、焦げ臭いな」「騒がしいぞ」「なにがあった」酔っ払った男たちが口々に問いただす。

「勝手場で火が出まして」伝六が汗だくの顔で訴える。「みんなして水をぶっかければ消せると思うんで、申し訳ないんですが、旦那方、お力をお貸しください」切羽詰《せっぱつ》まった顔で畳に頭をこすりつけんばかりに頼む。

「うーむ」浪人たちは、半分めんどくさそうながらも、「よーし、わかった」期待されて若干嬉しそうでもあった。

抱いていた女を放して立ちあがった。

浪人たちが伝六に導かれ、一階へドスドスと下りてゆく。女たちもこの機に、逃げ出してゆく。

一方、隣の部屋では、三崎が襖ごしに聞き耳をたてていた。

しばらく待って、立ち上がる。

隣につながる襖を静かに開けた。

ねらい通り、男たちの飲んでいた席の後ろには、白刃を仕込んだ杖が置かれたままになっている。

――しめしめ。

ほくそ笑んだのもつかの間、予想外のことがあった。

三人ともいないと思っていたら、一人が残って酒を飲んでいた。

赤ら顔ですっかりできあがっていて、暗くよどんだ目をこちらに向ける。

目が合った。

向こうは少し顔をしかめただけで、興味もなさそうだった。

三崎は敵意のない顔で男を見ると、のんびりした声で聞いた。

「貴公は手伝いに行かんのか」

「わしが行くほどのこともない」うるさそうに言い捨てる。

「そうか」

男は目線を上げ、三崎を見る。

「なんだ、お主は」

「ああ、おれか」

「何か用か」

「まあ、あると言えばあるな」

「なんだ」苛立たしげな声。

「実は、おれはあんたらを捕まえにきたんだ」

沈黙。

浪人は、言われた意味がわからないように眉をしかめる。

だが、少ししてその意味が腹に落ちたのか、「なっ……」浪人は驚いた顔で目を見開いた。

その瞬間、三崎は素早く動いた。足をすべらせ、間合いを詰める。

ドスッ！　仕込み杖の先を浪人の腹に一発突き刺した。

「グエッ！」うめき声をあげた。浪人の口中に、胃の中からせり上がってきた汚物がふくらんだ。

見開いた両目の眼球が寄り、畳へと吐き出しそうになった。

その寸前、間一髪、三崎は足先で箱膳を押し、男の体の下にすべりこませた。

男が吐き出した。吐瀉物《としゃぶつ》が箱膳の上にボタボタと落ちる。男はそのまま前のめりに倒れ、頭を畳にぶつけて気絶した。

三崎は軽く息をついた。

狂言火事はうまくいったようだった。鍋の中に薪を入れて燃やしたのだ。

――まあ、まずまずだ。畳の上にまき散らされたんじゃ、女中も掃除するのが大変だろう。

とにかく、斬り合いなんて修羅場は願い下げだ。鴨居とかにも刀が食いこんで、畳が血だらけになる。後の掃除が大変だし、畳を換えなきゃならなくなると、弁償ものだ。

警察が経費で出すからいいんだろうが、一応、税金だものな。

消火を見事に果たした気になっている浪人たちが意気揚々と戻ってきた。

後ろからついてくる伝六がしきりにお礼を述べつつヨイショもする。

男たちがご機嫌で部屋に入ってきた。

だが、そこで見たものは、口の端からよだれを垂らし、壁にもたれて寝入っている相棒の姿だった。

「何やってんだよ」しょうがねえなあという顔をしたが、すぐに異変に気が付いた。

自分たちの大切な武器である仕込み杖が消えていることに。

三崎は隣の部屋へ通じる襖をガラリと開けた。

そして笑顔で言った。

「あぶないからな。刀は預からせてもらったよ」

「なんだ貴様は」浪人どもは不可解な表情。

「江戸の頃でいうなら、御用だ！　ってやつだな」

浪人たちははっとして伝六を振り返った。

「もしや、あの火事は狂言か……」

伝六は申し訳なさそうに笑う。

三崎が諭《さと》すように告げる。

「こんな所で斬り合いなんかしたくないからな。大人しく捕まってくれ」

浪人たちの顔が、怒りでみるみる真っ赤になった。

「くっそう、はかったな」

「火消しに力を貸したことは、えらい。そのことについては、お奉行様、いや、裁判官に罪を軽くしてもらえるよう、口添えしてやるからな」

「うるさい！」

「助かったよ」三崎はぶつけられる怒りをかわすように穏やかな声で続ける。「火事なんておれの知ったことかって放っておかれたら、こっちの策も不発だった。――あんたら二人には、良心が残ってたってことだ。素直に縛について牢屋に入ってくれ」

「ふざけるな！」

浪人の一人が、丸腰のまま両手を突き出してつかみかかってきた。

三崎はあわてることなく、杖で足を払ってすっ転ばした。

仰向けになったところで、腹に杖を突き刺す。

もう一人も同様に、脇腹と肩を打ちすえて、あっという間に片づけた。

そこに、すぐさま伝六が縄をうつ。

後ろ手に縄をうたれた浪人たちが悔しまぎれに叫ぶ。

「人の善意を利用しおって、武士の風上にも置けん野郎だ」

「風下に置いてくれて結構だよ」三崎は苦笑する。「暑いから涼しくてちょうどいい」

「卑怯者め!」浪人は顔を赤くして唾を飛ばす。

「ふふ」いたずらげに笑う。「弱い者から力づくで金を奪うような卑怯者をとっ捕まえるには、こっちもより卑怯にならないとな」

「だまれ!」浪人はなおも吠える。「縄をほどいて、刀で尋常に勝負しろ!」

「やだよ。文明開化の世にいつまで古臭いこと言ってんだ」

三崎はそう言って笑った。

四

蓮十郎の父親は、三崎源兵衛《げんべえ》という同心の男だった。血はつながってはいない。つまり育ての親ということだ。

蓮十郎を幼い頃から育ててくれた源兵衛は、中背の少し腹の出た同心だった。冬瓜《とうがん》のような長く丸い顔に、たれ気味の目にぶかっこうな鼻で、お世辞にもいい男とは言えない。さらに、若い頃から薄毛で、外見はずいぶんと老けて見えた。

その父は、若い時分に妻を失くしていた。子供はいなかった。妻は、源兵衛の子供をお腹に宿したまま流行り病で急逝していた。後添《のちぞ》いをもらうように上役も斡旋《あっせん》したらしいが、すべて断っていた。明るく優しい女の人だったようで、よっぽど妻への思いが強かったのだろう。

蓮十郎は、町内の端にある地蔵の祠《ほこら》に置かれていた赤子だった。

地蔵といえば、子供の守り神だ。

その時代の信仰に、地蔵の話がある。

幼い子供が親より先に死ぬのは、親を悲しませる親不孝だと思われていた。親孝行の功徳《くどく》を積んでいないから、三途の川をわたれず、賽《さい》の河原で石を積み、石の卒塔婆《そとば》づくりをする。

ところが、そこに鬼がやって来て、せっかくできた石の卒塔婆を突き崩してしまうので、子供は泣きながら延々と石を積み続ける責め苦を負う。

だが、そこに地蔵菩薩がやって来て、子供たちを鬼から守り、仏法や経文を聞かせて徳を与え、成仏の道を開いてゆくという信仰だ。

その地蔵の足元に置かれていた赤子を拾ったのが源兵衛で、夜中の捕り物を終えて朝方に帰宅する途中だった。

赤子を目にして、どうしても育てられない親が地蔵の慈悲にすがり、誰か心ある人に拾ってもらいたいとの切ない親心が胸に染みた。

妻と子を亡くして間もない時だったので、これも縁かと家へと連れて帰った。

源兵衛はおむつを自分で換え、近所の赤子を持つ女に乳をもらって男手一つで育てた。がんらい子供好きのやさしい性分《しょうぶん》の上に、親のいない蓮十郎を不憫《ふびん》にも思い、ぞんぶんに可愛がり、甘えさせた。

源兵衛はもともと学問好きで武芸好きだった。あまりじっとしていられない人で、いつも細々《こまごま》と何かをやっていた。そんな性分だから、飯炊き洗濯となんでも家事ができ、新しい女房をもらわなくてすむという暮らしができた。

蓮十郎が大きくなるにつれ、源兵衛はいつ自分が実の親ではなく、地蔵の祠で拾った子だったことを告げようかと悩んだ。

だが、蓮十郎はとうの昔に知っていた。近所の悪ガキどもと遊んだり喧嘩したりする中で、親の噂話を耳にしていたその連中に、「地蔵」とか「地蔵の蓮十郎」と呼ばれていたからだ。だから、十二歳の時に、あらたまって源兵衛から告げられた時も、驚くこともせず、居心地悪そうに笑っただけだった。

源兵衛は、蓮十郎をちゃんとした大人にしようと、なんでも習い事をさせてくれた。

させてくれたというより、習わされた。

うまくできると誉めるので、幼い蓮十郎も調子に乗ってなんでもやった。剣術もそうだし、英語もイギリス人の宣教師に習った。

蓮十郎は元服《げんぷく》をした後、父が隠居したのに代わって家督を継いで同心となった。

幕府瓦解によって、同心からいったん職を離れたが、慣れ親しんだ職に戻るべく、明治七年、警視庁に入り、通称、ポリスと呼ばれた巡査になった。

五

ガラガラガラと重く鈍い音をたてて鉄の太い鎖が下がってゆく。ドボンと激しい水しぶきをあげて錨《いかり》が海へと落ち、ゆっくりと沈んでゆく。

艀《はしけ》に巨大な船がつけられた。

カモメが飛び交っている青い空から強い陽射しが降りそそいでいる中を、大きな旅行かばんを提げた若い女性が船上に姿を現わした。

金色の長い髪に白い肌。青いドレスに身を包み、かぶった白い帽子のリボンが潮風に吹かれてふわりと揺れている。

青く澄んだ瞳に、未知の異国の地が映る。女は思いつめたようにじっと前を見つめていた。

かたわらには六歳の金髪の少年がいた。その幼い手を握る女の手にグッと力が入る。

エレナ・マイルズは横浜の地へと降り立った。

その耳に、聞きなれない言語があちこちから飛びこんでくる。

こちらを見る無数の見知らぬ日本人たちの視線に、背筋がゾクッとした。

エレナは薄紅色の唇を引き結んだ。

なんとも言えない不安と恐怖を振り払うように、強く前を向いた。

一章　WANTED

一

鴉《からす》の羽ばたきと騒々しい鳴き声が、裏長屋の薄い板屋根を透って響いてくる。

三崎は汗で湿った掛け布団をはぎ、大きな欠伸《あくび》をした。起き上がると、煎餅《せんべい》布団を丸めて部屋の隅に寄せる。

毛羽だった畳を踏んで三和土《たたき》へと下りる。汲みおきの瓶から柄杓《ひしゃく》で水をすくい、顔にかけてゴシゴシとこする。

朝飯の準備をし、菜っ葉の糠《ぬか》漬けと味噌汁で麦飯を掻きこんだ。白湯《さゆ》を飲んで一服すると、洗い物を片づける。

脱ぎっぱなしの着物に袖を通し、しわだらけの袴《はかま》をつける。ざんぎりの髪に指を突っこんで、手櫛で適当に整える。

小さな仏壇の前に座り、線香をたいてチンと鐘を鳴らす。父の源兵衛とその奥さんの位牌《いはい》に手を合わせ、祈った。

目を開けると、仏壇の横にある衣装箪笥《だんす》に目をやる。

一番下段の引き出しをしばらく見つめていた。

ふーと息を吐き、立ち上がる。

枕元の壁に立てかけてある仕込み杖を手にする。

本身の刀が入っている。朴《ほお》の木材を二つに割って中をくりぬき、貼り合わせた後に、生漆を生地に塗っては拭き取ることを繰り返す「拭《ふ》き漆《うるし》」の技法で仕上げたものだ。茶褐色になった漆が透け、生地の木目が浮き出して見える。手で握る柄の部分は、使いこんだ証《あか》しのように指の脂で飴色にてかっている。

草鞋を履くと、障子戸を開けて外へ出た。さっそくドブの臭いが鼻に入ってくる。

家の前に苔《こけ》の生えた地蔵が置かれていた。

明治の初め、仏像や寺が壊される仏道排斥の運動、廃仏毀釈《きしやく》の嵐が吹き荒れた時、熱に浮かされた馬鹿者によって、町の端にあった石地蔵も打ち壊された。

なんといっても、自分が捨てられていた恩ある地蔵なので、三崎は砕かれた石の塊を大八車に積んで、家まで運びこんだ。バラバラになった石の地蔵を漆喰《しっくい》ではり合わせ、仏壇の横に置いて保管した。

数年たって、仏道受難の時が過ぎ去った後は、元の場所には新調された地蔵が据えられた。なので、行き場のなくなった古地蔵は、三崎の家の前に置かれることになったのだ。

地蔵に手を合わせ、「行ってきます」とその頭をなでて歩きだした。

路地を行く途中でお滝に出くわした。

「あら、地蔵のだんな」棒手振《ぼてふ》りの魚屋の女房で、四十に手の届こうかという尻の大きな女だ。「なんだいそのボサボサ頭。少しはシャキッとしなよ」いつも通り、遠慮のない口をきいてくる。

「やあ、姉さんのほうは相変わらずいい女だな」

「やだあ、嘘が下手なんだから」あんこうみたいな顔をほころばし、かさかさの手で三崎の肩をたたく。

「不器用だから、本当のことしか言えないんだよ」三崎は眉を八の字にしてみせる。

「それはたいへんねえ」お滝は嬉しそうな笑顔。

「本当に、弱ってる」と笑い合った。

再び歩いてゆくと、向こうから鬼ごっこをしている童《わらべ》たちが走ってきた。つぎはぎだらけの汚れた着物に下駄ばき、垢《あか》まみれの顔で歓声をあげ、三崎の周りを通り過ぎてゆく。それに遅れて、腹かけにおチンチンを出した幼子が、母親の大きな下駄をつっかけたまま「まってー」と可愛い声をあげながらお兄ちゃんたちを追いかけてゆく。

童たちが中風病みの爺さんの家の前を通ると、障子戸をガラリと開け放って主が飛び出してきた。

「うるさーい！」怒鳴り散らす。

三崎と目が合うと、「こら地蔵ポリス！　あのガキどもを早く捕まえんか！」子らの走り去った方角を指さし、顔を赤くして唾を飛ばしてくる。

「ああ、わかったよ。おれに任しといてくれ」潑溂《はつらつ》とした顔で三崎は請け合い、足早に通り過ぎる。

――捕まるとめんどうだ。

背後から、「そっちじゃない」と怒声が追いかけてきた。

刑事部屋の窓ぎわで、三崎は伝六とヘボ将棋を指していた。胸をはだけて袖を肩までまくり上げ、団扇《うちわ》でせわしなく扇いだ暑い風を汗の噴き出す顔に送っている。

そこにいかつい顔をした同年配の刑事が入って来た。

「地蔵、署長が呼んでるぞ」

三崎は振り向くと、「なんだ？　薩摩の悪口を言いふらしているのがバレたのかな」おどけたような顔をする。

「ハハハ、みんな知ってるよ。それに言いふらしてるのはみんな同じだ」この同僚も元は幕臣だ。

警視庁は、川路利良《かわじとしよし》を筆頭に、薩摩、長州などの官軍出の連中が上を占めているから、三崎などの徳川方の残党は冷や飯食らいだ。

「じゃあ、なんだ？」三崎は眉を上げる。「この間、イギリスから帰って来た井上に縄をうてと言うなら、喜んで行くが」井上馨《かおる》。商人と癒着している汚職まみれの長州の大物だ。

「馬鹿、めったなことを言うんじゃないよ」同僚は顔をゆがめて声をひそめる。「いいから、早く行けよ」

「わかったよ」腕にとまった蚊をピシャリとたたくと、三崎は腰をあげた。

三崎は薄暗い廊下を歩き、署長室の前へと来た。

重厚な樫のドアを拳で何度かたたいた。西洋式の「こんにちは」だ。

中から、「おう」という太い声が返ってきた。

ドアを開ける。

「お呼びですか」

「よう来た」署長の山内権兵衛《やまうちごんべえ》は口をへの字にして、強面《こわもて》の顔でジロリと見てきた。

達磨のように大きな体に顔。口には立派なカイゼル髭を生やしている。若い頃は、薩摩隼人らしく、示現流《じげんりゅう》の猛稽古に励んでいた剛剣の使い手だ。

腹の突き出た恰幅のいい体は、とても悪人を追いかけられそうもないが、十年ほど前はそれでもまだ走ることができた。相撲取りといっしょで、厚みのある脂肪の下には、並々ならぬ筋肉を蓄えているようだった。だが、年をへて筋肉は脂肪へと場所を譲り、かつて走って捕まえた下手人を組み伏せ、のせた体で相手の動きを封じ、「苦しい〜」と悪人どもに悲鳴をあげさせたが、今では、のっかかった妾《めかけ》の女に、「苦しい〜」と嘆かれているそうだ。

「お手柄だったな」山内がわずかに口の端をあげる。

「いいえ、伝六の見事な芝居のお陰ですよ」

「それもそうだろうが、おはんの働きも水際立っていたそうじゃないか」

「どうですか」口の片端を上げる。

——なんだ？　妙に持ち上げるな。

「能力のある人間には、天はそれなりの重い使命をお与えになるもんじゃな」太い首に顎をうずめるようにうなずく。

「……」嫌な予感がする。

「あの話は聞いているか」

「あの話？」

「ジャック・モーガンのことだ」

「……いえ、知りませんが」予感が当たりそうな気がしてきた。

山内は机の上に置いてあった、筒状に丸められた紙を手に取った。両手を上下に伸ばして広げると、壁に画びょうで留めた。

四つ切くらいの紙に、カウボーイハットをかぶった髭面の異国人の顔が写っていた。

顔写真の下には、〈WANTED〉のアルファベット文字が印刷されていて、日本語で、〈お尋ね者。ジャック・モーガン〉と入っていた。

山内はこちらに向きなおると、ぶ厚い手を背後で組んで話しだした。

「先日、エレナ・マイルズというアメリカ人女性が、チャーリーという六歳の長男を連れて日本へやって来た。何をしに来たかというと、こいつを追いかけてだ」

太い指でトントンと写真をたたく。

「このモーガンという奴は、アメリカで何十人もの警察官や民間人を撃ち殺している極悪人だ。——で、この男が、どうやら日本に潜伏しているというんだ」

三崎は眉をひそめる。

「アメリカ人なのに？　——目立ってしょうがないでしょう」

「そう、アメリカ人なのにだ」強く言い切った。「——だが、そのモーガンというのは、どうやら東洋人との混血らしい」

山内が顔写真を指さす。

「このように目鼻立ちの彫りは深いが、髪を黒く染めれば、日本人と見分けがつかないくらいにはなる」

「ですが、なんでまたこんな東の果ての国に？」

「アメリカで追い詰められ、日本でしばらく潜伏して熱を冷まそうってことだろう」

三崎は首を傾けた。

「……そうはいっても、言葉が使えないアメリカ人が日本に潜伏するのは無理でしょう」

「我が国にモーガンをかくまっている奴がいるらしいんだ」

「アメリカ人なのに日本に知人がいるんですか？」

「そうだ。そいつと何らかのつながりがあるようだ」

山内は突き出た腹の上で腕組みをすると、難しい顔でうなる。

「それで、そのエレナの父は、大富豪のうえに上院議員をしている米国政府の有力者でな。その権勢を背景に、日本政府に圧力をかけてきているんだ」

「どういうふうにです？」

「モーガンを捕まえるために、お尋ね者の手配書を東京じゅうに貼れとの要求だ。——これだ」

山内は壁の手配書を顎で示す。

「アメリカの西部で貼られるお尋ね者の顔写真入りの手配書、WANTEDという奴だ。しかも、一万ドルの賞金がかけられている」

「ずいぶんと太っ腹ですね」目を丸くした。

——おれの安い給金じゃ、腰が曲がるまで警察でこき使われても稼げない大金だ。

「親が大金持ちだ。憎っくき夫の仇討ちのためなら、金に糸目はつけんということさ」

山内は、三崎が事の流れを理解できるようにいったん間を置く。

そして鼻から息を吹き出すと、上目づかいで三崎を見た。

「おはん、英語をしゃべるそうだな」妙な猫なで声を出してくる。

「ぜんぜんです」予感が当たったようだ。異人相手のいざこざを押しつける気だ。

「おはん、女は好きか？」

「……はあ」

「真っ白い肌というのは、いいもんだな」達磨みたいな顔に好色な笑みを浮かべる。

「……金髪で蒼い目は嫌ですね。どうも気色悪くて」一応、先手を打つ。

「心配ない。おいどんもこっちへ出て来た時は、腐った豆なんぞ食えるかと言っちょったもんじゃが、今じゃ納豆がなきゃあ、朝が始まらん」

「……」

あからさまに嫌な顔をした三崎を見て、山内が言葉をつなぐ。

「さっき言ったろう、モーガンをかくまっている奴の話」

「ええ」

「モーガンはアメリカを出る前に、コルトM１８７７という最新式のリボルバー銃を手に入れ、そいつへの土産《みやげ》に持って来たようだぞ」

「その日本人はどんな奴なんです」

「お前が気にかけている奴だ」

「気にかけている奴？」

「会いたくて、会いたくてたまらない奴だよ」山内はどこか、からかうような口ぶり。

「そんな人はいませんよ」三崎はそっけなく否定する。

山内はぐっと三崎を見すえ、声の調子を落とした。

「そいつの名は、——羅刹鬼《らせつき》だ」

「えっ……？」体が固まった。

沈黙。

「実はこの一件、羅刹鬼がかかわっちょるかもしれん」

その言葉に衝撃を受けた三崎は、知らないうちに上司をにらみつけていた。

「な……なんだって…」

「そのモーガンをかくまっているのが、羅刹鬼じゃないかという話なんじゃ」

「……まさか」あぜんとした。心臓が早鐘を打つ。

「やる気になったか」山内はニヤリと笑った。

「本当ですか」三崎は熱い視線を突き刺す。

「そうだ」

「……信じられない」

放心している三崎に向かい、山内は張りのある声で断定した。

「つまりだ。ジャック・モーガンをひっくくるということは、――すなわち、羅刹鬼を捕まえるということだ」

二

アメリカからやって来た未亡人、エレナ・マイルズとその子息、チャーリーが滞在拠点としていたのは、横浜の海岸線の端にある、今年できたばかりの天洋ホテルだった。

まだ朝の涼やかな空気が残る午前中に、三崎はそのホテルを訪ねていった。

周囲はまだ開発されていない雑木林に囲まれた閑静な地域で、多くの日本人の好奇の目から逃れるためというのもあったのだろう。

たゆたうように波がゆれる海を左手に見ながら道を歩いてゆく。

ホテルに隣接する雑木林を通りかかった。

青々と葉が茂る木々の間に、金髪がちらりと見えた。

足を止めて様子をうかがうと、六歳くらいの男の子がいた。

その子が、木の葉や土を両手いっぱいに集めて持ち、少し窪んだ所へ運んでかぶせている。何かを隠しているようだった。

かぶせた木の葉の隙間から、ちらっと白い布らしき物が見えた。

隠し終えると、男の子はホッとしたのか、大きく息をつき、これで大丈夫といった顔で、手をパンパンとはたいた。

少年は白い半袖シャツに半ズボン姿で、茶色がかった金髪の前髪が、汗に濡れてべっとりと額に張りついている。

――チャーリーか？

少年はかたわらにあったボールとバットを手にすると、雑木林から出て芝生の広がる広場へと戻ってきた。

ボールを太い木に投げつけ、戻ってきたところを、バットを振る。ベースボールというアメリカ発祥の球遊びだ。

投げるのと打つのを一人であわてててやるせいか、うまくボールをとらえることができずに空振りばかりする。

五回ほど空振りをした後、ようやく当たった。

思いっきり振りまわしたバットは、ボールの下側をたたき、あらぬ方向へと飛んでいった。三崎を急襲してきたのだ。

ぼーと見ていた顔面にボールが向かってくる。

とっさに、体が反応した。手に持った仕込み杖を一閃させた。眼前に迫ったボールを真っ二つに斬り割る。

真ん中から二つに割れたボールが地へと落ちた。

刀を鞘に戻した三崎はすぐに我に返ったが、少年が呆然とこちらを見ているのに気づいた。

「……サムライ」小さな口からつぶやきがもれる。

ボールをぶつけそうになったことを怒られると思ったのか、恐る恐る近づいてきた。

「ごめんなさい……」と英語で言った。

三崎も英語で返した。

「いや、こっちこそ。すまなかったな、大切なボールを」

少年は、三崎が英語で応えたことに驚いたようだった。

「少しばかり英語もしゃべれるサムライだ」と三崎は笑った。

　少年は安堵したような顔。

「勢いよく飛んできたんで、思わず手が動いてしまってな」手にした仕込み杖を軽く振る。

「大丈夫。まだあるから」少年は首を振る。「――それより、サムライが刀を抜くところを見られてよかった」顔を上気させる。

「もしかして、チャーリーかい？」

「うん」驚いた顔。なんで名前を知ってるのって。

「投げるのと打つの、一人二役じゃ大変だろう」

「いつもはボブが投げてくれるけど、今日はママのお使いに行っているから」

「そうか」ボブというのは、確か黒人の老いた下男だ。

「おじさん、カッコよかったね。刀じゃなくてバットを振れば、すっごいスラッガーになれるよ。サムライ・スラッガー」

「スラッガーって、打撃の達人のことか？」

「そう。ホームランいっぱい打つ強打者のこと」

「えーと……」三崎はおぼえたての英単語を反芻《はんすう》する。「ホームランを打つすごい奴が、スラッガーって言うんだな」

「ホームランっていうのは、球を取れないほど遠くまで打つから、それで一点ってこと」

「ああ、そうだったな」

「ぼくも、もうちょっと大きくなったら、地元のチームへ入れてもらうんだ」

「チームってのは、仲間の組や班、みたいな意味だったよな」

「うん、そう」大きくうなずく。

三崎は笑う。

「チャーリーといると、英語の勉強になるな」

そこに、男の子の名前を呼ぶ声がした。「チャーリー、チャーリー」きつい声だった。

少年がドキッと体をびくつかせた。あわてて後ろを振り向く。

波がゆれてきらめく海を背景に、ホテルの方角から青いドレスの女性が走ってきた。

背が高く、すらりとした若い女だった。透き通るような白い肌に蒼い目。金色の長い髪が潮風に吹かれてゆれている。形のいい鼻にふっくらとした朱の唇。目鼻立ちはしっかりしてはいるが、けっして強すぎる骨格ではなく、日本人好きしそうな容姿だった。

芯の強い大人の女性の優雅さがあったが、どこか我がままいっぱいに育ったお嬢様の残り香がにおった。おそらく、母親のエレナ・マイルズだろう。

エレナは息子の前に立ちはだかり、「チャーリー、またオネショしたでしょ。何度言ったらわかるの」腰に手をやって鬼のような形相でにらむ。

オネショがバレた少年はうなだれる。

「いい男の子が赤ん坊のようにオネショして、恥ずかしいと思わないの」

「ごめんなさい、ママ」チャーリーは体をモゾモゾと動かしながらボソボソと謝る。

三崎は少し離れてその様子を見ていた。

さきほど懸命に隠していたのはオネショのシーツだったようだ。

三崎はかわいそうになって思わず口を出した。

「きらめく波に心地よい潮風。エレガントな金髪の女性。——美しい風景だ。だが、怒鳴り声はその風景にふさわしくないな」

エレナは眉をひそめ、突然、英語で口出ししてきた男を、その存在に初めて気づいたかのようににらんだ。

「誰なの？　あなた……」

「エレナさんでしょう？」

「あなた誰？」声に苛だちが混じる。

「三崎蓮十郎と言います」

「それが？」

「担当になった者です。――ジャック・モーガン逮捕のね」

「……」無言で見つめてくる。「あなたが？」

「ええ」

三崎の姿を上から下までじろじろと遠慮のない目で見ると、意外さと多くの失望をエレナは表情ににじませた。

「ずいぶんと若いのね」

「あなたよりは歳を取っている」三崎は言った。

エレナは眉間にしわを寄せた。

「お幾つなの？」

「もうすぐ三十になります」

「私はもっと経験豊富な方が担当するのだと思っていたわ」不満のにおいが漂う。

「確かに経験豊富だとは言えませんね」素直に認めた。

「どうしてあなたが？」

「さあ？――拙《つたな》いながら、英語がしゃべれるからでしょうか」

「英語が話せるだけでは不充分だわ。──他の能力は？」

「どうですかね」首を軽くかしげる。

「それに、その肝心の言葉もイギリスなまりがあるわ」エレナは厳しい声を放つ。看過できない欠点だと言わんばかりだった。

三崎は苦笑した後、目もとに笑みを浮かべて応じた。

「あなたにはアメリカなまりがある」

エレナの眉間のしわが深くなる。

「私と喧嘩をしに来たの？」

「いや、言葉を習ったのがハドソンっていう人のいい爺さんだったんだが、ロンドンの出の人でね。──英語はイギリス風が本場の発音だと思っていたんで」

「……大英帝国にはもう昔日《せきじつ》の勢いはないわ。落日の帝国よ」

「そのようだね」

「これからは我が国、アメリカが日の出の勢いなのよ」エレナは凛とした表情で言い放つと、誇り高く胸をそらした。

三崎は口もとに皮肉な笑みをにじませた。

「東の果ての日出国《ひいずるくに》の住人の私としては、二つそろって沈んでくれるとありがたいんだがね」

三

激しい蟬の鳴き声が、青い空に響いていた。

緑色の葉が茂る木々を透った木漏れ日が、立ち並ぶ苔むした墓石を照らしている。

三崎は額の汗を手の甲でぬぐった。

「寄ったらいなかったもので」

墓地にそびえる欅《けやき》の大樹の下に、老婆がちょこんと座っていた。大きく張り出した枝の影が、ちょうど老婆にかかっている。

痩せた体に丸い顔がのり、髪はすでに真っ白になっている。

三崎は静かに老婆に目をやる。

——また少し小さくなったような……。

このままずっと小さくなり続け、やがて消えてしまうのではと、妙な錯覚に襲われた。

三崎は父親に独りで育てられたから、母のぬくもりを知らない。だから、お登勢《とせ》のことを、どこか無意識に母のように慕っているのかもしれないと思えた。

今日はお登勢の息子、六歳で亡くなったケン坊の命日だった。

「年寄りだから朝が早いのよ」お登勢が黒目がちの目を細めて微笑み、「暑くならないうちにと思ってね」童女のような可愛らしい声で言い訳をした。

「今、八時ですよ」

「日の出から出てきたから」

「ここに三時間近くもいるんですか」思わずあきれたような声が出る。

「涼しくてね。いいのよ」

「蚊に食われませんか」

「こんな年寄りだから、蚊も寄ってこないわよ」

三崎は自らの左腕にとまった蚊をたたいた。パチン。こんな日に殺生《せっしょう》はどうかなと思ったが、遅かった。

「あなたはまだ若いから、蚊もたくさん寄ってきて大変でしょう。ほほほ」お登勢はおちょぼ口で愛らしい笑いをたてる。

墓にはすでに花が供えられていた。

三崎は持ってきた花をその脇に置く。

「まあ、たくさん。レンさん、持ってこなくてもよかったのに」

「……とは思ったんですが」

「でも、お花がたくさんあって、向こうのみんなも喜ぶわ」

「ええ」

墓に水をかけ、線香をあげる。草が蒸された青臭い匂いに混じり、線香の香りが漂う。腰を落とし、手を合わせて祈る。静寂の中、蝉の声だけが耳障りなほどに響く。合掌を解く。

目を開けると、周囲を満たしている光が飛びこんでくる。まぶしくて目を細める。

「そろそろ帰りませんか」立ち上がると、三崎は言った。

「そうね」お登勢もよっこらしょと腰を上げる。

小さな手を墓石へと伸ばす。骨の浮き出たしわだらけの手で、ざらついた石肌を愛おしそうになでる。

「毎日、仏壇に祈ってるんだから、墓参りも長くすることもないんでしょうけど、来ると、どうしても長居しちゃってね」

三崎は、その愁《うれ》いをおびた横顔に目を向ける。

——ここでの死者たちとの語らいは、仏壇で祈るのとはまた違った趣があるのだろう。

……お登勢さんにとって、あの夏はまだ終わっていない。

そして、おれの親父、源兵衛にとっても……おれにとっても終わってはいない。

三崎は丸まったその背にそっと触れ、歩くのをうながす。

お登勢が歩きだす。チョコチョコと小さな歩幅で歩く。葉の間をすり抜けた強い光がその背にあたる。

三崎も少し後ろから歩を進める。

——死んだ子の歳を数えるというが、ケン坊も生きていれば、おれより年上で四十にも手が届く。

本当だったら、おれじゃなく、大人になったケン坊が、この母に付き添って墓参りに来ていたはずだ。

唇を咬む。

……この人からケン坊との時を、ケン坊とつむいでいたであろう思い出を奪った奴をやはり許すわけにはいかない。

「お浄土でケン坊は、母ちゃんも早くこっちへ来てって、父ちゃんといっしょに待っているだろうけどね」お登勢は淋しげに笑う。「また向こうで、三人で逢えたら……もう、それだけでね……」

「ええ、それにおれの親もいるでしょうから」

「そうね。あたしも行って、みんなでまた楽しくやりたいわ。──そして、天からあなたのことを見守っているわ」

三崎は困ったように笑う。

「気が早いな。まだ先のことですよ」

参道を二人でゆっくりと歩いてゆく。

「お嫁さんはもらわないのかい」お登勢が聞いてくる。

「なかなかね。女なら行きそびれというけど、もらいそびれてね」

「もういい歳でしょう」

「じきに三十になるよ」

「遅いくらいだよ。──女子《おなご》が嫌いってことじゃないんでしょう?」お登勢は本気で案じているって顔だ。

「そっちの気はないよ」三崎は笑って否定する。

「ならいいけど」ホッと息をつく。「あんまり女けがないと、心配になるわよ」

「……いい人がいればね」言葉を濁す。

「幾らでもいるでしょうに」

「確かに、いい女は浮世にはいっぱいいるけどね」

「なら」

「んー、もうちょっと落ち着いたらね」三崎は頭を掻いた。

自分の心のけじめとして、どうしても羅刹鬼のことに決着をつけてからにしたいとの思いが去らなかったのだが、その解決の見通しもずっと無かった。ずるずると歳を重ねてしまったというしだいだった。だが、今ようやく、その悲願を果たす好機がやって来ているのだ。

お登勢がため息をつく。

「あんたの子供が見たいねえ」

ふと三崎の頭に、自分の赤子をあやしているお登勢の姿が浮かんだ。

そういうことは考えもしなかったが、そうしてやりたい気持ちが湧き上がった。

甘味処の前を通った。縁台が出て、よしずが立てかけられている。

「こんなところにも貼ってある」三崎は目をやった。

暖簾《のれん》の横の板塀に、ジャック・モーガンの顔写真が刷られた〈お尋ね者　WANTED〉の手配書が貼ってあった。

「アイスクリンを食べていきましょうよ」と三崎は誘う。

「それ、西洋の食べ物でしょ？」お登勢はこわごわと口にする。

「ええ、おれもよくは知らないが、牛の乳と卵、砂糖でつくるようです。冷たくておいしいですよ」

「でも、あのモーッて鳴く角の生えた牛のお乳だわよね……」

「大丈夫、大丈夫」

少しじっと考えたのち、お登勢は、「……じゃあ、冥途の土産に食べてみようかしら」と童女のようにはにかんで言った。

「また、そんなこと言わないで。縁起でもない。まだ向こうに行くには早いですよ……」

三崎は、静かに微笑むお登勢を見る。

——確かにその日は近づいている。何年後かには……いや、もうこの歳だ。いつ行くことになっても不思議はない。

本来なら、冥途の土産に持たせてやるべきは、羅刹鬼を捕縛したとの一報だろう。

四

その事件が起こったのは三十三年前だった。

蓮十郎は、まだ三崎家の子供とはなっていなかったどころか、生まれてもいなかった。

それは暑い夏だったそうだ。

健之介ことケン坊は、友達と神社に遊びに行ったのだが、夕刻近くになっても帰ってこなかった。

当初、お登勢は、もう五つだし、友達の家にでもいて遊んでいるのではと思った。

しかし、日が沈みかけても戻ってこなかった。

お登勢は不安になった。

――川にでも落ちたのではないか。

近所の子供たちに聞いてまわったが、神社から帰って来た後は誰も知らないという。

不安が増してきた。

お登勢の家は乾物を扱う大店《おおだな》だったが、手の空いた店の者たちにも頼んで、探してもらった。

不安が頂点に達した時だった。

一つの文が、赤子をおぶった小さな女の子によってもたらされた。女の子は駄賃をもらって頼まれたのだと言った。

その文には、息子を預かったと書かれていた。さらに、身代金として千両を用意しろとのことだった。奉行所に届け出れば、子供は死ぬとの脅迫もなされていた。

そして最後に、「羅刹鬼」と、人さらいの署名がなされていた。


「羅刹鬼」とは、羅刹天のことで、多聞天（毘沙門天）に仕える眷属《けんぞく》として仏道を守護する十二天の一人だ。手にした剣で煩悩を断ち、西南を守護する護法善神である。だが、仏教が普及する前、元は別名、涅哩底王《ねいりちおう》といって、破滅と破壊を司《つかさど》る神、地獄の獄卒であり、他人を食らう悪鬼のことだった。

お登勢は十九の時に乾物を手広く商う〈遠州屋〉に奉公に来ていた。

そこで後継ぎ息子に見初められて嫁ぐことになった。

なかなか子供が授からずに肩身の狭い思いをしたが、夫の徳之介はそれを責めることもなく、愛おしんでくれた。夫の両親もやさしい人たちで、けっしてお登勢を離縁させようとはしなかった。

そして、ようやく授かったのが、四十になろうかという歳だったので、一人息子の健之介をそれはそれは可愛がった。

その子がさらわれたのだ。

お登勢は目の前が真っ暗になった。恐怖で手が震え、文を落としてしまった。

夫婦は奉行所に届け出たりはしなかった。一番大切なことは、ケン坊が無事に帰ってくることであり、下手人を捕まえることではなかったからだ。

羅刹鬼と秘かに金の受け渡しをする話し合いをした。

だが、その話が丁稚《でっち》の一部からもれ、三崎の父の耳に入った。

お登勢と同心の三崎源兵衛は幼馴染で、源兵衛は六歳年上のお登勢を姉のように慕い、お登勢は源兵衛を弟のように可愛がった仲だった。

源兵衛は、お登勢の力になりたいという思いに加え、まだ若く、手柄をたてることに熱をあげていたために、下手人を捕まえようと決意した。

お登勢たちには相談しなかった。すれば、断られるに決まっているからだ。

源兵衛は、手下の目明したちを使い、遠州屋の動静を秘かに探り、金を受け渡す現場をとらえた。

手代にかつがせて千両箱を堀端まで運んできた徳之介のもとに、全身黒ずくめの男が現れ、金を受け取った。

「無事に隠れ家まで行ったら、明朝、子供を返す」と、くぐもった声で約束した。

黒装束の男は用意してきた小舟に乗り、闇へと消えてゆく。源兵衛たちはその舟の後をつけた。陸地を走って追いかけたが、やがて海へと出てしまう。出られたら、いくら舟で追いかけても、もう追いつけない。源兵衛はその前に捕まえるつもりだった。捕まえて拷問にかけ、ケン坊の居場所を白状させればいいと考えたのだ。

万一のことを考えて用意していた小舟に乗り、目明しに竿を操らせて羅刹鬼の舟を追った。

そして、あわや海へと出てしまう河口で追いつき、接近して飛び乗れる位置まで来た。あとは、賊を峰打ちにして取り押さえるだけだった。

その時、敵が思いもかけない攻撃を仕掛けてきた。羅刹鬼もこんな事態になりうることを想定していたのだろう。

羅刹鬼は突然、舟に乗せてあった手桶を放り投げてきた。源兵衛の舟に落ちると、液状のものが一面にばらまかれる。油の臭いが充満した。

羅刹鬼は、舟に灯してあった提灯を放ってよこした。中に落ちた提灯は、油に引火してあっという間に広がり、舟は炎上した。

焼け死にそうになった目明しはあわてて海へと飛びこんだ。

源兵衛は羅刹鬼の舟へと飛び移ろうとしたが、羅刹鬼はそれを見越していたのか、飛び移ってきた無防備な体勢の瞬間に、竿を突き出してきた。

源兵衛は竿の先で下腹を突かれ、海へと落ちた。

水面でもがく源兵衛たちを尻目に、羅刹鬼は高笑いだけを残して暗い海へと消えていった。

完全なる失策だった。

三日後、ケン坊が見つかった。

めった刺しにされた無惨な姿で、さらわれた神社の境内《けいだい》に棄てられていたのだ。

その小さな体には、数十か所の刺し傷があり、血にまみれていた。

それは報復だった。源兵衛たちの追跡に怒り狂った羅刹鬼による、見せしめのための非道な行いだったのだ。

お登勢は、冷たくなったケン坊の亡骸《なきがら》をきつく抱きしめて泣いた。

どんなに痛かったろう。息子の受けた苦しみを思い、涙が止まらなかった。愛息の血と自分の涙にまみれて泣き続けた。

お登勢は悲しみで半狂乱になった。源兵衛を泣いて責めた。

お登勢は泣き続けた。悲しみに暮れ、何日、何ヶ月たってもふさぎこんだままだった。

乱心してしまうのではと、みなに案じられた。

それから何年もの間、彼女は笑顔を忘れた女となった。

今、三十三年がたち、老いたお登勢は笑ってはいる。やさしく、やわらかで、楽しく笑っている。でも、それは心の底からの笑いではない。その笑顔の陰には、癒されることのない悲しみがはりついている。

源兵衛は重い責任と良心の呵責《かしやく》にさいなまれた。

そして、せめてもの償いに、罪滅ぼしに、身命を賭してでも、羅刹鬼を捕まえることを誓った。

羅刹鬼を捕まえることは、生涯の使命となった。

源兵衛は羅刹鬼を追い続けた。

だが、その願いを果たすことはできなかった。五年前に黄泉《よみ》の国へと旅立つことになってしまった。

それ以来、蓮十郎は父の悲願を引き継ぎ、日常の警察業務のかたわら羅刹鬼の行方を追い続けていた。

蓮十郎の胸の奥には、今も真夏の太陽のように熱い怒りの炎が燃えている。

お登勢はあの夏の日から待ち続けている。

大切な一人息子を情け容赦なく殺した悪鬼が捕まったという、その一報を聞く日を待ち続けている。

あの悪夢の夏は、お登勢の中ではまだ終わってはいないのだ。

五

アメリカ帰りの日本人建築家の手によって建てられたという天洋ホテルは、外壁に白い石板をはったクラシックな欧風デザインの建物だった。

着なれていない洋装のドアマンに三崎は挨拶をし、風通しのために開け放たれていた丈の高いドアを通ってホテルへ入っていった。

白い大理石が敷き詰められた床に、赤紫の絨毯が敷かれている。幾つもの大きなギリシャ風の柱が天井を支え、煌《きら》びやかなシャンデリアがさがっている。

フロントの男に身分を名乗って挨拶をし、幅広の階段を上がってゆく。

五階建てのホテルは、二階の端が社長室を兼ねた社長の自宅となっていた。

厚い樫のドアを拳で西洋式にノックする。

中から声が返ってきた。

金色に光る真鍮製のノブをまわして開ける。

社長室は、三十畳はありそうな広さで、緑色の絨毯が敷かれていた。壁には、作りつけの本棚が天井まであり、西洋風の調度品で整えられていた。

大きな窓を背景にして、アンティークの大きな机が置かれている。

社長の永原貞江《ながはらさだえ》はその窓を背にして座っていた。

永原は淡い紫色の洋服に身を包んだ六十過ぎの老婦人だった。

背も日本人女性にしては高く、外国人を思わせるしっかりした体つきだった。異国人の多い横浜に合っているとも思えた。

髪は半分ほど白くなっていて、後ろで束ねている。きりっとした眉、やわらかな曲線を描くかぎ鼻に、引き結んだ口もと。普段は穏やかだが、時折、固い意志を持った眼光を放つ。装飾品は最低限の上品な物をつけているのみだ。

三崎は奥へと進み、「上の者に、ちゃんと挨拶しておけと言われましてね。ですので、お邪魔しました」と頭を下げた。

「三崎と言います。一応、モーガン捕縛の現場責任者みたいな者です」

「あなたが？」

永原は胸の前で腕を組むと、品定めするように視線を上下させた。

「――ずいぶんとお若いのね」

「ええ。英語がちょっとしゃべれるってだけで、大役を仰《おお》せつかったしだいです。ミセス・マイルズの対応にあたるということで」

「なるほど」

「いろいろとご面倒かけますが、よろしくお願いします」

「いえいえ」

三崎は案じるような表情をつくる。

「警察の者がウロチョロしたら、他の客も泊まりづらくなりませんか」

「今ぐらいのお客さんでちょうどいいわ。とりあえずはね」永原は口もとに軽い笑みを浮かべる。

「そう言ってもらえると助かります」

「満室になるほどお客様が来たら、こっちも手に負えなくなるから……」表情を曇らせる。

「そうですか……」

「開業したばかりで従業員が足りなくてね」永原は顔をしかめた。「メイドも募集しているんだけど……なかなかいい人が見つからなくて」

「難しいところですね。今回の一件でこのホテルも名を知られれば、お客も増えてくるでしょうし」三崎は気づかうように言った。

「そう。だから、早く集めて態勢を整えなければとは思ってるの」

永原は楽しげに笑うと、真面目な顔になって言った。

「何か要望があったり、困ったことがあれば、遠慮なく言ってちょうだい。できるだけ対応しますよ」

「よろしくお願いします」三崎は笑顔で頭を下げた。

さわやかな海風が開いた窓から入ってきて、髪をなでた。目が窓へと向く。

誘われるように三崎の足が、大きく取られたガラス窓へと動いた。

海が広がり、水平線まで見渡せる。波がしらがキラキラと太陽に光ってまぶしいくらいだ。

沖には、高いマストが三本立つ帆船が浮かび、優雅な姿で波にゆれていた。

甲板の上に船員たちが働いている姿が見える。

「いいですねえ。すばらしい眺望だ」三崎は正直な感想を口にした。

「でしょう。この風景がやはり自慢なのよ」永原は得意げな顔。

「青い空に白い雲。青い海に帆船がゆれて、なんとも言えない幸せな風景ですね」

「この風景をみなさんに見て頂きたくて、このホテルを建てたんですから」

「ええ、うらやましい」

永原は立ちあがり、「どうぞ座って」と手を差し示す。

三崎はうながされるまま中央に置かれたアンティークのテーブルに行き、椅子に腰をおろした。

「コーヒーとお茶、どちらがいいかしら」

「せっかくなので、コーヒーを」

「それはよかったわ。まだコーヒーになじめない方も多いから」永原は挽いた豆を入れたポットにお湯をそそぐ。

「お茶も好きですが、コーヒーも悪くない」

「アメリカはもっぱらコーヒーみたいだからね」

「紅茶じゃないんですよね」

永原は白い磁器のカップにコーヒーをそそぐ。

「ずっとイギリスに頭を押さえつけられていた反発から、紅茶はあまり飲まないらしいわよ」

「やはりですか」笑いをもらす。

出されたコーヒーのかぐわしい匂いをかぎ、口に入れる。

甘党なので砂糖を入れるが、甘くなり過ぎないよう分量に気をつける。スプーンで掻きまわす。

一口飲むと、ちょうどいい具合だった。

草花の模様が浮き彫りにされたマホガニーの大きなテーブルには、幾何学模様のカラフルな布が敷かれている。

その上に、染付《そめつけ》の深皿に活けられた花と機関車の模型が置かれていた。

機関車は一尺ほどの長さの金属製で、黒い漆で塗装がされていた。

三崎は手に取ってながめた。

「金工師に頼んでつくってもらったの」永原が教えてくれる。

「見事なもんですね」

「鉄路は横浜までしか来てないけど、もっと延ばしてもらうように御上にお願いしているのよ」

「確かに、駅前に比べると、こっちはまだにぎやかじゃないですからね。でも、静かなのがいいとも言えるけど」

「そうは言っても、できればここも発展してくれると嬉しいんだけどね」永原はほがらかに笑う。

三崎は両手で持った機関車に目を近づけて、じっくりと見る。

さらにひっくり返して裏側も確認する。

「底のほうまで手を抜くことなく緻密につくってありますね」

「でしょう。――そういうの好きなの？」興味深げに聞いてくる。

「ええ、根付《ねつけ》とかカラクリとかの細工物が好きなんですよ」

三崎は機関車を元のところに置くと、ふところから手拭いを出して、額に浮き出た汗をぬぐった。

手拭いで手をきれいに拭くと、感嘆の言葉を発した。

「それにしてもすごいですね。女手一つで、こんな大きな西洋ホテルを建ててしまうなんて」

「私ひとりでってわけではないわ」

永原は視線を奥の壁に向ける。

そこには額に入れられた写真が飾ってあった。

恰幅のいい大柄な男と永原社長が並んで写っている。どこかの写真館で撮ったもののようだった。

「旦那さまですか？」三崎は聞く。

「ええ、そうよ。でも、二年前にね」と天を指す。「それで私が引き継いだのよ」

「なるほど」

「このホテルの完成を見ずにね。楽しみにしていたんだけど……」表情に陰りができた。

「……そうですか。――どうしてまたホテルをやろうと？　私なんかだと、ちょっと想像がつかないので」

「そりゃあそうよね。刑事さんとホテルじゃあね」永原は骨ばった手でカップを口に持ってゆく。コーヒーをすすりながら上目づかいで見る。「あなた、維新前はどんな生業《なりわい》を？」

「不浄役人ってやつで、幕臣の同心です」

「ああ、やっぱり。お武家だものね。そんな雰囲気があるもの」納得したようにうなずく。

「そうですかね」

「つまり、今の仕事につながっているわけよね。でしょ？　昔の奉行所が今の警察署というように、江戸の頃にあった物が西洋風に名前を変えただけで、やっていることにつながりがあるもの」

「そういわれればそうですが」

永原はコーヒーを机に置くと、窓に沿って行ったり来たりした。

「廻船問屋が海運業を始め、蘭方医が西洋医師に化ける。だから、もともと武士の商法というように、慣れないことを始めてもうまくいかない。その点、あなたは賢いわ。江戸の頃から慣れ親しんだことをそのままやっている」

「そんな誉められ方をしたのは初めてですよ。江戸の頃から明治にもなって悪事をやっている連中からは、いつも、まだやってるのかと嫌な顔をされるのに」三崎は苦笑いをする。「……まあ、他のことができないから、やっているだけでしてね。仮に、汁粉屋《しるこ》を始めても、きっと全部自分で食っちまうだろうし」

「でも、それが賢い選択よ。私もそれと一緒」

「ということは、元は宿屋をやっていたってことですか」

永原は窓の桟《さん》に腰をもたせかけ、こちらを向いた。

「そう、元は街道沿いの旅籠《はたご》を手広くやっていたの」

「それでホテルですか、なるほど」

「これからも横浜は発展するでしょうから、私も幾つもホテルを増やしていきたいのよね」

「それにはやはり、鉄道が通ったほうがいいですものね」三崎は納得してうなずき、マホガニーのテーブルに置かれた黒々と光る機関車を見つめた。

六

永原の部屋を出て廊下を歩いてゆくと、背の高い大柄な男に出くわした。五十代半ばの馬面の男で、茶色の背広を着こんでいる。

髪をきっちりと整え、鼻の下に髭をたくわえているが、毛の薄いたちなのか、お世辞にも立派とは言えない。ゆったりとした振る舞いによって、なんとか威厳を表現しようとしているみたいだった。

「三崎くんだろう」男が声をかけてくる。

「はい」

「外務省の川峯《かわみね》だ」握手を求めて手を差しだしてきた。

「どうもよろしく」三崎もその手を軽く握る。

川峯が値踏みするかのように三崎を見ると、ため息をついた。

「私も今、エレナさんに会ってきたところだ」

「ええ」

「色々と厳しい注文をつけられたよ」

三崎は軽く笑いをもらす。

「誰にでも言うようですよ」

「まあ、向こうは、アメリカ上院議員の威光を背負っているからね」

川峯は西洋風に肩をすくめてみせ、いまいましげに続ける。

「夫の仇が憎いのはわかるが、日本にまで追いかけて来るなんて、アメリカ側だって、内心は手を焼いている。お嬢様のワガママだとな」

「ええ」三崎はうなずく。

――とはいえ、こんな遠くの東の果てまで仇を追いかけてきたんだから、好きだったんだろうな、旦那を。

「しかし、我が日本としては、モーガン探索に手は抜けない。懸命に努力したと、アメリカ側に言い訳できるようにしなければならない」

「まあ、そうでしょうね」

「どうかね、見通しは」

「なんとも、まだ」

「いいかい」川峯は軽く咳ばらいをした。「大切なのは、モーガンを捕まえることじゃない」

「……捕まえなくともいいと？」

「もちろん、捕まえるにこしたことはない」目を見開き、熱い口調で声を出す。「だが、もっと大切なことがある。それは、エレナに、日本国はモーガン捕獲のために最善を尽くしたと思わせることだ」

「はあ」

川峯は顔を紅潮させて力説した。

「日本政府は、いや、日本国民は一丸となってアメリカのために最善を尽くしたと思ってもらうことだ。――外交上、それがもっとも重要なのだ。連中のご機嫌を取って、不平等条約の改正に応じさせるためにもな」

「なるほど」三崎はニッと笑う。「では、今度、エレナさんのところへ出向く時は、顔じゅうに水をぶっかけていきますよ。ついでに息も荒くしてね」

「ふざけているんじゃないんだぞ」嫌な顔をした。

「すいません」おざなりに頭を下げると、「でも、どうですかね」

三崎は小首をかしげる。

「あのアメリカ女、どんなにがんばったところで、結果を出さないと納得しそうにない勢いでしたよ。モーガンの首を持って行かないことには、よくやってくれたと、お褒めの言葉はいただけないでしょう」

「……そうかね」

「日本人はみんな無能だとか、悪態をつきかねませんよ」

「まあ、そうかもしれんが……」川峯は困り顔で顎をなでる。

「やっぱり野蛮人だとか、猿だから駄目だったとか」

「彼女はそんな人種差別主義者ではないと思うが……」川峯は確信なさげに声をもらす。

「そうだといいですが」三崎も西洋風に肩をすくめてみせた。

七

憂国の熱情にあふれる外交官の相手を終え、一階へ下りてくると、ラウンジに座っていた六十がらみの小柄な男に手招きされた。

骨ばった痩せぎすの体を、襟付きのシャツにズボンという簡易な洋装に包んでいる。鷲や鷹を思わせる猛禽類のような鋭い顔。彫りが深く、額の下の暗い影からぎょろついた眼が射抜くようにこちらを見つめている。薄く横に長い口。鋭角的な顎のライン。八分以上白くなった髪をきれいに後ろへ流して撫でつけていた。

「きみが三崎くんか」男が見上げる。

「はい」三崎は立ったままで答えた。

「あんた、ポリスなんだろう？」

「ええ、あなたは？」男の顔をのぞき込む。「宿泊してる方？」

「私か。私はここに住んでいる梶川という者だよ」

「住んでいる？」けげんな表情になる。

「ずっとこのホテルの三階にいるからね。永原さんの好意でここに住まわせてもらっているんだ」

「ほう、――どういうことですか？」三崎は興味が湧き、向かい側の椅子に腰をおろした。

「建築家だ。このホテルを設計したね。ここを拠点に私も、この横浜に幾つものホテルを建ててゆくつもりなんだ」

「ああ、あなたが……」三崎は意外そうな表情をする。

「こんな年寄りがと思ったろう」

「いや、そういうわけでは……国を開いてから、まだ十年あまりなので」

「そうだ。日本人が手掛けた西洋建築というのもまだ少ない。私はもう六十だが、五十の時にアメリカに留学したのさ。五年ほど勉強して帰ってきたんだ」

「そうでしたか。大変でしたね」

「まあ、ずいぶんと差別され、嫌な目にも遭ったがね」梶川は苦々しい表情をした。

「私もこの日本でそんな目に遭ってますけどね」三崎は冗談めかす。

「エレナ・マイルズのことかい」

「どうでしょう」

梶川はテーブルのコーヒーに手を伸ばし、一口飲んだ。カップを置くと、訳知り顔で口を開いた。

「彼女は、我々、黄色人種が怖いんだよ。考えてみたまえ。この日本では、彼女は自分と肌の色の違う人間ばかりに取り囲まれているんだ」

「そのわりには強気ですが」

「それが却《かえ》って彼女を攻撃的にしているんだろう」

「そうですかね」

梶川は軽く咳ばらいをすると、舌で唇を湿らせた。

「きみも近年、アメリカで奴隷解放が行われたのを知っているだろう?」

「確か、リンカーンとかいう大統領ですか」

「そうだ。みんなあれを美談のように思っているようだが、そもそも工業化された北部が人手を得るために、黒人をこっちへ寄こせというのが本音だ。なにも黒人が可哀そうだとかいう、人道的なことじゃない。みんな利害欲得のためだ」

「やはりですか」

「今回だって、自分たちはさんざんアメリカの原住民を殺しまくっておいて、今度は白人を殺しまくった半分東洋人の血が入った男を、有色人種の国にまでとっ捕まえにくるんだからな」嘆かわしいというように首を振る。

「正気の沙汰じゃないですよね」

「白人は地球上で一番偉い人間だから、それを殺した猿は絶対に許せないってことさ」

梶川はコーヒーの香りがする息を吐き出す。

「確かに」三崎は笑いをもらす。「異国人の、特に白人の態度は偉そうですね。でも、今じゃ薩長も偉そうですよ。もっというと、徳川の頃は幕府の役人も偉そうでした」

「人類の性《さが》だよ。自分より立場の弱い人間を見ると、威張りたくなるんだ」

「ええ」

「昔、ジャクソンという大統領が議会で演説したことがあった。インディアンと白人は共存し得ない。野蛮で劣等民族のインディアンはすべて滅ぼされるべきである、とね」

　三崎は窓の外に目をやり、記憶を探った。

「最初の頃は、インディアンはとても友好的で、白人たちに越冬のための食べ物をやったり、トウモロコシの栽培方法を教えたりしていたって聞いたことがあります」

「ところが、白人の開拓が進み、インディアンの大切な食糧だったバッファローを虐殺したり、ゴールドラッシュの金鉱ブームで白人の町が荒野に突然、誕生したりしてね」

　梶川は眉をしかめ、憤《いきどお》りをにじませて話を続ける。

「しだいに彼らの領地が狭められるにしたがい、インディアンも抵抗せざるをえなくなったんだ。彼らは約束を守ったが、一方的に約束を破ったのはいつも白人の側だ」

「約束を破るのはいつも日本だと、白人は思っているようですよ」三崎は皮肉な口調で言った。

「それでいいんだ。正直にやっていたら、連中にいいようにやられてしまう」

「ですよね」

「なんといっても、連中は力の信奉者だ。力の強い者が正義。理屈はどうとでもつける。そうさせないためには、我が国に産業を発展させ、軍艦をどんどん造らなきゃならない」張りのある声を出し、大きく手を広げた。

「我が国も大変だ」

「ほんの数年前だが、カスター将軍率いる第七騎兵隊がスー族との戦いで全滅したというニュースは、アメリカの白人どもを震撼させたよ。私はいい気味だと思ったがね」

梶川は妖しい笑みを浮かべた。

八

浜辺から海水浴客たちのはしゃぐ声が聞こえてくる。

窓辺の椅子に腰を下ろし、エレナは落ちこんだ気分で海に目をやっていた。

アメリカから報せが来ていた。

スティーブの母が、心の臓の病で倒れたのだ。一命は取りとめたが、今も容態は思わしくなく、病床についているとのことだった。

最愛の息子を失った悲しみが、積もり積もって彼女の体を蝕《むしば》んでいたのだろう。

――お義母《かあ》さんのそばに寄り添って助けてあげたい。力になってあげたい。

でも、スティーブの仇を撃たなくては帰れない。

ぐずぐずしてはいられない。一刻も早くモーガンを見つけ出して戻らなければ。

……お義母さんに吉報を届けたい。その吉報を持ってアメリカへ帰りたい。

エレナの脳裏に、スティーブを失う前夜のことがよみがえってくる。

瞳が涙で潤んできた。

空気は乾いていたが、暑い夜だった。

月の光が部屋の中へと射しこんでくる中で、スティーブが少し興奮したように語った。

「ようやくモーガンの一味が、明日の昼に私の銀行を襲撃する情報をつかんだんだ。この機を逃がすわけにはいかない」

銀行の副支店長だったスティーブは、シェリフたちに協力し、自ら銃を取ってモーガン捕獲を決行するつもりだった。

「大丈夫なの？」エレナは不安を隠しきれずに聞いた。

「大丈夫さ。……いや、大丈夫とは言えない」スティーブは言った。「危険なことだ。

でも、誰かがやらなきゃならない。ぼくは、君やチャーリーみたいな女性や子供が、おびえずに暮らせるようなアメリカをつくりたいんだ。銃じゃなくて、法による平和なアメリカを」

「……」

「でも、今は銃によってモーガンのような悪人を排除しなくてはならない。その過程なんだ」

だが、そう力強く語った次の日、スティーブは帰ってこなかった。棺に入って帰ってきたのだ。

夕暮れ。地平線まで広がる草原に、太陽が沈んでゆく。

スティーブの埋葬を終え、エレナは木製のベンチで放心していた。

そこにチャーリーが後ろからやって来て、そっとエレナの背に頬をあてた。

「ママ、元気出して」泣いていた。

エレナはチャーリーを抱き寄せる。

チャーリーは顔をあげる。

「……パパ、天国へ行ったんでしょ」

「そうよ」エレナも泣いていた。

「パパ、今、何してるかな」

「そうね。……きっと、神のもとで休んでいるわ」

「神様って……」チャーリーは真顔で聞く。「あの十字架にはりついている痩せた髭のおじさん？」

「こら、失礼よ」エレナはたしなめたが、泣きながらも笑ってしまうという、おかしなことになってしまった。

ジャック・モーガンが、あの太陽が沈んでゆく地平線の彼方の国へと逃亡したことを知ったのは、それからしばらくしてのことだった。

潮風に吹かれながら追想に浸っていたエレナは現実に戻ってきた。

頬にかかったほつれ毛を、指で耳の後ろになでつける。

――私の幸せは、あの男のたった一つの銃弾で撃ち砕かれた。

親子三人の喜びに満ちた平和な生活が、あんなに脆《もろ》いものだったなんて……。

エレナは唇を嚙みしめた。

――彼を失って改めてわかった。いかにその存在が大きかったのかを。

私のわがままをいつもやさしく包みこんでくれた。ついカッとなって怒りをチャーリーにぶつけてしまったり、汚い言葉を使ってしまっても、いつも笑顔で受けとめてくれていた。

私とチャーリーにとって、あの人がかけがえのない人だったことが……今、身に沁みて感じ取れる。

まぶたをきつく閉じたエレナの双眸《そうぼう》から涙があふれた。

——許すことはできない。

エレナは目を見開き、海の彼方へと熱い視線を突き刺す。

——絶対、あの人でなしに正義の裁きを下すわ。アメリカ合衆国の力を使えるだけ使い、日本人たちの尻をたたいて、なんとしてもあの男を見つけ出させるわ。

スティーブ、見守っていて。必ずあなたの敵《かたき》を討つから。

エレナは自分を呼ぶ声に気づいた。

振り返ると、少し離れた所にチャーリーが立っていた。

「なに？　チャーリー」

「呼んでも返事しないんだもん」

「ああ、ごめんなさい。ちょっと考え事をしてて……」

エレナは小さな息子をじっと見る。

――お祖母ちゃんのことは、この子には伝えないほうがいいかも……ただ不安にさせてしまうだけだろうし……。

「で、なに？」気を取り直して、エレナは聞く。

「あの人……」チャーリーは探りさぐりといった顔でつぶやく。

「あの人？」

「ポリスの三崎のことだよ」

「ああ」

「あの人にモーガンを捕まえられるかな」

「……わからないわ」エレナは首を傾ける。

「いい奴だよ」チャーリーが表情をほころばせる。

「屁理屈が多いわ」にべもなく言った。

「剣の腕もすごいしね」

「剣の腕だけじゃあ、モーガンには勝てないわ」

チャーリーは黙ってしまう。

「ママ、まるでモーガンが捕まってほしくないみたい」すねた顔でつぶやく。

「そんなわけないでしょ」眉間にしわを刻む。

「だって、三崎のこと悪くばかり言うんだもん」

「信用できないのよ」

「カッコイイよ。ビュンッて刀を振るんだ」チャーリーは腕を大きく振る。

「ただの野蛮な男よ！」うんざりして、思わず口調が強くなった。

「……そうかな」チャーリーはしょんぼりする。

その姿を見てエレナは、はっと我に返った。

——いけない。まただ。

深く息を吸うと、「ごめんね、チャーリー」と謝った。「ママ……なんか、いらいらして……あなたにあたってしまっているみたいで……」

チャーリーは困ったように身をくねらせる。

「……いや、ママ、ぼくが悪いんだ。……オネショするから」

「オネショは関係ないわ」小さく笑う。

「もう、オネショしないよ」

「いいのよ。大丈夫よ。……せっかく日本に来たんだから、日本の地図を描きなさい」

「うーっ」チャーリーはなんとも言えない複雑な顔でうなった。

エレナはチャーリーの前にしゃがみ込んだ。その両腕をしっかりとつかむ。

「でもね。日本人には、とにかく甘い顔はできないわ。言葉がわからないのをいいことに手を抜くかもしれない」

チャーリーの目を見すえて言った。

「あのモーガンは、私やあなたにとっては許しがたい仇だけど、彼ら日本人にとっては、自分たちとは無関係のただの悪い外国人なんだから」

九

女学生らしき娘が、窓辺で机に座って勉学にいそしんでいるのかと思いきや、父親の隠してあった浮世絵を見つけたのか、枕絵に見入っている。

三脚を立てた先についている、筒状の細長い物を署長の山内がのぞいていた。

望遠鏡というやつだ。

現在、天下を獲っている薩摩ではあるが、山内もやはり田舎出の猪武者という負い目があるのか、なにかと舶来品を使って見栄《みえ》を張りたがる。

三崎ものぞかせてもらった。

横浜の街を歩く人々が、視界いっぱいに映し出された。

黒髪の日本人にまじって歩く異国の大きな男や女。金髪や赤毛、辮髪《べんぱつ》の清国人。「泰平の眠りを覚ます上喜撰《じようきせん》たった四杯で夜も眠れず」と詠まれたように、異国との遭遇に驚き恐れたのも今は昔、まさに万国の人間見本といったていの多種多様の人々があふれている。

こちらからのぞかれているのを知らないから、みんな無防備な姿で間抜け面をさらしている。

主人の目を盗んでつまみ食いしている饅頭屋の丁稚。石段に腰かけて煙管《きせる》で一服している大工。何がおかしいのかケタケタ笑いながら歩く着飾った娘たち。犬を蹴飛ばして反対に咬みつかれている老人。塀の上でにらみ合っている二匹の猫。昼間から乳《ちち》くり合っている不届き者や、道を空けるように声を張りあげる人力車夫と怒りの声をあげる人々。

「わしはこの望遠鏡でただ遊んでいるわけじゃないぞ」

山内は鼻息荒く弁解する。

「諸君は足を使って警邏《けいら》のために街を歩くが、わしはここにいにゃならん。それでも市民の安寧は見守りたいから、こうして遠くから眺めるようにしている。この間は、若い娘にからんでいたチンピラどもを見つけて、すぐに助けに行くように命じたくらいだ」

「それは連中も驚いたでしょう」話を合わせる。

「ああ、悪人どもも勝手なまねはできんさ。わしの目が黒いうちはな」ふくらんだ腹を突き出し、滑稽なくらいに胸をそらす。

再び三崎が望遠鏡でながめていると、巡回している警官を見つけた。

腰を下ろして甘酒に舌鼓を打っている。他にも、いっしょに働いたことのある警官が、蕎麦を掻きこんだ後にムセていた。

——やれやれ、こうやって監視されてたんじゃあ、息もつけんな。

同僚たちに同情した。

三崎が望遠鏡から目を離すと、山内のほうは窓辺から離れて机へと向かっていた。引き出しを開け、十枚ほどの紙の束を取り出す。

三崎は近づいてゆく。

「モーガンの生い立ちについてのアメリカからの報告だ」山内は紙束を机の上に放り出した。

にらむように三崎に目をやると、「ジャック・モーガンの母親は、ケイト・モーガンという女宣教師だ」と言った。

「シスターが母親？」三崎は眉をよせる。

「三十五年前、ケイトは清へ布教に行っていたんだが、なんらかの理由でアメリカへ帰ってきた。教会に戻ったが、しだいにその腹部がふくれてきた。——父親はわからなかった」

「清で妊娠したんですか」

「そのようだな」山内は顔をしかめた。「ケイトは産みたくはなかったらしいが、キリスト教の教義上、堕胎はできん。——そして生まれたのがジャックだ」

「では、父親は清国人？」

「おそらくな」鼻の髭を指でなでる。「ジャックは生まれると、すぐに孤児院へと引き取られた。母親が愛情を感じなかったのだ」

「つまり、愛によってできた子供ではないと？」

「それはわからん。その男との愛がただ冷めただけなのかもしれないし、布教の邪魔だったからなのかもしれん」

山内はぶかっこうな鼻から息を出す。

「孤児院ではずいぶんといじめられたそうだ。なんといっても黄色い猿、東洋人の血が混じっているからな。ジャックも東洋人としたら大柄なほうで、体格でそんなに差はなかったが、多勢に無勢でいつもやられていた。だから、本人も逃げ出したかったんだろうな」

　しゃがれた咳をする。

「十四歳で孤児院を飛び出して悪い仲間に加わった」

　山内は三崎を見すえ、声の調子を落とした。

「その後しばらくして、母親を訪ねていった。そのさいに、ケイトが護身用に持っていたピストルを奪った。——そして、その銃で母を撃った。それが最初の殺人だ」

　三崎はあぜんとしたが、すぐに顔をしかめ、「なんて野郎だ」と吐き捨てた。

「その後、孤児院へ戻り、いじめの主犯五人を撃ち殺して逃げ出した。それからは強盗に人殺し、なんでもござれの悪行三昧だ。その悪事の間に、自分で拳銃の稽古に励み、悪党の中でも名の知れた早撃ちガンマンになったというわけだ」

　三崎は書類をめくりながら丹念に目を通し、しばらく考えこんだ。

　顔をあげ、射るように山内を見る。

「それで、羅刹鬼とモーガンの関係は？」

「まだはっきりとはせん」太い首を振る。

「……そうですか」

「これ以降もアメリカ側が調査を進めている。モーガンの出生についても、もう少し詳しいことがわかるかもしれんが……」

「わかりました」

三崎は了解すると、再び書類に目を落とした。

そうしていると、山内が机の下でガサゴソと何かをしていた。

気になって目をやると、大きな風呂敷を取り出して机の上に置き、結び目を解いて広げていた。

カウボーイハットとガンベルト、ガンホルスターに入った銃が姿を現わした。

そして、手のひらにのるくらいの星形をした金属の板もある。

並べられた品を見て、三崎はけげんな顔をした。

「なんですか、これは？」

「アメリカのポリスの格好だ。シェリフってやつだよ」山内がニンマリとした笑みをみせる。

「それが？」意図がわかりかねた。

「おはんが着てみたら、いいと思ってな」

三崎はぽかんと口を開けた。

「……おれがこんな道化みたいな珍妙な格好をしてどうするんです」

「世間の話題になる」

「嫌ですよ。そんな歌舞伎役者みたいなまねは」

「そう言うな。このシェリフの格好でここいら一帯を歩きまわってみろ。手配書と相まって、すごい話題になるじゃろ」

山内は意気揚々と言葉を続ける。

「話題になれば、それだけモーガンを見る目が増え、捕獲しやすくなる。モーガンが馬鹿にされたと思って怒り狂い、うまくいけば奴をおびき出せるかもしれん」

「……」三崎は顎に手をやる。「……なるほどね」

しばらく考えこんだが、やがて真剣な声で言った。

「大根役者のとんだ茶番のようだが、モーガン逮捕に役立つなら、やってみてもいいかもしれません」

「よう言った」山内が大きくうなずく。

「今さら恥も外聞もありませんから。——それで一刻も早くモーガンを捕まえ、羅刹鬼にたどり着けるならね」

三崎はガンベルトを巻き、銃を手にした。ずっしりと鉄の重さがかかる。ホルスターに差しこむ。

さらに、星形の金属の板を手に取った。

それを不思議そうに見る三崎に、山内が言った。

「シェリフであることを証明するバッヂというやつだ。アメリカポリスの家紋のようなものだな」

「日本で言うなら、十手《じって》みたいなもんですかね」

「おお、そうじゃ。向こうのポリスは、みんな胸にそいつをつけている」山内は太い指で左胸をさした。

三崎は着物の左胸にその星形のバッチをつけてみた。

「なかなかシャレてますね」

頭にカウボーイハットものせた。

十

カウボーイハットにシェリフのバッヂ。ガンベルトに撃てやしない拳銃をさし、三崎は大通りを歩いてみることにした。

新手の大道芸師、西洋風の蝦蟇《がま》の脂売りとでも思われそうだ。

「嘲笑」「面白い」「不思議」それぞれの感情をのせた人々の視線が突き刺さってくる。

さすがに恥ずかしい気になる。馬鹿か道化者のようだ。

遠慮のない子供が指をさして笑う。遠慮のない大人も指をさして笑い、少し遠慮のある大人は指をささずに笑う。

このすぐ後、三崎のガンマン姿は、珍奇な事象にさとい絵師によって錦絵にもなっていた。顔はまったく違っていて、いかにも浮世絵ふうの吊り目で細い顔になってはいたが。

見知った商売人たちが声をかけてくる。

「ダンナ、シャレた格好ですね」

「ああ、なかなかいいだろう」

「いやあ、カブいてますねえ」「さすがの団十郎もこれにゃあ、参ったって言いますよ」「黙阿弥《もくあみ》あたりが狂言にするかもよ」と、口々にからかってくる。

「モーガンの噂はなにか耳に入ってこないかい」三崎が聞く。

「入ってきたら、真っ先にあっしがモーガンを捕まえますよ。一万ドルでしょう」うっとり顔。

「危ねえよ。奴はとんでもねえ人殺しだ」

「もちろん、一人で向かっていくなんて無謀なまねはしやしませんよ。命がいくつあっても足りない。仲間を引き連れてみんなで行きますぜ」

「警察を呼んでくれ。――居場所を見つけてくれりゃあ、一万ドルとはいかないが、相当なお礼が出るはずだ」

そんな調子で横浜市内を行ったり来たりして歩いていると、裏路地に入ったところで喧嘩沙汰に出くわした。

三人のヤクザ者が一人の若い男を殴る蹴るしている。やられている男の背中には、草鞋で押された土の白い跡が幾つも重なり合っている。

男は鼻から血を流し、顔が腫れあがっていた。どうやら、博打《ばくち》で負けた金を払えなくてヤキを入れられているらしい。

自業自得であんまり同情する気になれなかったが、捨ておくわけにもいかず、三崎は割って入るように歩を進めた。

「なんだ、おめーは」毒蛇といった凶悪なツラの男が暗い目つきでにらんでくる。

「これを見てわからないか」三崎は胸もとの星形のバッヂを指で示す。

「なんだその変なギザギザは」

「ものを知らない奴には困ったな」

「なんだと！」毒蛇は歯をむき出していきり立つ。

「ポリスだよ」

「ポリス？——その珍妙な格好でか？」鼻で嗤う。

「新しい西洋風のポリスだ。文明開化だからな」

「なんだか知らねえが、口出し無用だ」苦々しい顔で吐き捨てる。

「おれもそうしたいが、目に入っちまったから、知らんふりもできんと思ってな」

「さっきから、ゴチャゴチャうるせえ奴だ！」怒りを爆発させ、「なにがポリスだ」ふところからドスを抜いた。ギラリと鉄の刃が光る。

「ついでにこいつも殺っちまうぞ！」と、他の二人に叫ぶ。

三崎は苦笑する。

「やっぱり、時代遅れの奴らは始末におえんな」と言うやいなや、ガンホルスターから銃を抜き、かまえた。「さすがに悪い頭でも、刀じゃ銃に勝てないことぐらいわかるだろう？」

黒光りする銃身を上げ、銃口をピタリと毒蛇の胸もとに向ける。

ヤクザたちが立ち止まった。顔を引きつらせて体を固まらせる。

三崎は平静な声で告げた。

「物騒な昨今だからな。人手が足りないし、いちいち悪い奴をお裁きにかけている暇もない。だから太政官令《だじようかん》で、斬り捨て御免じゃないが、撃ち捨て御免ってなったのを知らなかったのか？」もっともらしいことを真面目な顔で言う。

毒蛇の額に脂汗が浮く。ゴクリと唾を飲み、喉の奥からかすれた声を出した。

「……嘘だろ」

「さっさとその兄ちゃんを置いてどっかへ行け」

だが、毒蛇は決死の顔つきになると、ドスの切っ先を向けて突っこんできた。

「ふざけんな、この野郎！」

三崎は半身になりながら、相手のドスを持った手を拳銃で打ちつけ、さらに頭を銃底でぶん殴った。鉄の塊だから、その威力はなかなかのものだ。

毒蛇は痛みのあまり手からドスを離し、頭を押さえて倒れこんだ。

三崎は拳銃をホルスターに仕舞い、落ちたドスをすばやく拾った。

「実はな、銃はまだ撃ったことがないんだ。でも、慣れ親しんだ刀を手にしたら、もうこっちのもんだ」ニッと笑ってドスを振る。

勇ましい怒声とともに、残りの二人がかかってきたが、あっという間に峰打ちで倒した。

ヤクザどもは頭や肩を押さえてよろよろと立ち上がる。

「ちくしょう、おぼえてやがれ」と、捨てゼリフを残し、ほうほうのていで逃げていった。

「悪いが、おぼえてられんよ」三崎は苦笑いとともに言った。「――頭を悩ますことが他にいっぱいあるからな」

十一

ジャック・モーガンの顔写真が入ったお尋ね者の手配書が、東京や横浜、関東一円のいたるところに貼りだされていた。

大きな商家の横壁に貼られ、味噌屋の店先に置いてある大樽に貼られた。

人々が立ち止まって、じっと見ている。

賞金の額を見ては盛り上がる。

「すげえぞ、おい、富くじよりよっぽどいいぞ」

「博打なんかやっているより、こっちに賭けたほうが大儲けだ」

棒手《ぼうて》振《ふ》りはみな売り歩きながら通行人の顔を見てまわり、町じゅうの人々が、お互いにお互いの顔をじろじろと見た。子供たちは怪しい中年男の後をズラズラと付いてまわる。

子供らには、モーガンごっこも流行《はや》った。悪役にされたモーガン役の子は、拳銃に見立てられた木片で撃つまねをし、竹の棒を振りまわす正義の味方に成敗された。

気の早い者たちは、得た賞金を何に使うのかも話の種にした。

「おれは城みたいな御殿を建てたいな。でっかい池に錦鯉をいっぱい泳がせてよ」酒で顔を真っ赤にした男たちが居酒屋で、「吉原で、芸者総揚げでお大尽遊びがしたいなあ」湯あがりの男たちが裸で語り合った。

井戸端では女房たちが、「あたしは着物にべっ甲の櫛をいっぱい買う」だの、「異国へ行ってみたいねえ。でっかい船に乗って優雅にさあ」とか、「団十郎を一晩買って抱かれてみたいねえ」などと、弾《はじ》ける笑いとともにおしゃべりが止まらなかった。

子供も年寄りも、鵜《う》の目鷹の目で他人の顔をのぞきこんでいる。少しでも似ているか、怪しいと思う者がいれば、そいつにくっついて歩く。

そのため、モーガンだと間違えられて通報される者が続出した。

中には、警察を呼ばずに自分で捕まえようとして、取っ組み合いになる奴もいたし、集団で取り囲まれて袋叩きにされる者もいた。

近くの神社や空き家までしらみつぶしに探された。

神社や寺の縁の下で寝ていた乞食などは、着ていたものをはぎ取られ、汚れた顔を水で洗われ、モーガンではないと確信するまで放免してもらえなかった。

三崎の長屋でも、モーガンをねらう兵《つわもの》がいた。

三崎が家へと帰って来ると、路地の途中で、猫好きのおきん婆さんが真剣な顔で近寄ってきた。

「あたしがモーガンを見つけたらねえ……」首を伸ばし、暗い目つきで顔を寄せてくる。

「……そっと近づいていって、後ろからズブリとやろうと思ってんのさ」

「おいおい、おきんさん、危ないことはやめてくれよ。警察を呼んだほうがいい」三崎は困り顔で忠告する。

「だって、呼びに行っているうちに、逃げられたらどうすんのさ。それでも賞金はもらえんのかい」

「それは……どうかな？」首をひねる。

「だろう？　やっぱり、その場で殺《や》ってしまわないと」粘りつくような低い声を出し、汚い歯を見せてニヤリと笑った。

三崎は寒気がしたが、いつものようにあまり関わり合いにならないほうがいいと判断し、

「まあ、がんばってくれ」と空疎な励ましをして、その場から逃げ出した。

十二

エレナはシェリフ姿の三崎を見るなり、眉間に縦じわを刻んだ。

「なに、その格好？」

「お気に召さないか」

「……」不快そうな目で見てくる。

「おれも召さないが」

「なんのつもり？」

三崎は西洋風に肩をすくめた。

「アメリカ式にやってるのさ。顔写真と褒賞金の入った手配書を貼りだすみたいに」

「そんなことを求めているわけじゃないわ。お願い、真面目にやって」

「ふざけているわけじゃない。充分すぎるほど真面目だよ」

「どういうことなの？」くびれた腰に手をやり、細い首を傾ける。

「この一件に関心を持たれれば、みんなモーガンに興味を持つ。モーガンを探す目が増えれば増えるほど、それだけ奴を見つけやすくなる。――という理屈だ」

「……」エレナは無言で聞いている。

「正直、日本の人々がモーガンに関心を持つか案じていたんだよ。だが、それも杞憂《きゆう》に終わった。世間の連中はモーガンを捕まえようと熱くなっている。なにも、こんな道化みたいな格好をしなくてもよさそうだがね」三崎は頭のカウボーイハットに手をやった。

「……ふーん」

「ただ、もう一つ、うまく奴を挑発しようというたくらみもあってね。あいつが、天敵のシェリフの格好をしている日本人のことを聞くか目にして怒りをかきたてられ、向こうから姿を現わさないかという考えもあるんだ」

「……そう、ならいいけど」エレナは一応は納得したようだったが、すっと伸びた鼻から息を吐くと、グッとにらんでくる。

「だけど、いい？　私は日本語がわからないし、日本の事情もよく知らない。今、警察がどうやっているのか、どう動いているのかもわからない。だから、あなたの報告や、日本に詳しいアメリカ人に聞くことぐらいしかできない。でも、もし、私を騙したり、誤魔化そうとしたりしたら、絶対に許さないわ」

「なあ」三崎は苦い顔で応じる。「おれたちは敵じゃなくて、きみの愛息のチャーリー風に言えば、チームの一員のはずだぜ。そんな言い方は心外だな」

「気を悪くしたら謝るけど……」表情が陰り、エレナはうつむいた。「正直、あなたたちを百パーセント信用できないのよ」

「どういうことだ」片眉を上げる。

「適当に捜査しているふりをしているだけかもしれないってこと」

「そんなことはしないさ」

「わかりゃあしないわ」エレナは顔を上げた。「モーガンに金をもらって向こうの味方になっている警官だっているかもしれないし……」

「まさか」三崎は小さく首を振る。

「ワイロをもらって悪人をかくまう悪い警官をいっぱい知っているわ」挑発的な視線を向けてくる。

「アメリカならね」

「日本は違うっていうの？」

「そう言われると……まあ、たくさんいそうだが」

「やっぱりじゃない」

三崎は息をつき、笑みをつくる。

「心配無用だ。こっちにはこっちの事情があって、どうしてもモーガンを捕まえたいんだ。特にモーガンをかくまっている奴のほうをだが。そいつはモーガンに負けず劣らずの極悪人なんでね」

「本気でやっているというなら——」エレナは三崎を見すえて言った。「一ヶ月よ。夏が終わるまでには捕まえてちょうだい。いい？」

三崎は気迫のこもった目で、その蒼い瞳を見返した。

「言われるまでもなく、必ずあいつを捕まえるさ」

二章　東西の鬼

一

「モーガンの隠れ家が判明したぞ！」山内がダミ声を張りあげた。

「本当に？」署長室に呼ばれた三崎は色めきたった。

「川崎にある、元は武家の屋敷だ。〈増岡海運〉という会社の男が家主になっている」

「確かなんですか」

「近所の住人の通報によって判明した。お尋ね者ポスターのお陰だ。もちろんモーガンの奴は、髪を黒く染めて普通の日本人に化けちょったがな」

「至急、捕獲するための人員をそろえます」三崎は表情を引きしめる。

「いや、それがな……」山内の勢いがそがれ、口ごもった。

「……？」

「それは警視庁のほうでやるらしい」上目づかいで見る。

「警視庁？……どうしてですか」

「石間《いしま》っていう奴が隊長で、今夜、急襲するそうだ」

三崎はあきれた顔になる。

石間とは一度会ったことがあった。長州の下級武士の出で、元幕臣を軽んじている官軍きどりの偉そうな野郎だ。

「ちょっと待ってください」三崎は山内に吠えかかった。「うちの管轄ですよ。こっちで捕まえるんじゃないんですか」

「ああ」山内は視線をそらすと、舌打ちした。「しょうがなかろう。この情報を取ってきたのが、向こうの手の者なんだから」

「ですが……」

「そもそもこれは国の案件だからな。警視庁でやりたいんじゃろ」

「……」

「一応、うちの管轄ではあるし、……それに、薩長の仲だから、わしに顔を見せて挨拶だけはしておこうと、来たってことだ」大きなため息をつく。

「石間は今、ここに来ているんですか」

「ああ、あいつは長州の同僚だった男のところへ寄っているみたいだが」

それを聞くやいなや、三崎はドアを勢いよく開け、署長室を飛び出した。

階段を駆け下り、石間を探す。薄暗い廊下を走り、玄関へと向かう。

そして、ちょうど強烈な光の中へ出て行こうとする長身の男を見つけた。

「石間さん」がっしりとした背中を呼び止めた。

石間は三十半ばになる男で、えらの張った顎が発達した顔に、一重《ひとえ》の目は怜悧な色をたたえている。

「なんだ」石間は首をねじって振り返ると、鋭く冷たい視線を返してくる。

向こうは、三崎のことをおぼえていないようだった。

「モーガンの捕り物。私も加えてもらえませんか」三崎は石間の目を見て言った。

「どうしてだよ」ぶっきらぼうな言葉が返ってきた。

「私は一応、この署のモーガン捕獲の責任者なんで」

「いらんよ」鼻を鳴らす。

「そう言わずに。人員は少しでも多いほうがいいでしょう」

「──おれたちが信じられんのか」眉間にしわを寄せる。

「そうじゃありませんが」

「じゃあ、引っこんでろ」石間はにべもなく言い放った。

ムカっときたが、三崎はなんとか怒りをこらえた。

「奴をどうしても生きたまま捕まえてほしんいんですが」平静な声で頼む。

「ああ、そのつもりだが、状況による」

「別件で、モーガンから聞き出したいことがあるんですよ」

「できるだけそうするが、わからん。奴の抵抗しだいだ」かったるそうに肩をゆらし、投げやりに言った。

「すごい早撃ちの拳銃使いです」

「お前に言われなくても百も承知だ。こっちもそのつもりで準備している」

「……」

「家で酒でも飲んでろよ」吐き捨てるように言うと、石間はきびすを返した。

三崎は嘆息する。

──やっぱり取り付く島がないか。

二

元幕府隠密の忍び、伊蔵《いぞう》は真っ暗な闇の中にひそんでいた。

一刻ほど前に、屋根瓦をはずして天井裏に忍びこんだのだ。

そして、ほこりと蜘蛛の巣だらけの闇の中を屋敷の奥へと這《は》い、モーガンの寝所の天井裏で、じっと息を殺していた。

少し天井板をずらすと、月の薄明かりに、寝入っている異人の顔が見える。

――ジャック・モーガンだ。

文字盤に蛍光塗料をほどこした懐中時計で時間を確認する。

午前〇時と同時に、警官隊が踏みこんで来る手はずになっている。

伊蔵の役目は、ここからしびれ薬を塗った吹き矢を拳銃使いに放ち、警官隊を援護することだった。

突入してきた警官隊に気づいたモーガンが目を覚まして起きあがり、拳銃を手に迎え撃とうとした時、その背中に向けて毒矢を放つのだ。

この策によって、犠牲者を出すことなくモーガンを捕まえられるはずだった。

深夜になっても空気は蒸し暑かった。

モーガンが隠れる屋敷の周りでは、黒の制服に身を包んだ警官の突入部隊二十人あまりが、足音を忍ばせ、ひたひたと押し寄せてきていた。

午前〇時となった。

隊長の石間が手を上げ、突入の指示を出す。

がん灯《どう》が準備される。強盗提灯とも言われる物で、金属または木製の桶状の外観で、中に蠟燭を灯し、正面のみを照らして持ち手を照らさない捕物用の提灯である。

松明《たいまつ》が掲げられ、がん灯が振られて周囲を昼間のように照らし出した。これでは鼠一匹逃げられるものではない。

塀にはしごが掛けられ、警官たちが昇ってゆく。

庭に下り立つと、いっきに屋敷内へと突入してゆく。

一方、奥の部屋では、物音を聞きつけたモーガンが異変に気づき、目を覚ました。

布団を跳ね上げて起き上がる。ガンベルトを巻き、瞬く間に身支度を整えた。

多人数の警官隊が廊下を走って近づいてくる音を耳がとらえた。

モーガンはガンホルスターから静かに拳銃を抜く。

と、いきなりその銃口を天井に向けた。

銃口からたて続けに火が吹き出した。三発の銃弾が天井板をつらぬく。

銃声の響きとともに、吹き矢をくわえた黒装束の賊が落ちてきた。畳に弾《はず》んで転がり、もうもうとほこりを立てる。

モーガンは、目をむいて横たわっている忍びの死体を見おろし、ニヤリと笑った。

「ずいぶんとデカい鼠が潜んでいたな」

モーガンはそっと襖を開けて奥の部屋に隠れ、警官隊を待ち伏せた。

そのとたん、警官隊は障子を開け放ち、土足で畳に上がりこんできた。

がん灯で照らして前へ進む。

だが、そこに標的の男の姿はなく、がん灯に照らし出されたのは、死体となって横たわる伊蔵だった。

その時、すでにモーガンはそっと忍び足で襖を開け、警官たちの背後へと出ていた。

そして、居並ぶ黒い背中に銃口を向けた。松明に照らされた無防備な警官たちの心臓にねらいをつけて引き金をひいた。

銃声とともに閃光がまたたく。

背後から銃弾を受けた警官たちは、声をあげる間もなく次々と倒れていった。噴き出した血が、畳の目の中へと沁みこんでゆく。

がん灯が落ち、畳に火が付き燃え上がる。

周囲に白い煙がたちこめ、混乱する警官たちの視界をふさぐ。

「どこだ。どこへ行った。モーガンを確認した者は報告しろ！」庭で指揮を執る石間が、悲壮な声で叫ぶ。

「出口を固めろ。絶対に逃がすな！」「入口のみならず、塀の上にも注意を向けろ」怒号、指示、銃声が飛び交う。

炎が屋敷全体に広がり、煙が巻き上がってゆく。


カサカサと音をたて、鼠が草陰を走る。

ホーホーという鳴き声が闇に響く。木の枝に鼠をねらう梟《ふくろう》がとまっていた。

三崎は屋敷の外にいた。

塀から少し離れた地蔵の祠《ほこら》の横で待機していた。万が一、モーガンが包囲網を破って逃げ出してくる場合にそなえて待ち伏せしていたのだ。

黒い煙の塊が噴き出し赤々と燃え上がる屋敷を、三崎はじっと見ていた。

——なんだ、あの炎と煙は。……うまくいっているのか？

胸に懸念が広がる。

——モーガンを生きて捕らえてもらわなければ困る。デッドｏｒアライブ、生死を問わずではない。

羅刹鬼について、知っていることを洗いざらい吐いてもらわなくてはならないのだ。

焦燥感に駆られながら状況を見守っていた時、すぐそばの祠の裏に目が向いた。

苔が一面に生えた地面が、じりじりと動いているのに三崎は気づいた。

体に緊張が走る。

苔の地面に一直線に亀裂が入った。

ガタッと石と石があたる重く鈍い音がした。

亀裂が少しずつ大きくなり、真っ黒な空間が広がってゆく。苔の下に石板があり、動いているのだ。

三崎の頭上では、梟が枝から音もなく飛び立った。

ぽかりと開いた暗い穴から何者かが顔だけ出して、周囲を見まわした。

おぼろに光る月の光がその顔にあたった。

――モーガンだ。

三崎は息を呑む。

――間違いない。手配書とは違って、髪は黒くて髭もないが、確かに奴だ。

仕込み杖の柄を握る手に、じっとりと汗がにじむ。

モーガンは銃をかまえたまま、ゆっくりと上半身を現した。

辺りに目を配りながら、全身を穴倉から出す。

三崎は静かに刀を抜いた。

モーガンが足音を忍ばせてこちらへと近づいてきた。

三崎は音をたてないようにそっと草を踏み、後ろの木の陰へと隠れた。刃面が月の光に反射しないよう下向きにして影の中へ。

息を殺して待った。心臓が早鐘を打つ。

ゆっくりと歩を進めるモーガンが前を横切り、通り過ぎた。

背中を向けた。

――今だ。

三崎は息をつめたままそっと木の陰から出た。

すばやく、それでいて静かに間を詰める。

――殺してはいけない。しかし、刃を突きつけるだけでは、早撃ちでこちらがやられる。不意打ちで奴を倒してしまわなければならない。

刃を返して峰にした。

――鉄刃で奴の腕を打ちすえ、銃が使えないよう利き腕を折るのだ。

刀を大きく振りかぶり、一撃を加えようとした。

その瞬間だった。「チュウ」と、甲高い悲鳴が夜の闇に響いた。舞い降りた梟が、草陰を走る鼠をその鋭い爪でつかんだのだ。

モーガンがはっとこちらを振り返る。

――気づかれた。

間合いが少し遠かった。が、時間の余裕はない。

やむなく三崎はそのまま刀を振り下ろした。

手首をねらった一撃だったが、やはり間合いが遠く、刀の切っ先はモーガンの銃身にあたった。

鉄と鉄がぶつかる重く甲高い音が響く。中ほどから刃が折れてしまった。

だが、モーガンも衝撃で銃を落とした。

その銃がこちらに転がってきた。

三崎はとっさに踏みつける。

そして、そのまま半分残った刀で打ちかかろうとしたが、その瞬間、モーガンが三崎の折れた刃を拾っていた。

ナイフのように投げつけてくる。

三崎は半分になった刀で叩き落とした。が、その折れた刀身は地面の石にあたって跳ね返った。切っ先が三崎の右腿にあたり、肉を切り裂いた。激痛が走る。

「ぐうぁ」うめき声とともに膝が折れ、前のめりに倒れこんだ。

すぐに立ち上がり、追いかけようとしたが、激しい痛みで足の動きがままならず、再びつんのめって転んだ。

腿から血を流しながらも、モーガンの姿を懸命に目で追った。

だが、その姿はすでに闇の彼方へと消え去っていた。

「くっそう！」三崎は拳で地面をたたき、呪いの言葉を吐いた。

そのすぐそばでは、梟が鼠をうまそうに食っていた。

三

モーガンの捕獲作戦は、警察官の死者五名、重傷者八名を出したあげく、お尋ね者を取り逃がすという惨憺《さんたん》たる失敗に終わった。

右腿に刀傷を負った三崎は、警官隊に帯同してきた医師に応急手当だけをしてもらった後、痛む足を引きずり、刀身が折れた仕込み杖をついて帰路についた。

深閑とした夜道を独り行く間、胸を引き裂かれるような悔しさにずっとさいなまれて歩いた。

なんとか長屋にたどり着いた時には、すでに朝日が顔を出しはじめていた。

疲れ果ててそのまま畳に倒れこむ。

傷跡がひどく痛んだが、疲労がそれに打ち勝ち、いつしかうとうとした。活動を始めた長屋の住人たちの喧騒にも負けず、深い眠りに落ちた。

暑さと痛みで目を覚ましたのは昼近くだった。

頭は重く、気分は沈んだままだった。

寝返りをうって横向きになると、衣装簞笥《だんす》の一番下の引き出しが目の前にあった。

ぼやけた目で、引き出し板の木目の渦巻きをしばらく見ていた。

ゆっくりと上半身を起こした。右腿をかばうように変則的に胡坐《あぐら》をかく。

一番下の引き出しを開けた。

視線を中へと落とす。

黒い羽織が丁寧にたたまれて仕舞われていた。

父の物だ。同心の頃に着ていた羽織だった。三崎本人の同心の着物は、維新後にさっさと売り払ってしまっていた。

だが、父の物はこうして大切に仕舞いこんでいた。形見のようになって残っている。

川柳に、「泣く泣くも良い方をとる形見分け」というのがある。悲しいながらも形見分けになると欲が出てしまう兄弟姉妹の切ない煩悩《ぼんのう》を面白く詠んだものだが、蓮十郎はなにしろ一人息子なので、父の遺品を取り合う者もなく、すべてを受け継いだ。ほとんどは人に分けたりしてしまったが、この羽織だけは手元に残してある。

父、源兵衛の姿が頭に自然と浮かんでくる。

六歳の時、剣術の稽古の帰りに山のほうへカブトムシを獲りに行った。

その村の子供らと仲良くなって遊び、夢中になったあまり、帰りが遅くなった。

父が心配しているだろうと、あわてて走って帰ったが、すでに日が暮れようとしていた。

家へと通じる路地の途中で、顔を赤くして汗びっしょりになった父と出くわした。幼い蓮十郎をずっと探しまわっていたのだ。

途方に暮れていた父の顔は、一瞬ほっとした喜びに輝いたが、たちまち鬼の形相へと変わった。

「どこへ行ってた。必死に探したんだぞ!」

悲愴な怒鳴り声が、蓮十郎の鼓膜に突き刺さった。

父の目に涙がにじんでいた。

蓮十郎は子供好きの父に甘やかされ、可愛がられて育ったが、まがりなりにも武家の子だったから、怒られたことは数知れずあった。でも、目に涙をにじませて怒られたのは、それが初めてだった。

そして、それ以降もなかった。

だから今でもその光景が、父の顔が、その姿が記憶にしっかりと焼き付いている。

三崎は起き上がると、痛む傷に気をつけながら流しへ行った。

瓶に汲みおきしてある水を柄杓《ひしゃく》ですくい、ゴクゴクと喉を鳴らして飲む。同じ水を顔にかけ、ゴシゴシと洗う。

腹に何か入れようかと思ったが、お櫃《ひつ》に飯は残っていなかった。

買いに出るのもおっくうだったので、とりあえず、残っていた枝豆で腹をなだめることにした。

鍋に入れた枝豆を持って畳にあがる。鍋を膳の上に置き、傷にさわらぬよう右脚を伸ばしたままで慎重に腰をおろす。

枝から莢《さや》をもぎ、唇につけて指で押す。莢が割れて口の中に豆が飛びこんでくる。寝ぼけまなこのボーッとした意識のまま、その作業をもくもくと続けた。

父が死んだ日も、こうして二人で枝豆を食べていた。

夏も終わりに近づいていた日だった。夕刻だったが、日が沈む前で空は明るかった。

三崎はまだ珍しかったビールを父に飲ませてやりたいと買い求め、帰路についていた。途中、通りで棒手振《ぼてふ》りから枝ごとついた枝豆を酒の肴《さかな》に買った。

父は縁側で茶碗に入れた冷酒を飲んでいた。

髪は薄くなり、白くもなっていた。歳を取ったせいで、丸い体も少し痩せ、その分たるみが出ていた。

三崎は縁側に並ぶように腰をおろし、「飲んでみるかい」と、買ってきたビールを勧めた。

切子《きりこ》の硝子カップに入れてやったビールを、父は少しばかり口に含んだ。転がすように舌で味わうと、ゆっくりと飲みこんだ。もう一口飲む。ゴクゴクと飲んでみる。

「どうだい」三崎が感想をたずねた。

「う〜ん」笑いながら首をかしげ、「やっぱりおれの舌にはこっちのほうが合うな」と、父は冷酒を口にする。

「じきに慣れたら美味く感じるようになるさ」三崎は軽く笑う。

「かもしれんな」と微笑んだまま、父は枝豆を手にする。唇につけ、指で押す。莢からピュッと飛び出る豆を口に入れる。

「箱根でも湯治に行って来たらどうだい」日頃、腰を痛そうにさすっている父の体を案じ、三崎は口にしてみた。

「暑いからな。向こうに着く前にくたばっちまいそうだ」顔をほころばせながらも渋い顔。

「もうじき涼しくなるよ」

「ああ、そうだな……一度、行ってみるか」

父は茜色に染まりだした空を見上げると、葉が茂る欅《けやき》の大樹に目を移した。

カナカナカナカナ……。

しばらく黙って耳を傾けていると、「……おや……蜩《ひぐらし》だな……」と父は感慨深げにつぶやいた。

空に目をやった父の瞳に、夕焼けが映っていた。

父はまた枝豆を唇に持ってゆき、莢から飛び出した豆を口に入れようとしたが、うまく入らなかった。

黄緑色の豆がポトンと縁側に落ちる。

「おいおい、ちゃんと……」苦笑いして三崎は父に目をやる。

すると、父が目を見開いて固まっていた。唇が小刻みに震えている。

異変を感じて声をかける。

「父上……」

だが、父は何も答えず、いきなり崩れるように後ろへと倒れた。

仰向けに横たわった父は目をむいていた。口の端に泡が浮いている。

カナカナカナカナ……。

そのまま帰らぬ人となった。

卒中だった。

「……おや……蜩だな……」というつぶやきが、最期の言葉となった。

四

なめらかな肌の長い腕を組み、エレナが感情を抑えた声で言った。

「捕《と》り逃がしたそうね」

「耳が早いな」三崎はかさぶたのできた右腿の傷をさすりつつ言った。

先日の一件を聞きつけたエレナに呼ばれ、事の顛末を説明することになったのだ。

額に汗がにじむが、窓を開けているので、海風が入ってくる。

エレナが鋭い視線をぶつけてくる。

「ふがいないわね」苛だちの混じった声。

「面目ない」三崎は目を伏せる。「不覚を取ったよ」

「悪人を捕まえるプロなんでしょ」

「そうだが、あいにくガンマンの捕縛には慣れていない。江戸の頃から剣術使いは何人でも捕まえてきたがな」

「見苦しい言い訳だわ」

「……でも、あんたの国でも銃の達人がいくらでもいただろう。それでも失敗した」

「開き直るつもり？」エレナの目が険しくなる。

「そんなつもりはない。失敗は認める」苦い表情を浮かべる。「――ただ、奴を捕まえることは、とてつもなく難しいミッションなのは確かなんだ」

「それは……わかっているけど……」エレナの気勢がそがれる。

「斬ってもいいってことなら、よかったんだが」

「殺しても問題ないわ」

「問題はこっちにあってね」三崎はため息をついた。「生きて捕まえなければならない事情があるんだよ」

五

三崎は、シェリフの格好ではなく、通常の着物に袴《はかま》姿で、元町の〈増岡海運〉を訪れた。

三階建ての煉瓦づくりの建物の事務所を訪ねたが、社長の増岡重吉《じゆうきち》は港へと行っているとのことだった。

港へ行ってみると、何艘《そう》かの小舟が、沖に停泊した巨大な船から荷を積み替え、艀《はしけ》まで運んできていた。

そこで多数の人夫たちによって荷揚げが行われていた。ぎっちり詰まった麻袋を肩にのせ、すぐそばの倉庫へと運び入れている。

その様子を見ている恰幅のいい背広の後姿があった。

横に並ぶと、「アメリカからの荷ですか」三崎は声をかけた。

増岡は太い眉をあげ、ちらりとこちらを見ただけだった。

顎が発達したがっしりとした四角い顔。垂れ気味の大きな目に太い鼻梁。厚みのある大きな口。髪を油で後ろへとなでつけているが、前方の髪が薄くなりかけていて、広い額が出ている。

「小麦ですかね」もう一度聞く。

「誰ですか、あんたは」増岡がゆったりとした口調で言った。

「増岡海運の社長さんですよね」

「そうだが。……あんたは？」眉をひそめ、じろりと見る。

「三崎と言います。――警察の者です」

「……ああ」口を開ける。心当たりがあるといった顔になった。

「おたくの会社の持ち物だった屋敷に、ジャック・モーガンが隠れていたってことで、ちょっとお聞きしたいと思いまして」

「あれには私もびっくりしました。いい迷惑ですよ」増岡が渋い顔で首を振る。

「では知らなかった？」

「当たり前でしょう。そんな異国の咎人《とがにん》を私が知っているわけないじゃないですか」心外だとばかりに顔をしかめる。

「でも、海運をされているから、なにかと異国とは縁があるようですね。――特にアメリカには」探りを入れてみる。

「邪推ですよ、三崎さん。単なる偶然だ」

「あの家を借りに来たのは日本人ですか」

「ええ。ただ単に私が周旋屋を通して貸家に出していたところを、西山とかいう男が借りたいと言って来たんですよ」

「まあ、おそらく偽名でしょうが、どんな男でした？」

「別にヤクザものって感じでもありませんでしたよ。実際どうかは知りませんが、一見、普通のどこにでもいる町民といった様子で、物腰も丁寧でしたしね」

「そうですか」三崎は形ばかりうなずいた。「その西山は、自分の素性をどう言ってましたか」

「醤油屋の手代で、主人の親戚の家族がそろって信州から出てくるので、広い屋敷が必要だとか言ってましたよ」

その後も、三崎は幾つかの問いを重ねたが、ひと息ついたところで、増岡が三崎の顔をのぞき込んで興味深げに聞いてきた。

「それで、あのモーガンって奴は捕まりそうですかね」

「アメリカ側に毎日せっつかれてますよ」三崎は皮肉な笑みをつくる。

「黒船以来、強引な連中だから骨が折れるでしょう」

「ええ、まあね」

「私の商売でも、船の運航とかで何かと無理難題を吹っかけてきますよ」増岡はふんっと鼻を鳴らす。

「それはご愁傷様ですね。――人を運んでくれとかの依頼は?」

「人?」

「密航させてくれなんて話は? そっと船倉の底にでも潜ませておけば気づかれないでしょう」

三崎はじっと増岡を見る。

増岡の顔が緊張する。

「やめてくださいよ」破顔した。「うちは違法なことはしませんよ。あくまで法令順守です」

「そうでしょうね」三崎は軽くうなずく。

——まあ、違法なことをしていて、素直に白状するお人好しもいないだろうが。

「日本と違って、アメリカは広大ですよ」増岡が空気を変えるように、表情を明るくして言った。

「どのくらいの広さなんですか」

「日本のざっと二十五倍ほどあるそうです」

「大きいとは思ってましたが、そんなにでかいんですか」三崎は大げさに驚く。

「移動も大変で、東から西まで行くのに、昔は幌馬車で半年ほどかかったらしいです」

「へえ」

「今は大陸横断鉄道ができましたから、ずいぶんと楽にはなったようですがね」

「日本だって充分に大きいと思ってましたが、アメリカに比べたら、猫の額みたいなものなんですね」

「こんな小さな土地でちまちま米を作っている場合じゃありませんよ。向こうは見渡す限り地平線の彼方まで、小麦や玉蜀黍《とうもろこし》の畑が広がっているんです」

「そんなにたくさん栽培してるんじゃあ、日本人にパンを食わせたいわけだ」

「そう。だから、船で荷を運ぶうちとしては、日本も海軍を増力し、軍艦をたくさん建造してもらわないと困ります。海の運航を異国に妨害されたら、うちの商売は干上がってしまいますからね」と言って増岡は豪快に笑った。

その時、海の方角から、厳しく叱責する声が耳に飛びこんできた。

目を向けると、監督官らしき若者が荷を運ぶ老人夫を叱りつけていた。

老人夫はつまずいて転び、その拍子に麻袋に入った荷をどこかに引っかけたようで、隅が破れて小麦が出てしまっていた。

「年寄りには大変でしょうね」三崎はその哀れな様子に同情する。

「まったくです」増岡が四角い顎を太い首に埋めてうなずく。「私だって、商売がうまくいったから、こうやって自らの体を動かすことなく、ただ検分していられる身分ですが、一歩間違えれば、あんな歳になっても重い荷をかつがなければならない破目になっていましたから」

「ええ……」維新以来、食い扶持《ぶち》に困っている奴らは元武士のみならずたくさんいる。

「あの監督している男はずいぶんと若いですね」

「ああ、よくありません。あんな頭ごなしに叱ってはね。怨みを買いますよ。もっと思いやりを持って注意しないとね」

「……」三崎は不審に思い視線を送る。

「私の息子なんですよ」増岡が答えた。

「そうなんですか」目を丸くすると、再び若い監督官に目をやる。

体形は中肉中背で、顔かたちは柔らかではあるが、確かに父親と似た趣がある。

「わがまま一杯に育ったんで人間が練れてない。――どこか他人の店にでも出して修行させようと思っているんですがね」

「それはいいかもしれません」

「私もそろそろ隠居しようかと思っているんです」

「まだ充分に働けそうだ」

「太り過ぎましたよ。昔はもっと動ける体をしていたんですがね」増岡は突き出た腹を無念そうにさする。

「そうはいっても、隠居はしていられないでしょう」

「ええ、後継ぎがようやく二十歳になったばかりでしてね」腕を組んでうなる。「任せてもいいんですが、あの通りまだまだ未熟でね。あと十年はやらないといけないでしょうね」

「ご苦労さまですね」

「私は英語なんてもんはさっぱりですが、こういった異国を相手にする仕事ですから、息子は英語をしゃべれるように、小さい頃から習わせているんですよ」増岡は自慢げに言った。

「そりゃあ、よかった」三崎は片頬だけで笑った。

――おれは英語がちょいとしゃべれるお陰で、面倒を押しつけられる破目になったが。

六

モーガンが隠れていた屋敷に出入りしていた者は、すべて徹底的に調べられた。

食べ物を運び、洗濯などの世話をしていたのは、お政という四十を超えた近所の独り身の女だった。

その女を問い詰めたのだが、モーガン本人には会ってはいなかった。

西山と名乗っていた五十がらみの男に雇われ、もっぱらその男の指示を受けていたようだ。

西山は、奥の部屋にいるのは甲府から出てきた義理の弟だと説明した。極度の人見知りで、誰にも煩《わずら》わされずに高等学校の試験に向けて勉学に集中したいとのことだった。

三崎は、さっそく西山の人相書きをつくり、多数の巡査を投入して周辺の聞きこみにあたらせた。

すると、隣町に住む一人の人力車夫の証言を得た。

それによると、その西山という男は、昔自分が知っていた男かもしれないとのことだった。

報告を受けた三崎は、その真偽を確かめ、西山の情報を得るべく川崎の駅へと行った。

駅前では、汽車から吐き出される乗客を目当てに、車夫たちが路上で待機していた。

車夫たちの誘いを受け流しながら見てまわり、一番後方で座っていた男の前で足を止めた。

報告にあったように、車の側面には、黒塗りの地に金色の線彫りで虎が描かれていた。

「高橋半兵衛さんですか」三崎は聞いた。

男が日に焼けた黒い顔をあげた。

「へい、……半兵衛ですが」まぶしそうに目を細めて三崎を見る。

実直そうな目に、引き結んだ大きな口。肩幅のあるがっちりした体で、袖を肩までまくりあげた腕の筋肉は盛り上がっている。

「鶴見川の向こうの三ツ池の辺りまでやってもらえますかね」三崎は頼んだ。

人力車に乗って鶴見川の橋に近づくと、三崎は、柳の下の影になったところで止めるように告げた。

三崎は、「ちょっと喉を潤したいんで、待っていてくれますか」と言って車を降り、道の向かい側にある茶店に行った。

冷やした甘酒を両手に持って戻り、湯呑の一つを車夫に差し出す。

「ご馳走になります」高橋は頭を下げて受け取った。

二人で柳の下にある石に腰をおろす。

三崎は一口飲み、口を開いた。

「邪魔されない静かな所でと思ってね。……私は警察の者です」

「やはり、そうですか」

三崎は軽く笑う。「察しはついていましたか」

「まあ、車牽《ひ》きに名前を尋ねる奴なんざ、いませんからね」

「なら、話が早い」三崎は笑うと、西山と名乗っていた男について知っていることを詳しく話してくれるように頼んだ。

高橋は考えをまとめるように黙って甘酒を飲んでいたが、しばらくして話しだした。

「一月ほど前の梅雨も明けた頃です。私はあの捕物のあった屋敷の近くの神社で、石段に腰をおろしてひと息ついていたんですが、そこに男が通りかかって、乗せてくれと言ってきたんです。その男の顔を見た時、一瞬、あれ？　と思いました。どこかで会ったような気がしたんです。しかし、その時は思い出すことができずに、単に気のせいかなと思いました。そして、その男を乗せて鶴見川をわたり、下末吉《しもすえよし》を過ぎて馬場まで行ったところの、建功寺のそばで降ろしたんですよ」

「馬場にある建功寺の近くか……」三崎はつぶやく。「家に入るのは見ましたか？」

「いや、寺の前で降ろしただけで……まあ、その近くに家があったのかもしれないが、見てはいません。帰りしなに気になって振り向くと、その男は海の方角へ歩いていきましたね」

「それで、その男が誰だったかは、いつ思い出したんですか」

「頭の隅っこに引っかかっていたんですが、思い出したのは、仕事を終えて一杯やっている時でした。——銀次って奴ですよ」

「銀次ですか」

「私は十五年ほど前、長崎の廻船問屋で用心棒をやってしのいでいたんですが、あいつがその店の手代でしてね」

「ほう、長崎の廻船問屋の手代ねえ」

「と言っても、ちょっとの間だけ顔を合わせたことがあるだけで、面と向かって話したこともない。だから、向こうはこっちに気づかなかったんでしょう」

「なるほど」

「で、奴は店の金を横領して、捕まる寸前に逐電したんですよ。あんのじょう、江戸へ逃げて来ていたんでしょうね」

三崎は思案げに指で顎を搔く。

「つまり銀次は、あなたに見つかったことをまだ知らないってことですね」

「だと思いますが」

三崎は甘酒を飲み干した。

——この車夫が、銀次とかいう男に声をかけなかったのは好都合だ。

もし西山と名乗っていた銀次が、近くに自分の正体を知っている男がいると知れば、またどこかへ雲隠れしてしまう。だが、今なら、奴はまだ気づいていない。おそらく、人力車を降りた寺周辺に住んでいる可能性が高い。

三崎はすぐさま建功寺周辺の探索を命じた。

巡査たちは、おのおの青菜や干物の棒手振りや町人に扮して町中へと出ていった。通りを歩き、碁会所や湯屋、居酒屋に顔を出した。

そのさい、人相書きを手にして西山の居場所を聞きこみにまわるようなことはしなかった。担当区域を決め、自らの目だけでよく似た男を探すという地道な作業を繰り返した。

なぜなら、西山には、絶対に自分が探されていることを気づかれてはならないからだ。聞いてまわれば、必ずどこかで本人の耳に入る恐れがある。入ればたちまち姿を消すだろう。この捜査は、あくまで対象者に自分が探されているのを知られないことが肝要であった。

七

三崎は刑事部屋で、風の入る窓際に椅子を置いて伝六と向き合っていた。

「羅刹鬼というのは、まあ、なんとなく聞いたことはありますが、どんなことをやらかしたんです」団扇《うちわ》で顔をあおぎながら伝六が聞いてくる。

「お前はこっちの出じゃないからよく知らないだろうが……」三崎は椅子の背もたれに体を預けた。「奴は江戸や相模、武蔵といった東の国で、次から次へ子供をさらっては、身代金をせしめた非道な極悪人だ」

「ええ、それは知ってます」

「奴が名乗っている羅刹鬼というのは、人を食らう悪鬼のことだ。仏道が普及した後は、多聞天（毘沙門天）に仕える眷属《けんぞく》として仏道を守護する十二天に入って、羅刹天となった。西南を守護し、手にした剣で煩悩を断つらしいが」

「ええ」

「元は別名、涅哩底王《ねいりちおう》といって、破滅と破壊を司《つかさど》る神、または地獄の獄卒だった奴なんだ」

「つまり、羅刹鬼というのは、子供をさらって殺すという鬼にふさわしい名前というわけですか」

「そうだ。奴は半年に一ぺんくらいの割合で、事を起こしていた。準備に時間を充分かけて失敗のないようにだ」

「だから、一度も捕まらずに、その正体も露見していないわけですね」

「用心深い悪党なんだよ」

そう吐き捨て、三崎は窓の外へ目をやる。

「……ある冬の事件では、歳六つの女の子が、ちらちらと雪の舞う朝、冷たい川につけられた状態で見つかった。体は氷のように冷たくなり、全身が蒼白で唇が紫になっていた。

畑の中で雨に濡れ、泥だらけになって見つかった子供もいた。手足を縛られ、顔に土をかけられて窒息させられていた。——どんなに苦しかったろうな」うっすらと目に涙をにじませる。

「ひでえな……」伝六は顔をゆがめる。

「そのことで、ずっと不思議に思っていることがあるんだ」三崎は難しい表情になる。

「なんです？」

「殺し方だ。子供を執ように、ひどい殺し方をしている」

「見せしめのためじゃないですか。素直に要求に応じないから、子供がこんなひどい目に遭うんだと」

「ああ、もちろんそうだと思う。それが一番の理由だとは思うが……」

「……他の理由も？」

「それがわからん。うまく言えないが、それだけじゃない、奴の心の奥底に、もっと別の何かがあるような気がしているんだ。子供に対する屈折した憎しみというかな……」

「はあ……」ピンとこない顔。

「身代金受け取りの際は、本人は姿を現わさない。腹心の手下が、さらに下の奴を動かしていた。身代金は、その場その場で雇われたゴロッキが受け取りに来るんだ」

「つまり、そいつを捕まえてみても、羅刹鬼にはたどり着けないというわけですか」

「トカゲの尻尾だよ。下っ端は羅刹鬼と会うことはなく、腹心の手下のことをしゃべるだけだった。それによると、腹心の手下は当時、三人いた。そいつらは羅刹鬼本人を知っているはずで、まさに腹心を捕まえることこそ、羅刹鬼の正体を暴く道だったのだがな」

「はい」伝六が身を乗り出す。

「最大の好機があった。おれの親父が、身代金を受け取りに来た男を追跡し、夜に柳橋の料理屋で、羅刹鬼の腹心と接触したところを取り押さえたことがあった。これで羅刹鬼のことを白状させられる、と喜んでそいつを奉行所へ連れていこうと料理屋の廊下を歩いていた時だった」

「ええ」息を呑む。

「突然、銃声が轟いた。使われていなかった部屋の障子戸の隙間から拳銃が発砲されたんだ。腹心の手下は頭を撃ち抜かれていた。親父はすぐに障子戸を開け放ち、羅刹鬼を追ったが、硝煙の臭いを残し、奴の姿は闇の中に消え去っていた」

「なるほど。野郎も銃が使えるってわけですね」

「その羅刹鬼の稼業も、幕末にかけて減ってゆく、明治の世になってピタリと止まった」

「理由は？」

「不明だ。老いて体が利かなくなったのかもしれんし、金はもう充分溜めこんだから、新しい世になってまで危ない橋を渡りたくなったのかもしれん。——それか、動乱のさいに天罰が下って死んだ可能性もあると考えていた。……だが、今回のモーガンの件で、奴がいまだ地獄へも行かずにこの世で息をしていることがわかった」

怒りの炎をゆらした目で、三崎は伝六をじっと見つめた。

「絶望の涙を流した親たちを、何人も見てきたよ。……羅刹鬼をとっ捕まえることは、おれの父親の悲願だったが、それはおれも同じだ」

八

くる。

青葉を透したやわらかい光が庭に降りそそいでいる。

少し背を丸めたお登勢は、縁側に腰を下ろして団扇をあおいでいた。

蟬しぐれの声とともに、生垣の向こうから路地で遊ぶ子供らのはしゃぐ声が聞こえてくる。

亡きケン坊との思い出が自然に浮かんでくる。

歳を取ってようやく授かった子供だったし、甘えん坊だったから、よけいに可愛いがった。甘やかし過ぎと言われたけど。

こんな暑い夏には、ケン坊はすべすべのぷっくりしたお腹を出し、タライに入れた水ではしゃぎ、洗濯物を干していたお登勢に水をかけてきた。

遊び疲れたケン坊が、縁側に座ったお登勢の膝枕ですやすやと眠っていた。まん丸のほっぺたに蚊がとまった。ひっぱたこうかと迷ったけど、起こしちゃいけないと、そっと指で払った。血色がよくて柔らかい美味しそうな肌だったから、よく蚊に食われる子だった。

大福が好物で、いつもおいしそうに食べ、口のまわりにあんこや白い粉をつけていた。

二人でお風呂に入ると、湯船の中で、「母ちゃんのお乳は大福みたいだ」と、お登勢の乳房をつかんで引っ張った。

「ケン坊のほっぺたも大福みたいだ」と言って、お登勢もケン坊の頬をつまんで引っ張り、二人は笑い合った。

捕物ごっこも好きだった。

ケン坊が六歳だったあの夏。親子三人で夏祭りに行った時のことだ。

一通り出店を見てまわり、茶屋に寄って一服した。

お登勢と夫の徳之介が話をしている間に、ケン坊の姿が見えなくなった。

ケン坊は、出店も無い静かな裏手の林のほうへカブト虫を探しにいったのだった。

ケン坊はそこで、若い綺麗な女の人と酔った二人のごろつき浪人がもみ合っているところを見てしまった。

浪人は女の人の腰をつかんで抱き寄せようとし、肩や腕をつかんで近くにある納屋へ引っ張りこもうとしている。女はその手を振りほどいて逃げようとしたが、二人の浪人たちは女を逃がさないように挟みこんでいる。

言い合いに耳を傾けていると、その女が連中が酔っ払ったのをいいことに、浪人のふところの財布をねらったみたいだった。その弱みにつけ込み、「奉行所に突き出されたくなければ、相手をしろ」と迫っていたのだ。

女のほうは、「濡れ衣です」と訴え、男たちの無体な要求を拒絶している。

怖いもの知らずのケン坊は、近くの棒きれを拾うと、パタパタ走って助けに行った。

「やめなよ」と威勢よく声をかける。

「なんだ？」浪人がうるさそうににらんでくる。

ケン坊は、以前見たことがあった捕物をまねてみた。

十手《じって》代わりの棒を突き出し、「御用だ！」と叫ぶ。

浪人たちは蝿でも飛んでるくらいに無視し、女にからむのをやめない。

すっかりその気になったケン坊は、浪人たちの周りをぐるぐるまわって、「御用だ！御用だ！」と声を張りあげる。

ところが、酔っ払った浪人たちの怒りがついに爆発してしまった。

「うるせえ、この餓鬼！」雷が落ちるがごとく怒鳴った。

大人にいつも甘やかされていたケン坊は、浪人の大声に目を丸くした。たちまち委縮してしまった。

泣きべそをかく。

ちょうどその時、心配して探していたお登勢と徳之介がケン坊の姿を見つけた。

あわてて駆け寄ってくる。

二人して浪人たちに、「すいません」と頭を下げる。

だが、いったん火がついたごろつき浪人たちの怒りは収まらなかった。

「勘弁ならん。女盗人《おんなぬすっと》を捕まえようとする武士たる我々に、御用！　とはなんだ」

ケン坊は泣きじゃくりながらお登勢にしがみつく。

夫婦二人とも困り果ててしまった。

「腕の一本でも斬り落としてやらねば腹の虫が収まらぬ」浪人の一人が声を張りあげ、お登勢からケン坊を引き離そうとする。

その危機に、本物の町方の同心がやって来た。

三崎源兵衛だった。騒ぎを耳にして駆けつけてくれたのだ。

「無体なまねはよさんか！」一喝する。

「うるせえ、腐れ役人が！」浪人たちは臆することもなく、唾を飛ばして罵倒する。

頭に血が昇っていた二人は、抜刀して源兵衛に斬りかかった。

源兵衛は十手を取り出すと、二人を迎え討った。

そして、あっという間にとはいかなかったが、なんとか悪漢二人をたたきのめした。

「本来なら番屋にしょっ引くところだが、今日のところは見逃してやる。さっさと去《い》ね」汗びっしょりになり、肩で息をつきながら源兵衛が告げる。

浪人たちは罵詈雑言《ばりぞうごん》を吐き散らしながらあたふたと逃げていった。

ケン坊のほうは、悪漢を倒して女の人を救った同心の姿に、すっかりあこがれの目になっていた。

「ありがとうございました」親子三人そろって丁寧に頭を下げる。

「いやいや」鬼のような形相だった源兵衛は、うって変わってえびす顔になった。「いや、大事無くてよかった」

そばで見ていた若い女も胸をなでおろしたように頭を下げる。

「ありがとうございました。すれ違ったさいにちょっと当たったら、いきなり因縁をつけられまして、助かりました。もう少しで手籠《てご》めにされるところでした」

「このおねえちゃんが危ないところを、ぼくが見つけたんだよ」ケン坊が得意げに源兵衛に報告する。

「ケン坊、それはお手柄だったな」源兵衛はケン坊の丸い頭をなでてやる。「でも、父ちゃんや母ちゃんが心配するから、無茶なことをするなよ」

ケン坊は照れくさそうに身もだえして笑った。

その日、うちへ帰ると、ケン坊はさっそく捕物ごっこを始めた。

木の棒でつくった十手をお登勢に突き付ける。

「母ちゃんは悪い侍役ね」

「やだよう。あたしはか弱い女の役でしょ」お登勢はすねてみせる。

「だって、悪人がいなくちゃ」

「しょうがないわねえ」そう言って、おっかない顔をつくってみせた。「オネショを治さないと、もう大福食べさせないぞ～」

ケン坊は、「御用だ！」と楽しそうに十手を突き付け、「神妙にしろ！」と叫んでグルグルとお登勢のまわりを走る。

遠くで雷がゴロゴロと鳴った。

とたんに、今までの威勢はどこへやら、「怖い」とお登勢のお腹に頭をつけ、着物の中へと潜りこんできた。

「十手持ちが雷さまを怖がってちゃあ、ダメじゃない」お登勢は小さな背中をゆすって笑う。

「だって、怖いんだもん」ケン坊は顔を上げると、なさけない声で訴える。

「そんな弱虫じゃあ、御用の手柄を立てられないわよ」

「お手柄、立てなくていい」と言って、再びお腹に顔を押しつけた。

お登勢の胸は愛しい気持ちでいっぱいになった。

遠い過去の追想からお登勢は帰ってきた。

考えないほうがいいとはわかっていても、どうしてもあのことが頭に浮かんでしまう。ケン坊の最期を想像してしまう。

あのやわらかな肌に、刃物が突き刺さり、その小さな体に入ってゆく様子を。何度も何度も刺される姿を。泣き叫ぶあの子の声を。

どんなに怖かったろう。どんなに痛かったろう。苦しかったろう。そのことを思うと、三十年以上たった今でも、胸が締めつけられ、頭がおかしくなってしまいそうだった。

切ない息をついた。

――向こうへ行ったら、またケン坊やあの人に逢えるんだろうか。ケン坊があの頃の可愛いままで、あたしがこんなおばあちゃんだったら、嫌がるかしら。

死んで霊になれば、昔のような若いお母さんだった自分に戻れるのだろうか。……できれば、あの当時のあたしに戻ってケン坊をまた抱きしめたい。

お登勢にとって、今はそれが死後の望みだった。

この世に未練はない。後はお迎えを待つばかり。

――ただ一つの心残りは……ケン坊をあんな目に遭わせた、あの悪人を……あの悪人が御用になるところを見たい。……あの世に行って、ケン坊に捕まったよって話してあげたい。

九

その日も暑い中、シェリフの格好をした三崎は、横浜の街を一時間ばかりぐるりと一周して歩き、人々の好奇の目にさらされてきた。

この馬鹿げた行いも、取り逃がしたモーガンを再び見つけだすためだったが、モーガンがまだ関東近辺に潜伏しているのかどうかの確証も無かったので、正直その効果は判別しがたかった。

ホテルへやって来た時には、汗ぐっしょりになっていた。モーガンに撃ち殺される前に、暑さで死にそうだった。

警察官の詰め所として、ホテル側が好意で用意してくれた部屋が二階にある。

汗だくになった三崎はその部屋へ行った。誰もおらず閉めきっていたので、部屋の中はムッとして蒸し暑かった。

着物を脱ぐと、浴室へ向かう。

浴室の観音開きの縦長窓を開け放つ。室内よりはいくぶんましな涼しい風が入ってくる。

西洋風にシャワーを浴びて汗を流した。

開けた窓のバルコニーの向こうに、青い空と海が見える。

沖のほうには、三本マストの帆船が浮かび、波に優雅にゆれている。ユニオンモーガンの旗がはためいているところを見ると、イギリスの船のようだった。甲板には、帆を閉じる作業をする船員の姿がちらほらと見える。

浴室から出て、タオルで体を拭いた。髪の水けを絞り、手ぐしでなでつける。

バルコニーへと出てみたが、やはり陽射しがきつい。

下を見ると、浜辺で異国の老若男女が波にたわむれている。

じりじりと肌が焼けてくるので、引っこもうとした時、見おぼえのある小さな姿が目に入った。

浜辺の一番端のほうで、チャーリーがボールを投げて遊んでいた。海へと投げ、波で返されてくるボールを拾い、また海へと投げる。遊び相手のボブじいさんが何かの用でかけているのか、独りで遊んでいるようだった。

三崎は室内へと戻ると、身支度を整えた。カウボーイハットを片手に持つと、部屋を出た。

階段を下りてゆくと、一階で社長の永原に会った。

「妙に綺麗になったわね」濡れた髪を見て言った。

「シャワーを使わせてもらいました。お蔭でさっぱりしました」

「ああ、なるほど」軽く笑みを見せる。「バルコニーに出たら、涼しいわよ」

「出ましたけど、やっぱり昼間は陽射しがきついんでね」

「夜だったら風も涼しいし、ちょうどいいわ」

「いいですね。冷えたビールでも飲みながら夜の海を見るというのもね」

シェリフ姿の三崎の服装を、永原はあらためて興味深そうに見た。

「似合っているじゃない」

「モーガンを捕まえるための道化ですよ」

永原は、三崎が腰にさげた銃に目を向ける。

「ガンの腕のほうはどうなの？」

「まるで駄目ですよ。こいつはただの飾りです。本職はこっちですからね」と、仕込み杖を軽く振った。

ホテルを出ると、やはり外は陽射しが強かったので、カウボーイハットを頭にのせる。浜辺へと向かう。砂に草履履きの足を取られながら進む。海へとボールを投げている六歳児に近づいてゆく。

「やあ、チャーリー」声をかける。

少年が振り向いた。

「調子はどうだい」三崎は笑みを投げかける。

チャーリーは、カウボーイハットをかぶった三崎の格好をまじまじと見た。笑われるかと思いきや、意外にも、「カッコいいね」と言ってくれた。

「そうか」少し照れる。

「シェリフみたいだ」

「ああ、横浜のシェリフさ」

「サムライ・シェリフだね」

「ふふふ、サムライ・シェリフか。そいつはシャレた言い方だな」三崎はニヤッと笑う。

「モーガンを捕まえるんでしょ」

「そのつもりだ」

「でも、あいつはすごい早撃ちだよ」不安そうな顔で、三崎が腰にさげた銃を見る。

「ああ、こっちは自信がないよ」ポンポンとガンベルトをたたく。

チャーリーの表情がさらに曇る。

「……それじゃあ、モーガンを捕まえられないよ」その声には悲しげな色が混じる。

「大丈夫だ。サムライ・シェリフだからな。こっちがある」と言って仕込み杖を掲げた。

「刀じゃ勝てないよ。あいつはすごい早撃ちなんだ。……それに卑怯者だし」悔しさいっぱいの顔をつくる。

「おれも剣の速さにはけっこう自信がある。それになにより、卑怯さでは負けないつもりだ」

チャーリーが眉をしかめる。

「卑怯者なの？」がっかりしたような声。

「ははは……」三崎は困ったように笑う。「剣よりも銃のほうが強いだろうし。――せめて卑怯さで上回らないと、モーガンに勝てそうにないからな」

「じゃあ、どうやって勝つの？」

「う〜ん、それはこれから考える」おどけた顔をした。

チャーリーが黙りこんだ。

懸念の色をさらに濃くした目でじっと見つめてくる。ふざけた様子のこの人に、父の仇を捕まえられるのかと、本気で心配しているのだ。

ザブンザブンと、行っては返す波の音が鼓膜をゆする。

三崎は表情を引きしめた。

「……モーガンが憎いか」つぶやくように問いを口にした。が、言った後に後悔した。聞くだけ野暮な質問だ。

チャーリーはしばらく黙っていた後、ぽつりと言った。

「……ベースボールはパパが教えてくれた」

チャーリーの目にじわじわと涙がにじみ出した。

そして、突然、泣きだした。嗚咽《おえつ》をあげる。

その急激な反応に、三崎は困惑したが、わからないでもなかった。

子供だから、日頃は悲しいことなんか忘れて遊びに夢中になっているのだろうが、ふとした時に思い出すのだ。いきなり過去の記憶が押し寄せてきて、悲しみの波に飲み込まれてしまったのだろう。

三崎は無言で、涙に濡れるその白くやわらかな頬を見つめる。

チャーリーは涙をぬぐうと、感情の高ぶりをぶつけるようにボールを海へと思いっきり投げた。

波にのったボールがゆられながら戻ってきて、海につかった小さく細い足にあたった。

三崎は近寄ってゆき、波に浮かぶボールを拾った。

チャーリーが赤い目でこちらを向いた。

「お願いします」ぎこちない動きで九十度に腰を折り、アメリカの少年が深々と頭を下げた。

突然のかしこまった態度に、三崎は目を丸くした。

「なんの真似だい、そりゃあ」苦笑する。

「だって……日本じゃあ……」ヒックヒックとしゃっくりをあげながら言葉をつなぐ。

「人にお願いする時は、こうやって頭を下げるんでしょ」

「はは、まあ……そうだけどな」

三崎は真顔に戻り、じっとチャーリーを見つめる。

見ず知らずのこんな遠い国に来て、よく知らない大人に一所懸命に頼む、その健気《けなげ》な子供を見つめた。

いじらしい思いが胸に湧き上がってきた。

三崎はチャーリーの肩に手を置くと、そっと抱き寄せた。

戸惑うチャーリー。

少年を抱きかかえるようにして砂の上に腰を下ろした。

背後からぎゅっと抱きしめる。

「なあ、チャーリー……」

三崎は、涙に濡れた目で見つめている異国から来た少年に、真摯な声で告げた。

「……おれがモーガンに勝てるかどうかはわからない。……でも、お前が笑顔でアメリカへ帰れるよう、最善を尽くすよ」

十

仕事が終わり、三崎は警察署を出た。シェリフ姿はさすがにこっぱずかしいので、いつもの格好に着替えていた。

空が茜色に染まりはじめ、ねぐらへと帰ってゆく鴉の鳴き声が遠くに聞こえる。道の端では、風呂あがりらしく上半身裸になった年寄りが、団扇片手に縁台将棋に興じている。

お登勢の家へと向かっていた。

川に浮かんだ屋形船には灯がともり、にぎやかな声と三味線の音色が聞こえてきた。山高帽に口髭の官吏と芸者をのせた人力車がガラガラと走り、車夫の威勢のいい声が響く。

道中、ふところ手をしながら考えていた。

――いかにモーガンに勝つかだ。

刀と銃。どう考えたって、こっちに勝ち目はない。

刀で斬るにはどうしたって、刀身の切っ先が届く間合いまで詰めなければならない。最低でも、腕と刀の長さを合わせて二メートルくらいまでには。

だが、銃なら、五メートルだろうが十メートルだろうが、こちらが手も足も出ない距離から撃つことができる。しかも奴は撃つ速さだけでなく、命中させる腕、ねらいも確かだという。

つまり、離れて戦ったら、万が一の勝機もない。

しかし、うまく奴を丸めこみ、その距離まで近づいた勝負に持ち込めたとしても、勝つのが難しいことには変わりはない。

向こうは、ホルスターから抜いた瞬間には撃っているほどの早撃ちだ。本当に一瞬のことだろう。

おれとて刀を抜く速さには自信がある。抜いてから斬るのではなく、刀を抜きながら斬る技も持っているから、自信はある。

それでも、銃と刀、引き抜くために手を動かす距離の長さを比較したら、当然、向こうのほうが短い距離を動かすだけで弾を撃つことができる。

これでは勝ち目はない。

体をねじることによって、奴の弾を避けつつ斬るということもできるだろうが、果たしてうまくいくか。

仕込み杖から刀を抜く時に、体をねじりつつ抜くその時に、奴の銃口の向いた方角から、一瞬だけでも体を少しでもずらすことができれば……。まるっきり避けることはできないかもしれないが、わずかばかりずれただけでも、致命傷を負わずにすむ。腹の真ん中を避けて脇腹に弾を受けるぐらいなら、重傷は負うだろうが死にはしない。そして、その次の瞬間に奴を斬る時間ができる。

んーっ、この方法でも勝機は乏しい。よくて三分あるかないかといったところか。

どう頭をひねったところで、刀と銃の勝負では、奴のほうがはるかに有利なのには変わりはない。

……難問だな。

さて、どうしたものか。

十一

お登勢の家に着いた三崎は、玄関を開けて「ごめんください」と声をかける。

「はーい、こっちよ」庭のほうから返事があった。

掃除と手入れの行きとどいた庭へとまわる。

縁側にお登勢が腰を掛け、その脇に大福が山盛りになったお盆が置いてあった。

大福はケン坊の大好物で、お盆の時には、十二個ばかり買って供えるのが毎年のことだった。

「年寄りのあたし一人じゃ食べきれないし、無理して口に入れても喉を詰まらせるだけだから、あんた、食べてちょうだい」と、取りにくるよう誘われていたのだ。

三崎も甘い物には目が無く、特にあんこが大好きだから、ありがたく頂戴することにした。いつもその場で二つばかり腹に入れ、残りは長屋の連中に、ケン坊の供養にと配ることにしていた。

お登勢は、亡き息子と好物が同じだということもあって、三崎のことをどこかケン坊と重ね合わせて見ていることを、三崎自身も感じていた。大きくなったケン坊にしては、ずいぶんとできが悪いなと恐縮してはいたが。

三崎はお登勢が持ってきてくれた手拭いを受け取ると、汗まみれになった顔や手を拭いた。

切子のグラスに入れてくれた麦茶を飲む。香ばしい匂いが口中に広がる。

「お仕事のほうはどうなの」おだやかな表情でお登勢が聞いてくる。

「今はアメリカから来た悪い奴を追いかけています」大福にかぶりつき、もぐもぐと噛む。

「あの、お尋ね者の貼り紙の……？」

「そうです」飲みこみながらうなずく。

お登勢の表情がくもった。

「大丈夫？　ピストル使いなんでしょ」不安げな声。

「大丈夫ですよ」おどけるように笑う。「おれは危ない目に遭わないよう、いつも後ろに引っこんでますから。サムライにあるまじき野郎ですよ」

「ならいいけど……」お登勢は困ったような表情をすると、いたずらげな笑みを少し浮かべた。「申し訳ないけど……危ない時は、薩摩の皆さんに前に出てもらってねえ」

「いい考えだ。連中は腹が突き出てるので、弾にあたっても、ぶ厚い肉で止められますからね」

「ほほ、またそんなひどい冗談を」

おちょぼ口で笑った後、真顔になった。

「この仏壇にあんたの位牌《いはい》まで置くようになるのは嫌よ」

「ご心配なく。おれがお登勢さんを看取ろうと思っているのに、先には逝きませんよ」

「ええ、そうしてちょうだい」ほっとするようにうなずいた。「本当に迷惑よねえ。他人様の国にまで逃げてこなくても……」

「まったくだ」と三崎は笑い、喉を鳴らして麦茶を飲んだ。

お代わりを頼もうとグラスを出す。

「お登勢さんも、暑いからちゃんと水を飲まないとね。ぶっ倒れる年寄りが多いそうだ」

「わかってるわよ。でも、水をいくら飲んだって、体に染みてこないのよね」お登勢はしわしわの顔に触れる。

「そりゃあ、しょうがないよ」

「あたしも年々、干物みたくなってくるからね」

「おれが初めて会った頃は、まだお登勢さんの肌も大福みたいに弾力があったからね」

「今じゃ、スルメみたいだよ」と笑い、かさついた手を見せたが、すぐに少し深刻な表情に変わり、どこか可愛らしい声をもらした。

「レンさん」

「うん？」顔を向ける。

「……死んだら、また元に戻るかねえ」

「……なにがだい」三崎はいぶかしげに問う。

お登勢が腕をさする。

「このしわしわの肌もさ、あっちへ行ったら、水けを吸ってふくらんで、この大福みたいになるかねえ」

「……それは……おれにもよくわからないが……」口ごもる。

「ケン坊に逢うのに、こんなババアじゃねえ」

「……」

「ケン坊だって、誰だかわかんないわよ」淋しげに笑う。

「……そうだな」

——きっと戻るさ、と言ってやればよかったが、よく知りもしないあの世のことを無責任にしゃべることは気が引けた。

三崎は気まずい沈黙の間を誤魔化すように、手にした大福をグーッと引っ張った。

十二

銀次の探索のために、村島庄吉《むらしましょうきち》は菊名町の端の地域を歩きまわっていた。

顎の小さな逆三角の顔に、離れぎみの目。小さい頃から滋養のあるものは食わせてもらえなかったから、体つきは貧相だ。全体的にイナゴを思わせる風貌だった。

薩摩の百姓の三男で、勤皇の薩軍に入り、皇軍が東征するのと同時に、東京へ出てきて警視庁へ入れてもらった。

三十歳の時、世話してくれる者があって同郷の娘をもらった。お世辞にも美人とはいえなかったが、こちらの面相も威張れたものではなかったので仕方がなかった。

だが、田んぼと山しかない田舎から出てきた女だから、都の水につかるうちに、すっかりのぼせてしまった。家のことをおろそかにするようになって、喧嘩が絶えなくなった。あげく、役者崩れの男と良い仲になり、離縁してたたき出すはめになった。それからは独り身を通している。出世すれば、もう少しいい娘を嫁にできるだろうとの希望もあった。

西郷が征韓論の対立で下野して薩摩に帰ったおりにも、付いてゆくことはせずに横浜に残った。ごっそりと上がいなくなったことは出世の好機だとも思った。でも、同輩が偉くなってゆく中で、役付きには恵まれなかった。

――わしは正しく評価されていない、という不満がくすぶっていた。

四十を超えようとしていたが、出世の道は中々見えない。頭はだいぶ薄くなった。今の愉しみは女郎買いと酒ぐらい。

何より腹立たしいのは、三崎とかいう少しばかり英語が使えることを鼻にかけた幕臣の若造に使われることだった。

銀次の住居がありそうな本命の区域からは相当離れており、いわば見こみの薄い地域を割り当てられたのだ。菊名は、銀次が歩いて行った海の方角とは反対側だし、しかも最も端の地区だ。外れくじを引いた思いだった。

それでも仕事は仕事だ。三日ばかり独りで担当区域を歩きまわり、男たちの顔を見てまわった。

しかし、足を棒にして歩いた労力は徒労に終わった。

──こんなところにいるわけはない、という当初から案じていたことを確認しただけだった。

──自分はやはりついていない。

自らの不遇を嘆きながら湯屋の前を通り過ぎた時、暖簾《のれん》をくぐって出てきた男とぶつかりそうになった。男の体から出ている湯気が顔の前をよぎった。

「すまねえ」と男が頭を下げる。浅黒い肌をした犬顔の男だった。

村島は強《こわ》ばりそうになる顔を懸命に押しとどめ、去ってゆく男の背を見つめながら足を固まらせていたが、すぐにその男の後を追いかけだした。

──奴だ。

高ぶる気持ちを必死に抑え、慎重に尾行した。

湯屋の裏手の道を二本入り、その路地の端まで行き、男の家を突きとめた。

小さな平屋が三棟ずつ二列に並んでいたが、その奥の一番端が奴の家だった。

そのことを村島は上には報告しなかった。

同僚にすら言っていない。ましてや、大将をきどっている幕臣の若造、三崎とかいう奴には。

――これは自分に訪れた最大の幸運だ。

ジャック・モーガンの居場所を突きとめれば、大手柄となる。その手柄をみすみす他の奴らにわたす手はない。単独で銀次を尾行し、あのモーガンとかいう毛唐のお尋ね者の隠れ場所を突きとめ、手柄を独り占めにするのだ。

銀次は必ずモーガンのところへ行くはずだ。そこを突きとめる。そうなれば、上のお褒《ほ》めに預かって、出世もまちがいなしだ。なんなら、警察の手を借りずに自分一人で捕まえて、あのアメリカ女から賞金の一万ドルをいただくという手もある。そんな大金が転がりこめば、警官なんぞすぐに辞めたっていい。

村島は空いていた一棟を大家にかけあって借りた。警察であることは伏せた。裏の窓から、斜め前の銀次の家の玄関が見える。

ここに腰をすえ、奴の動きを監視することにした。

四六時中、独りで見張っているのは難しいが、手柄を横取りされかねないから同僚の助けを頼むわけにはいかない。自腹で応援を雇うにも金はない。

二日間、そこに泊まりこみ、出入りを見張って尾行したが、銀次は湯屋や飯屋に行くばかりだった。

だが、見張り始めて三日目の午後、奴が動きだした。

陽射しよけの網代笠《あじろがさ》をかぶっている。近所に出かける時に笠をかぶることはなかったから、少し遠出するのだろう。

――モーガンのところでは？

村島はそっと家から抜け出した。充分な間隔を空けて付けてゆく。多くの人が行き交う大通りなので、人にまぎれて都合がよかった。

銀次はいつもと違う西の方角へ向かい、町中を抜けてゆく。

――どうやら今度は脈がありそうだ。

心が湧きたった。

しだいに人けの無い田舎の方へと行く。気づかれる恐れで、さらに距離を空けざるをえない。

銀次は十分ほど歩くと、小さな古寺へと入ってゆく。

――もしや。

気がせいた。

村島は足を速めて門までたどり着く。体を隠し、首だけ出してすばやく中をうかがう。

だが、姿が消えていた。あまり手入れのされていない苔むした境内《けいだい》に、銀次の姿はなかった。

足を踏み入れ、木の陰に隠れながら用心して歩を進める。胸の鼓動が激しく鳴り、じっとりと手に汗が浮き出る。うるさいくらいの蟬の鳴き声が、焦りを掻きたてる。

堂内をのぞくが、人の気配は無い。

——どこへ行きやがった。裏門から抜けたのか？

その時、裏手の方から高く乾いた音が聞こえてきた。

足を忍ばせて裏へとまわる。

腰の曲がった爺さんが薪を割っていた。まわりに割られた木片が散らばっている。

爺さんの前を通り過ぎ、裏門から出て、左右を見まわす。

家々がまばらに見える田舎道が四方へと続いている。やはり、銀次の姿はなかった。

——くっそう、どっちへ行った。

焦って寺の中へ戻ると、斧を振り下ろしている爺さんに声をかけた。

「すまないが」

爺さんが顔をあげる。手拭いを頰かむりした肌はよく日に焼けていて、しわが目立つ。

「今、男が通らなかったか」

爺さんは目をしょぼつかせ、「ああ、通りましたよ」と、どこか間の抜けた声で言った。

「どっちへ行ったかわかるか」

「へえ、向こうへ曲がって行きましたぜ」左側の塀を指さす。

――ちくしょう。やはり、まくためにここを抜けたのか。

「ありがとよ」村島は礼を言ってきびすを返すと、駆けだそうとした。

その瞬間、殺気とともに風がうなじをなでた。

危険を感じ、はっと振り向く。

頭に強い衝撃を受けた。強烈な痛みが走る。

目の前に爺さんの顔があった。無表情な冷たい目で見ている。

村島は自らの身に起こったことがよくわからず、眼球を頭上に向ける。

焦点がぼやけた木の棒が見えた。頭から斧の柄が出ていた。刃が自分の頭に突き刺さっているのだ。

村島は何か言いたげに口を開いたが、そのまま地面へとどうっと倒れた。土ぼこりがふわりと舞った。

静かになった。蟬の鳴き声だけが降り続く。

爺さんの背後の木の陰から、銀次が顔を出した。

頭の真ん中に斧が突き刺さって倒れている男を見て、薄ら笑いを浮かべる。

「黒鼠《くろねずみ》さん。さすがに老いたとはいえ、見事な手際だな」

「ありがとうございます」黒鼠と呼ばれた爺さんは、頬かむりをはずし、手拭いで浅黒い顔を拭く。「付けて来たのは、こいつだけだったようですね」

「どうやら、家を替えたほうがよさそうだな」銀次は軽く舌打ちすると、死骸を見下ろして顎に手をやる。「――さて、この仏をどう始末するかだが」

「裏の墓地の適当なところに埋めておきますよ」爺さんがこともなげに言う。

「ああ、ご苦労だが、頼むよ」

銀次はそう言った後、苦笑いをする。

「それにしても、まさかおれのことを見つけだすとは思わなかったな」

「銀次さんも、気をつけねえとな」

「多分、三崎って野郎の差し金だ。――油断はできねえな」

「誰です、三崎ってのは」黒鼠が聞く。

「あのモーガンっていう毛唐を探している警察の大将だ」いまいましそうに口をゆがませる。

「そのうちに、三崎の野郎もあんたに殺《や》ってもらうかもしれんな」不気味な笑みを向ける。

「そうですか」

「へえ、手間賃さえちゃんと頂けりゃあ、誰でも殺りますんで」

黒鼠は妙に律儀な表情で言った。

十三

町はにぎわっていた。

月の出た夜、三崎は南京町の歓楽街を歩いていた。けばけばしい原色を塗りたくった建物の外壁や看板も、月の光で見るといくぶん穏やかに見える。

街灯の光に小さな羽虫や蛾が寄ってきて飛びまわっている。

売り子の威勢のいい声が飛び交い、酔客が発する日本語やシナ語、英語が入り混じる。煌々と照る月の光が、黒髪のみならず、金色や茶色、赤い髪を照らしている。みんながあっちを見てこっちを見て、香辛料の美味しそうな匂いを嗅ぎつつ、そぞろ歩いている。三崎は異国に彷徨《さまよ》いこんだ心地がした。行ったことのない唐天竺《からてんじく》や南方の国々に思いをはせる。

南京町の外れまで来て、しだいに人通りも少なくなってきた川沿いの道を歩いていると、突然、背後から声をかけられた。

「レンさん、お久しぶり」女がしなをつくり、妖艶に微笑んだ。

すらりとした柳腰の体に、棒縞の着物の襟もとをはだけた、はすっぱな風情《ふぜい》。細い首に瓜実顔《うりざねがお》。涼しい眼差し。それでも、まだ十代といった幼さを残した女だった。

「誰だ、おめえ」とぼける。

女は眉を曇らせると、目をカッと見開いた。

「知らざあ、言って聞かせやしょう」と、いきなりドスの利いた声を出した。

河竹黙阿弥の歌舞伎狂言に白波五人男というのがあり、弁天小僧というのが出てくる。盗賊の一味なのだが、そいつは女に扮した若い男なのだ。本人はそれを真似たつもりらしい。

「聞かなくたって知ってるよ。何か用か、お京」小芝居に付き合うのがめんどうなので、三崎はすぐに名前を呼んでやった。

お京の本名は京太郎といって、十八になるれっきとした男だ。捨て子で小さい頃から盗人の親方に仕込まれ、置き引き、掏摸《すり》、鍵開けの空き巣まで、なんでもござれの小悪党になった。

その後、悪い親元を飛び出し、勝手気ままに生きていたが、今は時折、ドサ回りの歌舞伎芝居で女形《おやま》をやっている。人を傷つけないことだけは、まあ、唯一のいいところか。憎み切れない男ではあった。

「まあ、嬉しい。おぼえていてくれたのね」といって三崎の胸に飛びこんでくる。

だが、三崎はすぐにその手をつかんだ。グッとねじる。

「きゃあ、痛い！」悲鳴をあげた。

「なんだこの毎度の猿芝居は」鼻から息を吐く。

毎回会うたびに、昔の手癖の悪さの血が騒ぐのか、ふところに手を入れて財布をすろうとするのだ。

その手を三崎が捕まえてねじり、お京が痛がってみせる。——という一連のくだりをやるのがお決まりの挨拶だ。

三崎は眉間にしわを寄せて問う。

「おい、京太郎」

「ちょっと、お京よ」頰をふくらます。

「なにがお京だ。チンコもついている奴が」

「やだ、もう」平手で三崎の胸をたたいてくる。

その手を邪険に振り払う。

「ちょうどよかった。お前に聞きたいことがある」

「なに？　レンさんのことが好きか嫌いかどちらかなら、もちろん好き」気色の悪いしなをつくる。

「やめねえか」

「つまんない」

「道明《どうみょう》という男、知らねえか。銃の細工物をつくっている奴だ」

お京のクネクネとした動きが止まり、真顔に変わった。目が急に暗い光を帯びる。

「なんだ、目つきが変わったな」三崎は口の片端を上げる。

「その男がどうかしたのかい」声が低くなる。

「ちょっと会いたくてな。――お前、知ってそうだな」

「お縄にでもするつもりかい」

「ちがうよ」

「あんたは嘘つくからね」

「確かに嘘はつくな」軽く笑う。「でも、今回は本当だ」

「ふーん、どうだろうね」お京は疑り深そうな顔をしたままだったが、「で、あの野郎になんの用だい」と聞いてきた。

「作ってもらいたい物があってな」

十四

三崎はお京を誘い、ビールを出す近くの居酒屋に入った。

天井が高い広い室内に、幾つものテーブル席が設けられている。煙草の煙がもうもうと立ちこめ、焼いた肉のいい匂いがしている。酔客の大声やジョッキがあたる硝子の甲高い音が響く。

二人は席についた。

着物にたすき掛けの女給に、枝豆とビールを頼む。

隣の席には、四人組の白人の男たちがいた。ちぢれた顎髭の巨漢やシャツをだらしなく出した男。どいつもこいつもすっかりできあがっていて、顔が真っ赤だ。

話に聞き耳をたてていると、どうやら、船員たちのようだった。

その中に、一人だけ格好のちゃんとした紳士然とした若い男がいた。育ちの良さそうな端正な顔立ちだった。

すっかり酔った顎髭の大男がお京に気づき、色っぽいその姿にニンマリとした顔を向けてきた。

「おっ、いい女がいるじゃねえか」好色な目でなめまわすように見る。

お京はふざけたようにしなをつくり、淫靡《いんび》な笑みを返す。

男はそれを誘っていると思ったのか、調子に乗って抱きついてきた。

「きゃあ!」お京は黄色い声をあげる。

さらに男はモジャモジャ髭の顔をすりつけ、首筋に酒臭い息を吹きかけてくる。

「ちょっと、やめてよ」さすがに腕で押しのけようとする。

それでも男は、もうたまらないといったように抱きしめてくる。

その時、男が突然、「ぎゃあ!」と叫び、お京から飛び去るように離れた。

「こいつ、男じゃねえか! 金玉がある」ぶ厚い手のひらを汚らわしそうに振る。

三崎がその発言を通訳してやると、お京は不愉快な顔で言い放った。

「そっちが勝手に他人さまの股ぐらに手を突っこんできやがったくせに、なにを言いやがる！」野太い声で啖呵《たんか》を切る。

向こうも日本語なので何を言っているのかわからなかったろうが、怒っているのはさすがに感じたようだった。

大男は苦々しい顔で舌打ちをすると、汚い物を見るように吐き捨てた。

「オカマかよ、気持ち悪りいな」

興冷めしたように鼻にしわを寄せると、また自分の席に戻ってドンと腰を落とした。

仲間の連中はおかしくてたまらないとばかりに腹を抱えて笑う。

一人だけ、先ほどの紳士然とした若い男が、日本人との軋轢《あつれき》を気にしてか、「失礼しました。気を悪くしないでください」と、頭を下げてよこした。

三崎も笑いながら目礼を返した。

お京は気を取り直すようにビールを思いっきり飲むと、ジョッキを置いて、ふーっと息を吐き出す。

目をすわらせて三崎を見ると、「で、道明に何を頼むんだい」本題を聞いてくる。

三崎も真剣な顔に戻り、ふところに手を入れる。

筒状の物を取り出してテーブルの上に置いた。ゴトッと音がたつ。

「これは幕末に制作された、握り鉄砲とか、握り筒とか言われていた日本独自の物だ」

それは手のひらに入ってしまうくらいの小さな茶色の筒だった。鉄でできていて、筒の上側に細い板状の物がついている。それが発射装置となっていた。

「鉄砲？——これが？」お京は首を伸ばしてまじまじと見る。

「たいがいは掌中に収まるくらいの大きさで、銃身と握り竿をいっしょに握りしめて発射するんだ。護身用や暗殺用に、ふところに隠し持って使える簡易な鉄砲だ」

「火縄でつけるの？」

「火縄ではなく、雷こう粒によって火薬を着火する方式だ」

〝雷こう〟とは、水銀を濃硝酸に溶かし、アルコールで処理して得られる白色の針状結晶で、塩素酸カリウムなどの混合物だ。加熱、衝撃、摩擦などで爆発しやすく、起爆薬として雷管に用いるものだ。

三崎はさらに説明を続けた。

「銃身に取り付けられた握り竿だけで、簡単に弾を発射できる。でもな、ねらいも定まらず、射程も短いので、うまく使うのはなかなか難しい」

「ふーん」お京はピンとこない顔。「なに？　これを作ってもらうの？」

「これを元にした細工だ」三崎は答えた。

隣の席のさっきの船員たちが威勢よく立ちあがった。

肩を組み、「よし、タカシマへ行こうぜ」と大声をあげる。

腹もいっぱいになって良い気分になり、次は女だとばかりに高島町の遊郭へ行くことになったようだ。

聞き耳を立てていると、先ほどの若い男は行くのを遠慮しているみたいだった。

「私はいいよ」

「なんで、淋しいこと言わないで、行きましょうぜ」髭面が真っ赤な顔でかがみこむ。

「いや、君らだけで楽しんで来いよ」

「チーフどのは、イギリスに愛しい人を残してきているんだ。それに操《みさお》をたてているんだよ」馬面の男がニヤニヤと笑う。

「わかりゃあしませんよ。たまには息をつかなきゃ」それでも髭面はしつこく誘う。

「いいって」苦笑いで手を振る。

「おい、もうよせって」別の赤毛の男が割って入る。「チーフは、彼女にバレるバレないじゃなく、自分の良心に反することはしないんだ」

チーフは暗に肯定の表情。

どうやらあきらめたようで、「じゃあ、行ってきます」と三人、声を合わせる。

「ああ」とチーフは微笑む。「私はもう少し飲んでゆくよ」

楽しい歌声とともに意気揚々と三人は出ていった。

残されたチーフは、こちらに軽く挨拶をすると、再び独りで飲み始めた。

十五

昨夜はお京に付き合って、だいぶ酒を飲んだが、朝はいつものように日の出とともに起きた。

大きく欠伸《あくび》をして、猫みたいに体を伸ばす。酔い覚ましに顔を両手ではたき、霞《かすみ》がかったような頭を振りつつ寝床を片づける。

三和土《たたき》に下り、柄杓で甕《かめ》の水をくむ。壁をはうナメクジを横目で見ながら水をがぶ飲みし、臓腑に沁みこんだ酒を洗い流す。

朝早い長屋の住人たちの声が聞こえる。亭主の怒鳴り声に女房の癇癪《かんしゃく》、赤子がギャーギャーと泣き声。犬がワンワン、猫がニャーニャー、鴉がカアカア。

三崎は苦笑する。

——どいつもこいつも朝から元気がいい。

朝めしを終えた後、面倒だが、やっておかなければならないことに取り掛かった。

モーガンとの戦いで折れた刀を取り換える作業をした。

押し入れに仕舞っておいた父の刀を取り出した。目釘を抜いて、柄から刀身を抜く。

仕込み杖から折れた刀をはずし、形見となったその刀とつけ換える。

次に、最中《もなか》のように二つ合わせでくっつけてある鞘を割り、二つに戻す。溝の中をきれいに掃除し、新しい刀に合わせて鞘の内側を少し削って調整する。

飯粒を木べらでつぶして練った糊、続飯《そくい》を用意する。

鞘をはり合わせる面に続飯をたっぷりと塗る。峰側に塗った続飯は残したまま、刃の側の続飯だけはヘラで掻き落とした。

再び鞘を貼り合わせ、糊が乾くまで壁に立てかけておいた。

その日は、さっそく新しくなった仕込み杖を手にして家を出た。

地蔵の頭をひとなでし、すっかり日が昇って暑くなりだした中を署に向かった。

署に着くなり、丸っこいパンにかぶりついていた伝六が、「サツマ芋大将が呼んでますよ」と、ふくらんだ腹を手ぶりで示した。

十六

署長室に行くと、山内が大儀そうに重たい体を椅子から持ち上げた。

拳で机をゴンとたたくと、「アメリカからの新しい情報だ」真剣な面持ちで言った。

「ええ」いっきに体が緊張する。

「向こうの警察が、ジャックの母、ケイト・モーガンと同時期に清国で布教をしてた宣教師を見つけたらしい」

「本当ですか！」期待のあまり声が大きくなった。

「ところがだ。その宣教師はずいぶんと歳を取ってボケてしまっていて、当時の話を聞いてもあやふやで頼りにならんかった」

「えっ……」不安がよぎる。

「だが、ありがたいことに日記を書いちょった。そこに当時のことが書かれていたそうだ」

「はい」三崎はゆっくりとうなずき、固唾《かたず》を呑んで次の言葉を待った。

「どうもその時、清国に日本人がいたみたいだ」重い声で告げる。

「日本人がですか……」三崎の表情が驚きに変わる。「当時、日本は海禁政策をとっていて、通常では海外渡航はできなかったはずですが」

「だがな、二人いたんだよ。そいつらは長崎の人間たちで、嵐で遭難し、上海の浜に流れ着いたらしい。そこの教会の連中に助けられたようだ。名は、コウゾウとキヘイだ」

「漢字の表記は？」

「日記はアルファベットの文字で書いてあったから、耕三なのか幸蔵なのか、それはわからん」

「でしょうね」

「そして、もう一つ、重要なことが判明した」山内が三崎をグッと見すえる。「ケイトはそのうちのコウゾウという男に手籠めにされたようだ」

「……手籠めに？」眉間にしわが刻まれる。

「雷雨の夜に、教会で一人、神に祈っていたケイトの背後からコウゾウが襲いかかったんだ」

「……」三崎の表情が不快さでゆがむ。

「外は雷が鳴り響き、激しい雨だ。ケイトの悲鳴はどこへも聞こえやしなかった」

「……」三崎の脳裏に、おぞましい光景が映し出された。黒い修道服をはだけられ、白い肌をあらわにした女が、けだもののような男に激しく抵抗するさまが。

「だが、ことが終わって体が自由になった時、ケイトは復讐をした」

「……なんですか？」

「近くにあった護身用のピストルでコウゾウを撃ったらしい」

「……本当ですか」あぜんとする。

「ああ」

「死んだんですか」

「いや、死にはしなかった。……重傷は負ったようだがな……」

「……手籠めにしたってことは、……やはり、コウゾウがモーガンの父親？」

「おそらくな」

「そして、そのコウゾウという奴が羅刹鬼」三崎は一語一語嚙みしめるように言葉を発する。

「もしくは、羅刹鬼と深い関係のある奴だろう」

「それで、そのコウゾウは？」三崎は身を乗り出す。

「当時、日本は清と交流はあったが、国を閉ざしていたから、そのまま帰っても罰せられる。だから、清国人に化けて船に密航し、長崎の出島へ帰ってきた」

「日本に密入国したんですか」

「そうだ」

「その後のコウゾウの足取りは？」口が渇いて声がかすれる。

「アメリカ人の日記だからな。当然、それは不明だ」

「そうですか……」手が興奮で震える。視線を上げ、山内を見すえて聞く。「では……あとは日本での奴の足取りをこっちが調べるしかないわけですね」

「そうゆうことになるな」

「長崎か……羅刹鬼の正体を知る鍵は長崎にあるのか……」

三崎はグッと拳を握りしめた。

十七

モーガンはちらっと空を見上げた。

青い空に今日も太陽が照りつけていた。

髭でざらついた頬を手でなぜる。胸もとに薄っすらとかいた汗を手拭いでぬぐう。

苦々しそうに顎を動かし、眉間にしわを寄せる。

——まったく、空の青さだけはカリフォルニアと同じだが、この国の蒸し暑さにはまいるな。乾いた向こうの土地が、やっぱりおれには合ってる。

モーガンは新たに潜むことになった隠れ家の裏庭にいた。

広い敷地には、葉の茂った果樹がところどころに植えられ、刈り取られた雑草があちらこちらに山積みにされている。

モーガンは林檎の樹の下で、酒樽の上に腰かけていた。

黄燐《おうりん》マッチを酒樽の側面でこすると、煙草に火をつける。

マッチを振って火を消し、燃えカスを幹の小さな洞《うろ》に差しこんだ。

煙草をふかしていると、木々の間をぬって西山の偽名を持つ男がやって来るのが見えた。

羅刹鬼の腹心の銀次だ。羅刹鬼との連絡係であり、モーガンの身のまわりの世話もやっている。

四十を過ぎた、五尺ちょっとの中肉の男だった。

短髪で日に焼けた肌。頰骨のあがった顔につり上がった細い目。飢えて痩せた犬のような顔つきをしていた。

旧幕の頃から長崎でイギリスの武器商人との商売を通じて英語を操れるようになり、維新後は一年ほどアメリカへ行くことになって英語を磨いた男だった。

「どうだい、傷のほうは」銀次が聞いてくる。

「だいぶよくなった。利き腕じゃないからな。問題ない」

「退屈だろう」

「まあな」

「しばらくは我慢していてくれ」と言った後、銀次は下卑《げび》た笑いをした。「いい話があるんだ」

「なんだ」

「羅刹鬼のお頭《かしら》が、女を用意したよ。街へ出るのもままならないあんたの無聊《ぶりよう》を、少しでも慰めようとの心づかいだ」

「それはありがたいな」軽く笑う。

「ここに連れてくるわけにはいかないから、今、手ごろな家を探している。もう少し待ってくれ」

「ああ」

「ところで、あんたが襲われた夜のことなんだが、警察の死者は五名で、重傷者が八名だったらしいぞ」

「そうか」興味もなさそうな顔。

「意外に死んだ奴は少なかったな。おれも、あんたを見つけるためにアメリカに行ったおりに、何人かのガンマンが銃を撃つ場面に遭遇したが、やはり急所にはなかなか当たらないもんだな」

「ふん、全員を殺そうと思えばできたが、わざと負傷するだけにしたのさ」モーガンは鼻で嗤う。

「なんでだね」けげんな表情。

「銃弾を食らった負傷者をそのままに捨てておけないから、手当てをするために人員がそがれる。結果、おれに向けられる追手が減るというわけさ」

「なるほど……本当か？」

「ふふ、おれの腕を信用していないって顔だな」

「そんなことはないが……」

モーガンはちらっと横を向く。

「あそこに転がった酒樽があるだろう？」顎で示す。

十メートルほど先の樹の下に、西洋式の酒樽が横倒しになってうち棄てられていた。

上の蓋が開いて、直径三十センチほどの空洞が見える。
「あの空樽に野良猫が住み着いている」
モーガンは近くにあった小石を拾い、腕を下手《したで》に大きく振って放り投げた。
放物線を描いて小石は飛び、樽の側面にガンと当たった。
中から、驚いた茶色い猫が一匹飛び出してきた。
その瞬間、モーガンが銃を抜いた。銃口から火花が吹き出し、銃声が轟いた。
地を走っていた猫が突然、地面をすべりながら倒れた。土ぼこりが巻き上がった。
猫は倒れたままピクリとも動かなくなった。
銀次が目を見開いて息を呑む。
モーガンはクルクルと銃をまわし、ホルスターへ差しこんだ。
銀次が恐るおそる猫に近づいてゆく。
膝をついて死骸を確かめる。
弾丸は左耳近くの側頭部から入り、右側面の顔を無惨に破壊していた。
顔をあげてモーガンを見る。
「すごいな」感嘆の声をもらす。
モーガンは自慢げに眉をあげると、くわえていた煙草を投げ捨てた。

「ところで、銀次さん。あんたに頼みがあるんだが」

「なんだい」

　モーガンは妖しい笑みを浮かべた。

「ちょっとばかり、退屈しのぎをしようと思ってな」

十八

　伝六がモーガン探索から帰ってきた。

　汗だくで顔が真っ赤になっていたが、残念ながらめぼしい成果は無かった。

　三崎は労をねぎらい、「冷えたサイダーでも飲むか」と近くの茶屋へ誘うと、伝六はげんきんに目を輝かせた。

　着替えてさっぱりすると、弾《はず》むような足取りで付いてきて、出てきたサイダーの瓶に口をつけ、ゴクゴクと喉を鳴らして飲み干した。

　ぷはーっと息を吐き、「うめー」と喜びの声をあげる。

　三崎は笑った。これだけ喜んでくれると、こっちもおごりがいがある。

飲んだ。

「ありがとうございます」伝六は素直にうなずいた。

また来た一杯は、今度はうって変わってグラスに移し、ちびちびと少しずつ味わって
飲んだ。

「それにしても暑いっすねえ」伝六が汗まみれの顔をくしゃっとする。

「夏だからな」と、三崎は当たり前のことを言って手拭いをわたす。

伝六は頭を軽く下げて受け取り、顔や首を拭く。

「この暑さ、いつ終わるんでしょうね」

「もうじきさ」

「あのモーガンって野郎も、もうちょっと季節のいい頃に来てくれりゃあいいのに」手
のひらで顔をあおぐ。

「あいつもこの蒸し暑い日本には閉口しているだろうよ」三崎は笑った後、真面目な顔
になった。

「伝六、一つ頼みがある」

「なんです？」丸い目をさらに開く。

「長崎へ行ってくれないか」

「……長崎？」

「ああ、調べてきてもらいたいことがあるんだ。本当は自分で行きたいんだが、モーガンの件でおれはこっちを留守にするわけにはいかない」

「調べるって、……羅刹鬼のことですか」

三崎は羅刹鬼についてわかったことを伝六に説明した。

「手間かけて悪いが、山内の旦那には了解を取った。長崎の警察に頼むこともできるが、やっぱり、信頼できる奴に頼みたい。向こうの警察にはもう話を通してあるから、協力してやってみてくれないか」

「……そのコウゾウとキヘイについて調べるんですか……」伝六の声が沈んでゆく。

「うん、三十五年も前の話だから、骨が折れるだろうが、一つ頼む」頭を下げる。

「ええ……でも、自信がないなあ……」グラスのサイダーを犬みたいに舌でなめながら首をかたむける。

「そう言うな。頼む」テーブルに両手をつき、再び頭を下げる。

「責任が重そうですね」

「……そりゃ、そうだ」

「お腹が痛くなってきそう」

「子供みたいなこと言うな」三崎はにらむ。

その後、あまり気乗りのしなさそうな伝六の尻を猛烈にたたいて、どうにか長崎へと向かわせることに成功した。

頼りになりそうにないが、頼りにしていた。伝六の気乗りのしない態度は、重い責任を感じていることの裏返しで、それだけけちゃんと仕事をすると、確信していたのだ。

といっても、確かにいい奴なのだが、抜けたところがあるのも事実だった。伝六の重荷を軽くするとともに、確実な捜索をしてもらうために、堅物でしっかり者の後輩の岸本という男を、山内に頼んで一人つけてもらい、長崎へ送り出した。

三崎は口を引き結んだ。

——ずっと闇の底に沈んで隠れていた奴が、ようやく水面に顔を見せた。この千載一遇の好機を逃すわけにはいかない。この一連の騒動が終わってしまえば、モーガンはきっとまた闇の底へと潜ってしまう。……お登勢の婆さんも、もうそう長くはないだろう。残された時間はわずかだ。おそらくこれが羅刹鬼を捕まえる最後の機会となる。——だから、必ず捕まえる。

十九

しわだらけの真っ黒な手が、地面に弾んだ白いボールをがっちりとつかんだ。

農夫のようなたくましい手で、ボールを包みこむように持つと、ゆっくり下に腕を振り、そっと下手投げでボールを放つ。

チャーリーはボブをピッチャーにして、ホテルに隣接した広場でベースボールをやっていた。

ボブは六十になる大柄な黒人の召使いで、エレナたちのお供でやって来たのだ。

ボブがゴムボールを下手で軽く投げ、チャーリーが打つ。

ところが、チャーリーは思いっきりバットを振りまわすので、なかなか当たらずに大きく空振りする。

「チャーリー、もうちょっと短く持って、確実に当てるつもりで振らないとダメだよ」

ボブが白くなった顎髭をなでる。

「カッ飛ばしたいんだ」チャーリーは口をとがらせる。

聞き分けの悪い六歳児は、あくまでバットを長めに持ってホームランねらいでブンまわす。

また空振り。

ボブが笑う。

長い腕をゆっくりと振ってボブがボールを投げる。

今度はバットに当たった。快音とともにボールが飛ぶ。

ボブの白髪頭を越え、林の中へと転々と転がってゆく。

「やったー！」チャーリーが飛びあがって喜ぶ。

「おっ、すごいな」ボブは感心しつつ林へボールを追いかけてゆく。

林へ入ったボブは、腰をかがめてボールを探す。草の間にボールを見つけた。

そして、それをつかもうと膝を折った時だった。すぐ横の木の陰に人の気配を感じた。

はっと目線を上げると、男が立っていた。

感情の無い暗い目つきをしていた。

危険を感じたボブは立ち上がろうとした。

だが、男が素早く距離を詰め、ぶつかってきた。

ボブは腹部に強い衝撃を受けた。「うっ……」鋭い痛みが走り、うめき声をあげる。

ガクッと地面に膝をついた。腹部を見ると、赤く染まっていた。強い痛みが襲ってくる。

脂汗が噴き出した顔を上げ、必死に目を見開くと、男は手に短い刀を握っており、白い鞘に納めているところだった。

男はボブが取ろうとしたボールをつかむと、ボブを置き去りにし、暗い林から明るい広場へと出て行こうとする。

「チャーリー、ボール、あったよ」男が先ほどの冷酷な顔つきとは思えない明るい声を出す。

チャーリーは、突然に現れた男を不思議に思いながらも、こっちへ来ようとした。

ボブは失いそうな意識を懸命に叱咤し、声を振り絞って叫んだ。

「駄目だ、チャーリー、来ちゃいけない」

ボブの叫びに、チャーリーの足がピタッと止まった。

顔を強《こわ》ばらせて男を見る。

男と目が合う。

次の瞬間、チャーリーはクルリときびすを返して逃げだした。

男も走りだし、その背を追いかけた。

チャーリーはたちまち追いつかれそうになった。

振り返ると、戦う覚悟でバットをかまえた。息を切らしながら男をにらみつける。

男は両腕を大きく開いて対峙した。

「さあ、いい子だ。大人しくしなさい」甘い声を出しながら足を踏み出してくる。

チャーリーがバットを思いっきり振る。

だが、男はそれを予期していたかのように後ろへ下がった。

バットが男の腹部をかすめて空を切る。勢い余ったチャーリーの腕がバットごと背中へまわる。

男がチャーリーを捕まえようと手を伸ばしてきた。

だが、チャーリーのねじれた上半身が元に戻るとともに、巻きついたバットも戻ってきて、男の腰を打ちつけた。

「グウァ」うめき声がもれた。

それでも、伸ばした手でそのままチャーリーをがっちりと捕まえた。頭を抱えこみながら腕をつかみ、バットを放させようとする。

しかし、チャーリーは口の前にきた男の手に咬みついた。

「ぎゃあ!」男の悲鳴があがる。

「ちくしょう、このガキ!」怒りにまかせた男は、手加減なしの拳をチャーリーの脇腹にたたきつけた。

チャーリーはくぐもった声を出しながら、胃液を吐き出す。

力が抜け、ぐったりとして地に倒れ伏した。汗にまみれた頬や腕に、乾いた土がべったりとはりつく。

男はその姿を見おろし、「手間をかけやがって」と吐き捨てた。

チャーリーの手足を縄で縛り、猿ぐつわを咬ませた。

よっこらしょと小さな体を持ちあげ、肩にのせる。

そして、落ちていたバットを蹴飛ばすと、今来た林の中へと消えていった。

三章　今昔の探索

一

三崎の姿を見つけた永原が、蒼ざめた顔で駆け寄ってきて、悲痛な声で訴えた。

「チャーリーがさらわれたわ」

「なに……」一報を聞き、三崎の表情は強ばった。

「モーガンか？」

「まさか……はっきりしないけど」窓の外を指さす。「そこの雑木林でボブと野球をやっていたのよ」

永原はさらわれた経緯を話してくれた。

「クソッ！」三崎は吐き捨てる。「――で、刺されたボブは？」

「病院へ連れて行かれたわ」

「助かったのか」

「どうかわからない。瀕死なのは確かなようだけど……」

「ではやはり、話せるような状態ではないか」

三崎は歯噛みする思いだった。

チャーリーの命と引き換えに、こちらに手を引けということだろうか。国へ帰れとエレナを脅すつもりか？

別の恐ろしい予感が背筋を駆け上った。

それは、エレナへの見せしめ、腹いせのためにチャーリーをさらった。殺すために。――おれを追うと、こうなるぞと。

……しかし、そのためだったら、その場で殺せばいい。わざわざ身柄をさらうような面倒なことなどする必要はない。

三崎は独りじっと考えこんでいたが、ふと顔をあげると、永原と目が合った。

「私になにかお手伝いできることはある？」永原が真摯な目で見てくる。

三崎は首を振る。

「チャーリーを見つけることは我々に任せて、あなたは彼女を支えてやって下さい」

「……ええ、そうね」

永原は深くうなずいた。

二

エレナはカーテンが閉められた薄暗い部屋にいた。

椅子に座ってじっとたたずみ、微動だにせず前を見ている。

三崎がドアを開けると、よどんでいた空気が動く。

重い足取りで入ってゆくと、エレナはゆっくりとこちらを振り向いた。

感情を凍りつかせた硬い顔をしている。髪は乱れ、顔の色は蒼白だ。

「すまない」三崎は頭を下げた。

「……」

「迂闊《うかつ》だった。まさか奴がチャーリーをねらってくるなんて。追われている男が、向こうから攻撃を仕掛けてくるとは考えもしなかった。もっと警護をしておくべきだった。

申し訳ない」

エレナは沈んだ目でじっと前を見つめている。

「頭なんか下げても仕方がないわ」ぼそっとつぶやく。

無言でうつむいていたが、突如、怒りが爆発した。

「……あんたたちのせいよ。無能なあんたのね」鋭い視線を突き刺してくる。

エレナは動揺のあまり、精神の平衡を失っているように見えた。

「まったくの役立たずね、あんたは。いったい何をしてたの」咬みつくように吠えかかってきた。

三崎は眉をしかめる。

「おれはチャーリーの警護役じゃないんでね」と言ったそばから後悔した。売り言葉に買い言葉でつい口に出てしまったが、子供がさらわれた母親に言うことじゃない。

三崎は唇を咬んだ。

――確かにあの時、隠し穴から出て来た奴を捕まえていさえすれば、こんなことにはならなかった。

……ちくしょう。

「責任逃れしようとするのね」エレナがさらに責めたててくる。どこか狂的なにおいさえする。

「ちがうよ」苦しげに息をつく。「今は誰が悪いかと言っている場合じゃない。チャーリーを助け出す方法を考えなくちゃならない」

「それはそうよ」強い意志のこもった声を放つ。「もし、チャーリーを無事に助け出せなかった時は、――」

「その時はなんだっていうんだ」

「日本政府に圧力をかけて、あんたをクビにしてやるわ」

「ああ……好きにしてくれ」三崎はうんざりしたように首を振ると、冷めた声で告げた。

「チャーリーを助け出すよ」

「……」射るような母親の視線。

「――おれがクビになるのが嫌だからじゃなく、――あの小僧が可愛いからな」

その言葉に、エレナは悪夢から醒めたようにはっとした。

視線がからみ合った。

エレナは自らの言動を恥じるように目を伏せた。

そして、胸の奥から声を絞り出した。

「……頼むわ……お願い」

三

三崎は警官を総動員して近辺の聞きこみにあたらせた。

その結果わかったのは、さらったのが浅黒い肌をした犬顔の中年男ということだった。

そう、あの増岡海運に家を借りにきた銀次と、その風貌は一致した。

おそらく銀次は羅刹鬼の腹心の手下で、頭目に命じられてモーガンの面倒をみているのだろう、との推測ができた。

目撃されたことによると、チャーリーは幌付きの人力車に乗せられて連れ去られたようだった。そいつは人力車夫の格好をしていたのだ。

おそらく、チャーリーを縛り上げて声を出せないように猿ぐつわをし、人力車の後部に押し込め、その前に荷物や着物でも置いて隠し、連れ去ったのだろう。

途中、その人力車を呼び止めて乗ろうとした客がいたようだが、男は、「先約で呼ばれてますんで」と断ったとのことだった。

四

ギイと木製のドアがきしんで開き、銀次が入ってきた。

コーヒーを口にしていたモーガンは、テーブルにマグカップを置くと、声をかけた。

「小僧の様子はどうだ？」人質を閉じこめてある部屋の方へ目を向けた。

銀次が椅子を引いて腰を落とす。

「ずいぶん暴れて泣き叫んだが、二、三発ぶん殴って脅しつけたら、大人しくなったよ」

「子供にひどい奴だな」モーガンは苦笑する。

「よく言うぜ。お前は、泣き叫んだ小さな女の子の頭を、銃でぶち抜いて大人しくさせたそうじゃないか」

「人聞きが悪いことを言うな。アメリカ政府がおれを極悪人にしたてるためにデマをまき散らしているんだ」

「そうかね」半笑いで首をかしげる。

「それより――」銀次は暗い目つきでモーガンを見た。「早く息の根を止めたらどうだね」

「だから言ったろう。おれは優しい男なんだ。子供に手をかけたりしたくないんだよ」

モーガンは銃を手に取ると、布で銃身の汚れを拭き取る。

「別にガキが死んでたって、金は取れるだろう。まだ生きていると言っとけばいいんだから。──羅刹鬼のお頭《かしら》が、すぐに殺してしまえってうるさいんだよ」

「そう急《せ》かすな」銃をテーブルに置く。ゴトリと鈍い音がたつ。

「お頭は無駄な危険をおかしたくねえんだよ。あんな金髪のガキは目立ってしょうがない。早く始末してしまったほうがいいってことだ」

「まあ、そうだろうがな」モーガンは煙草をくわえる。「だが、あのガキをさらったとたんに殺しちまってみろ、生きている証《あか》しがほしいと言ってくる恐れがある」

「そうか?」銀次は納得いかない様子。

「今は文明の世だ。写真ってもんがあるからな」黄燐《おうりん》マッチをテーブルの側面にこすりつけて火をつけた。「──まあ、焦らずにおれに任せておけよ」

「……うむ」銀次が不服そうにうなる。

モーガンは煙草に火をつけると、手を振ってマッチの火を消し、テーブルの板の亀裂に突き刺した。

「羅刹鬼のお頭にはよろしく伝えてくれ。──心配するなって。金を受け取りさえすれば、ガキはすぐにも父親のもとへと送ってやる」

「お頭も、近頃は心配性になってな。若い頃ならともかく、もういい歳だ。危ない橋はわたりたくねえんだよ」

「わからなくもないがな」

「おれもあんたに頼まれて、つい手を貸してガキをさらってきちまったが、お頭としては、できるだけあんたには大人しくしていてほしいんだよ。あんたが捕まれば、当然、お頭にも手が伸びる。とにかく派手なことは控えてじっとしていてほしいのさ」

「大丈夫だよ」モーガンは煙を銀次に向けて吹き出すと、笑みを浮かべた。

銀次は顔の前の煙を手で払うと、うって変わって下卑《げび》た顔で笑った。

「ところで、どうだ？　お頭からの贈り物は」

「咲代のことか」

「そうそう、出歩けなくなったあんたの慰めにと、お頭が用意してくれたんだからよ。存分に楽しめよ」

「ありがとうよ」

近くに家を借り、そこに二十四になる咲代という女を通わせ、時折、モーガンの夜の慰めとしているのだ。

銀次は舌で唇をなめ、汚い歯を見せて笑う。

「しっとりとした白い肌。うりざね顔でくっきりとした目鼻だち。柔らかな体に、たおやかな物腰といい、すこぶるつきの上玉だろう？」

「ああ、いい女だ」モーガンは口の端をあげる。

「あの咲代という女は、さる藩の家老の娘だ。母方は公家《くげ》の出の高貴な血が入っているそうだ」

「しかし……」煙草をくわえたモーガンの顔に影が射す。「大丈夫なのか、あの女。おれのことをしゃべらないか」

「心配はいらねえ。あんたがお尋ね者だってことは、とうにバレているが、あの女がしゃべることはない。元は武家の娘だ。口は固い。父親が武士の商法で大失敗して、大きな借財を抱えて首がまわらなくなったところを、お頭に助けてもらったんだ。その恩義があるからな。口が裂けたって話すことはない」

「ならいいがな」

モーガンは肩をすくめると、煙草を灰皿に押し付けてもみ消した。

「まあ、せいぜい楽しませてもらうよ」

五

天洋ホテルへと向かっていた三崎は足を止めた。

チャーリーがさらわれた広場を通りかかった時、青いドレスを目にとめたのだ。

エレナだった。バットを手にしてさながら幽鬼のごとく立っていた。

少し逡巡したが、近づいていった。

愁《うれ》い顔で独り想いにひたっているエレナに声をかける。

エレナが顔を上げた。

少し戸惑ったように互いに黙りこむ。

三崎が先に言葉を発した。

「そのバット、置きっぱなしにしていて、悪かったね」素直に謝った。

エレナはわずかにうなずくと、口を開いた。

「スティーブが買ってあげた物なの」

「亡くなった旦那さんだね」

「ええ」

いつもの攻撃的な様子は影をひそめていた。不安で心が荒れ狂い、疲れ切って一時、放心状態になっているようだった。

「どんな人だったんだい」三崎はやさしい声で聞いた。

「……素敵な人だったわ。私にはもったいないくらい」

「そうか」

「聡明で、誰にでも優しい心の持ち主だったわ」

「チャーリーを見ていたら、スティーブが立派な男だったことがわかるよ。おれにモーガンを捕まえてくれって、日本式にお辞儀するんだよ」

エレナは微かに驚きを見せた。

「そうなの。……知らなかったわ」

エレナは視線をバットへと落とし、切ない目で見つめる。

「これ、チャーリーの六歳の誕生日に、彼がプレゼントしたのよ」

「大切な物だったんだね」

「体が小さいから、バットが重くてうまく振れなかったけどね」

「確かにまだあんまり上手じゃないが、たまには当たるよ。おれの所まで鋭い打球が飛んできた」

エレナは何かを思い出したように、口元に小さな笑みを浮かべた。

「このバットをプレゼントする前は、スティーブが枝を削って子供用の軽いバットを作ってあげてたのよ」

「ああ、それはいいね」

エレナは視線を青い空へと向ける。

「家の隣に、ジェニーというおばあちゃんが住んでいてね。マーマレードを作るためにオレンジの樹をいっぱい育てていたんだけど、チャーリーはそのスティーブが削ってくれたバットで、枝からぶら下がった実を打って練習したの」

「形といい大きさといい、打つにはちょうど手ごろだからな」三崎は笑う。

「でも、それをスティーブが見つけてね。すっごく叱ったのよ。あんなに叱ったところを見たことがなかったくらい」

「おれも剣を習いたての幼い頃、寺にあった柿というフルーツをたたき落としていたところを、住職に見つかって言いつけられ、父親にえらく叱られたことがあったよ」

エレナはバットをゆらし、足もとの草を払いながら楽しげな笑みを見せる。

「親子三人で謝りに行ったわ。優しい方だったから、笑って許してくれたけど」

「チャーリーのシュンとした顔が目に浮かぶな」三崎は苦笑する。

「そのグチャグチャになったオレンジを集めてね。ジェニーおばあちゃんに教えてもらって、マーマレードを作ったのよ」

「そいつはいい。食べ物は大切にしないとな」

「今じゃ、あの子も大好きなの」

「子供は甘い物が好きだからね」

──ケン坊も大福が好物だったものな。

急に、エレナから笑顔が消えてゆき、再び愁いの影が差した。

「……あの朝……亡くなった朝も……スティーブはパンに塗って食べてたわ……」

少しの沈黙の後、三崎はいたわりのこもった声で言った。

「……きっと、美味しかっただろう」

六

三崎は、チャーリーのバットを手にしたエレナとともにホテルへと戻った。

二階へと上がってゆくエレナの後ろ姿を見送った後、きびすを返し、食堂へと足を運んだ。

チャーリーの捜索が思うにまかせず、身体はひどく疲れていて、精神的にも疲労がたまっていた。サイダーでも飲んで少し休息を取ろうかと思ったのだ。

そこで見知った男に会った。

増岡海運の社長が座っていた。ぶ厚いステーキに食らいついている。

三崎は近づいてゆく。

増岡が顔をあげた。

「ああ、……警察の」名前を思い出そうとしてか目を泳がせる。

「三崎です」

「ああ、そうでした。三崎さん」

「どうしたんですか、こんなところに」

増岡はナプキンで脂のついた唇を拭う。

「いえ、今日は商談でして。このホテルにアメリカ人の貿易商が泊まってるんですよ」

三崎は向かいの席に腰をおろす。

「増岡さん、英語ができるんですか」

「いえ、そっちは息子の担当です。商売の経験を積むのと通訳を兼ねて連れてきたんですよ」

「そうですか」

「外国と商売するには、これからはやはり英語ができないとね」

「息子さんは？」周囲を見まわす。

「先に帰りました。あいつは港で荷物の受け取りをしなきゃあならないのでね」

増岡はナイフで切った肉をフォークで突き刺すと、口に入れる。

「私のほうは半分隠居ですから、昼飯がまだだったんで、せっかくだから西洋料理をいただこうかと思いましてね」

「口に合いますか」

「最初はどうかなと案じました」大きな口をモグモグと動かす。「異人どもが肉にかぶりついている姿は、まさに人食い鬼だと思ってましたがね。今じゃ、すっかり牛肉が好きになりました」

「すき焼きよりもステーキのほうがいいですか」

「ええ、歯ごたえがいい」ゴクリと飲みこむ。

「よりアメリカ人ぽいですね」

「異人と仲良くなるには食い物ですよ。同じ食い物をいっしょに食べるのが心を通わせるには一番いい。その点、うちの息子は若いくせに肉が苦手でね。困ったもんです」

増岡は嘆かわしそうに首を振ると、三崎に目を向けてくる。

「あなた、嫁は?」グラスを口に持ってゆき、赤ワインをグビリと飲んだ。

「いや、まだです」

「それは惜しい。精が有り余っている若いうちに、子種をたくさん植えつけたほうがいい」

「そうですね」苦笑いした。

「私と違ってあんたみたいな色男は、女どもが喜んで尻を振って近寄って来るでしょうに」

「いえ、ふところがすっからかんの身ではね。やっぱり、それなりに金もないとね」

「それは古今変わらぬ真理ですよ」増岡はしたり顔でうなずく。「私なんかは、四十を過ぎてようやく子ができたので、一人前になるまではまだまだ任せられないし、隠居している暇がない。こっちはもう還暦の爺さまだというのに」

「まあ、私はまだ三十手前ですから」

「後継ぎは早く作ったほうがいい」

「警察官ですから、後継ぎも何もありませんよ」

「自分の子に継がせたくないのかね」

「どうですか。本人がやりたいと言えば、止めるつもりもありませんが、勧められる仕事じゃありませんよ。――危ないですから」

「まあ、そうでしょうなあ」

「その点、商売はいいですね。警察じゃあ、残す財産もありませんけど、商人は子に継がせるものがある」

「ええ、私もせっかく店をここまで大きくしたんだから、私一代じゃなく、時代の荒波を乗り越えて末永く続けていってくれると嬉しいんですけどねえ」

増岡は感慨深げに言うと、赤ワインを喉を鳴らして飲んだ。

七

三崎は着流し姿で、神社の裏手に足を踏み入れた。

葉を茂らせた木々が生え、午後の陽射しをふせいでいる。

派手な色で染められたのぼりが幾つも立てられた参道を行くと、丸太で骨組みをつくり、筵《むしろ》で壁をつくった小屋が建っていた。

百人も入ればいっぱいの小さな芝居小屋だ。本人たちはハイカラ歌舞伎と言いたいだろうが、ドサまわり役者の田舎歌舞伎だ。

表の看板には、「亜米利加《アメリカ》大盗賊」という太い文字が、五色の派手なおどろおどろしい色で大書されている。どうやら、モーガンの捕り物をさっそく演題にあげているようだった。

左の肘から先がない隻腕の爺さんが入口で店番をしていた。

木戸銭を払う。

ちゃっかりと銭を取った後に、「もうじき終わりだよ」と告げられる。

「わかってるよ」それを見計らってきたのだ。長い間観ていられる代物じゃない。

筵をあげて薄暗い中へと入る。

かび臭さに混じって酒や食い物の匂いが漂ってくる。

客は半分も入ってはおらず、あちこちで横になって見物している者がいる。

薄汚れた筵に腰を下ろす。ちくちくと毛羽だった藁がふくらはぎの皮膚を刺す。

舞台は、木造の江戸とレンガ造りの西洋をごっちゃに描いた書割を背景にしていた。

歌舞伎でおなじみの二人一組で演じる馬が走りまわる。

白塗りに隈取りといった荒事《あらごと》の化粧をした警察官が、着物と袴《はかま》姿で、胸には星バッチ、頭にカウボーイハット、腰にはガンベルトのいでたちで刀を振りまわしている。敵役は手配書のモーガンに似せた髭ヅラの化粧をしていて、爆竹を仕込んだ銃をバンバン撃ち、大立ち回りを演じていた。

なんだか牛若丸と弁慶が戦っているような図だった。その時々の大事件や流行を取り入れるのが、歌舞伎の醍醐味だろうが、さっそくやっているというわけだ。

最後は、モーガン役の髭ヅラの首に刀を押し当て、引いては押し、ノコギリのように動かして首を落とし、血の滴る首を掲げて大見得《おおみえ》を切る。

「一万ドルはおれがもらったー！」

客はやんやの拍手喝采。

拍子木が鳴らされ、幕がさーと引かれてゆく。

三崎は観客たちに連なって外へと出た。

「面白かったか」出口で、さっきの隻腕の爺さんが聞いてくる。

「主役の刑事がいま一つだったたな。本物はもっといかした奴だ」

「そうかい」爺さんは興味無さそうに言った。

三崎は小屋の裏へまわった。

のれんを払って楽屋口へ入ってゆく。

それぞれの役者が化粧を落として着替えをし、役者の子供たちが小道具で遊んでいる。

左手の奥で、主役をやったやさ男が鬘《かつら》をはずし、鏡に向かって化粧を落としていた。

三崎は近づいてゆく。

「お前、女形《おやま》じゃなかったのか」その蒼白い華奢《きゃしゃ》な背に声をかける。

三崎の姿が鏡に映っているのだろう、お京は振り返ることもなく言った。

「だってしょうがないでしょ。こんな吹けば飛ぶような小屋じゃあ、他にやる奴がいないんだもん」

「おれを演じるなら、もっとキレのいい動きをしろ」

「女形なんだから、筋肉なんかつけられないわよ」

ゴシゴシと手拭いで顔を拭き、こっちを振り向いて白いドウランの落ちた素顔を見せた。

「なに？……例の話？」お京は首を突き出す。

「ああ、案内してくれ」三崎はうなずいた。

まとわりつく子供らを相手にしつつ、お京の着替えを待った。

半刻ほどの後、芝居小屋を出る。

道明という花火師の男のもとを訪ねる道中に、お京に色々と尋ねた。

「なんだ、そいつも、お前のおかま仲間なのか」三崎が嫌な顔をする。

「仲間は仲間だけど、ちょっと違う。あたしは天然だが、あいつは細工物だよ」

「細工物？――どういうことだ？」

「もとは女好きの男だったってこと」

「よくわからんな」

道明というその男は、南京町から少し上がった田んぼや畑の広がる場所に、小さな作業小屋をかまえていた。爆発事故に備えてか、周囲に民家はない。

黒々と太い字で屋号が書かれた障子戸に向けて一応、声をかけ、ガラリと開ける。

布袋《ほてい》さんのように太った体をした男が、広い土間に筵を敷いて胡坐《あぐら》をかいていた。

もろ肌を脱ぎ、白くむっちりとした肌をさらして花火玉をつくっている。

海坊主のようなつるっぱげの頭で、深海魚のようなギョロリとした目。大きな口がいつもゆるんでいて、妙に気色が悪い。

使いこまれた道具が壁にずらりと掛けられていて、棚には大小の花火玉がぎっしりと並べられている。火でも付けば小屋ごと吹っ飛んでしまうだろうと思えた。

お京がからかうような口調で道明を紹介してくれた。

「このデブの馬鹿野郎は、火薬を誤って爆発させてしまってね。自分の股間を吹っ飛ばしたんだよ」

「ほう、それは…」三崎はどう反応していいかわからなかった。

道明は怒る様子もなく、ニヤニヤとしている。

「チンコとタマタマが吹き飛んじまった」調子に乗ってお京が続ける。「だから、あたしなんかより、よけいにおかまだよ」

「それでよく生きていたな」三崎はあきれる。

「なんとかね」道明が口を開いた。甲高く粘りけのある声を発する。「血がすごかったよ。玉と竿だけ吹っ飛んだ苦しみったらないよ。まさに悶絶ってやつだ」

「そりゃあ、大変だったな」

「なんでもそうだけど、失ってから有難みがわかるってことね。親みたいに」

「ああ、今度、女と何する時は、ありがたく思ってやるよ」

「ぐふふ」道明は気色の悪い含み笑いをもらす。

「やっぱり……その……」三崎は興味半分に聞く。「……モノが無くなっちまうと、女の趣味も変わるもんなのか？」

「そうよ。他の野郎は知らないけど、もとはあたしも女が好きだったけど、今は男もいなって思ってるの」と、海坊主は片目をつむる。ウィンクという、西洋式の愛情表現だ。

三崎は吐きそうになったが、なんとか表情に出すのはこらえた。

清国には、皇帝の側室の世話をする宦官《かんがん》というものが昔からいて、その皇帝の妾《めかけ》が住まう後宮に入るために、女たちを孕《はら》ませられないよう、イチモツを取ってしまう男たちがいた。そいつらが、政治を壟断《ろうだん》する弊害がよく言われている。

「我が国にも宦官がいたとはな」三崎は感慨深げに言った。

しばらく、おかま話に付き合った後、本題に入った。

「銃の細工物ができると聞いたんだが」

「まあね」自信ありげに口の両端を上げる。「洋傘に仕込んだ隠し銃に、短銃を改造した二連銃、お好みの物をつくるわよ。出すものを出してくれればね」

「その腕でおれのために仕込み銃をつくってくれないか」

「いいけど、兄さんは剣の達人なんでしょ。そんなに強ければ、銃なんかいらないでしように」

「いるんだよ、それがな。御一新《ごいっしん》このかた、なにかと銃を持ちだす奴らが多いんだ。どんなに速く剣を振ったところで、弾の飛んでくる速さには及ばんよ」

「武士の誇りはどうしたんだい」お京がからかうように口を出す。

「そんなものは開国といっしょに東京湾に沈めちまったよ」三崎は顔をしかめる。

「飛び道具とは卑怯なりー、が決め台詞のはずなのに」

「そうも言っていられない。今じゃ剣の達人も、短銃の撃ち方さえ知ってりゃあ、六歳のガキにすら勝てんよ」

道明は大きな手でつるりと頭をなでる。

「誰か、具体的に戦う相手がいるようだね」その声が真剣な色をおびる。

「まあな。銃を持っているだけじゃなく、とんでもない早撃ちの達人だよ。こっちは命が幾つあっても足りないね」

じっと三崎を見つめた後、道明が口を開く。

「……あの、モーガンって奴かい」

「ああ、そうだ。察しがいいな」

その後、やってほしい細工の内容を三崎は説明した。

「できそうか」

「もちろん」道明はおどけた顔で請け合う。

三崎は道明の腑抜けたツラをグッと見すえて釘を刺す。

「ただし、このことは絶対にしゃべるなよ」

「わかってるわ」

「口は固いんだろうな」

「大丈夫だって」二重顎を太い首に沈めてうなずいたが、その後、眉をしかめて甘ったるい声を出す。「でも、この細工はちょっと卑怯よね」

「いいんだよ。そもそも、刀に銃で向かってくる奴のほうが卑怯なんだ。だからその卑怯に勝つには、こっちはそれを上まわる卑怯をやらないとな」

三崎は悪だくみでもするような笑みを浮かべた。

八

三崎はエレナの部屋を訪ねた。

「モーガンから何か言ってきたかい」

「手紙を受け取ったわ」窓辺の椅子に座っていたエレナは硬い表情で言った。

「手紙？」

エレナは立ち上がると、机の引き出しを開けた。中から白色の洋封筒を取り出した。

「モーガンからよ」机にそっと置いた。

三崎は近づき、その封筒を手にした。

中をあらためると、洋紙にインクで書かれた手紙と写真が入っていた。

写真にはチャーリーが写っていた。薄暗い部屋で、木の椅子に座った六歳の男の子が怯えた目でこちらを見ている。

胸がぐっと痛んだ。

「引き換えに一万ドルを要求されたわ。――息子を返して欲しければ、一万ドル寄こせって」

「一万ドル？」眉間にしわを刻む。

「ええ」

「あなたがモーガンの首につけた懸賞金を、そっくりそのまま渡せってのか」

「そうよ」エレナは唇を噛む。

「要するに……」手紙を丁寧にたたむ。「自分の懸賞金を奪うことによって大金を得るのと同時に、自分を追うための資金を奪って追撃を弱めることになるという算段か。――

——一挙両得、なんという、悪賢い野郎だ」三崎は憤《いきどお》りを口にした。

沈黙が流れた。

三崎はチャーリーの写真と手紙を封筒に戻し、静かに机に置いた。

そして、エレナを見すえた。

「なんとしても、チャーリーを助けだすよ」

「一万ドルはあいつにくれてやるわ」エレナは吐き捨てると、焼けつくような視線で三崎を見返した。「でも、チャーリーを絶対に助け出してちょうだい。——無傷でね」

「わかってる」

三崎は言葉に強い決意をにじませた。

九

激しい蹄《ひづめ》の音をたてて馬が走る。土煙が舞い上がってゆく。

カウボーイハットをかぶった男、ジャック・モーガンが街を疾走する。

腰ベルトのホルダーに拳銃を差しているガンマンの格好だが、走っているのはアメリカではない。

明治の日本。江戸の面影を色濃く残す木造の家々が建ち並ぶ大通りを走ってゆく。

そして、モーガンは天洋ホテルの門前にやって来た。堂々と顔と体をさらして。

警察は指一本触れられない。触れればモーガンは捕まるだろうが、チャーリーの命が無いことはわかりきっているからだ。

身代金の受け渡しの場所は、天洋ホテルの一階にある、海側のテラスが指定されていた。

テラスで待ち受けていた三崎が、席をたって出迎えた。カウボーイハットに星形バッヂのシェリフ姿だ。

モーガンが手綱を引く。馬がいななきとともに前脚を上げ、急停止する。

モーガンは馬から降り、近くにあったガス灯の柱に手綱をくくりつけた。

二人は五メートルの間合いを取って対峙した。

三崎の格好を見て、モーガンは皮肉な笑みを浮かべる。

「いかした格好だ。――あんまり似合っていないがな」

「さすがに、そっちはよく似合っている」三崎が返す。

「あんたもチョンマゲのほうが様になる」モーガンは薄笑いを浮かべる。

「これからはそっちの時代だろう」三崎はそう言って、カウボーイハットのふちを軽く上げる。「刀より銃だ。——刀じゃもはや銃にはかなわない」

「なかなか賢いな、サムライ・ポリス。よくわかっている」と言うやいなや、モーガンはいきなり銃を抜いた。引き金をひく。

銃声が轟いた。

三崎の頭からカウボーイハットが弾《はじ》き飛ばされ、土の地面へと舞い落ちた。

硝煙の白い煙がたなびく中、三崎は微動だにしない。

モーガンはニヤリと笑った。

「名うてのソードソルジャーも、ガンマンには勝てないぜ」

三崎は無言のまま上体を曲げ、ゆっくりとハットを拾った。見ると、たった今指で触れたハットのふちに穴が空いていた。

三崎はテラスのテーブルにモーガンをうながした。十五センチ幅の板をはり合わせた木製のテーブルで、白のペンキで塗装されている。

二人は椅子に腰を下ろした。

モーガンはハットを取ると、テーブルに置いた。

「どこかで会ったかな」三崎の顔をじっと見て、顎ひげをなでる。

「さあ」三崎はとぼけた。

　モーガンの目が暗い光をおびる。

「——あの夜は世話になったな」

「ああ、思い出したよ」

「傷はよくなったのか」

「お蔭さまでだいぶよくなったよ」三崎もテーブルの端にハットを置く。

「ジャック、ずいぶんと大胆に現れたな。他の奴を雇うなりして、本人は姿を現わさないのではと思っていたが」

「そんな無礼な真似はしないさ。日本の警察がせっかく血眼になっておれを探してくれているのに」

「このまま素直にお縄になってくれると手間が省けるんだがな」

「それはちょっとできない相談だ」

「いろいろ聞きたいことがあるんだよ」

「牢屋なんかの狭いところに閉じこめられるのはどうもね」モーガンは肩をすくめる。

「聞くことさえ聞けば、そのままアメリカに帰ってもらってもいいんだが」

「アメリカには当分帰るつもりはない。うるさい奴らが多いからな。それに、せっかく日本に来たんだ。あちこち見てまわりたいんだよ。——京都とかな」

コーヒーを盆にのせたメイドが近づいてきた。

頭を下げ、「いらっしゃいませ」と硬い微笑みを浮かべながらモーガンの前にコーヒーを置く。

「名前はなんというんだ」モーガンが英語で話しかけた。

メイドは不思議そうな顔をして首をかたむける。

「彼女はメイドだ。英語はしゃべれないよ」三崎はモーガンに言った後、メイドに通訳してやった。

「百合子です」メイドはモーガンに向かって微笑んだ。

「いい名だ」モーガンが笑顔を返した。「それに美しい」

再び三崎が訳してやると、メイドの百合子は嬉しそうに笑い、ペコリと頭を下げて戻っていった。

モーガンは三崎を振り向くと、軽く首を傾けた。

「顔はなかなかいいが、体はちょっと子供っぽすぎる。おれはもっと胸も尻もでかいのが好きなんだ」

「だろうな。アメリカ人なら」三崎は少し笑う。

モーガンは黄燐マッチの箱を手に取る。赤と黒の二色でバッファローとサボテンが描かれている。

煙草をくわえると、マッチをテーブルの側面ですって火をつけ、煙草に移した。消したマッチをテーブルの板と板の隙間に突っこんだ。

ふーっと煙を吹き出す。

「剣の達人なんだそうじゃないか」

「……」

「なんで知ってるか、驚いたろ？　おれも自分を追っている頭目がどんな奴か、そりゃあ気になるからな」

「あんたにも、この日本に……なにかと気にかけてくれる人がいるんだろうな」三崎は探るような視線を送る。

「まあな」モーガンはあっさりと肯定した。「あんたもご存じの羅刹鬼って奴さ」

「……どういう関係なんだ」

「それは言えないな」煙を吹き出す。

モーガンはコーヒーに口をつけると、カップを置く。

「それより、サムライの刀の腕前というやつを見てみたいよ」

「見せるほどのものじゃない」

「おれも銃を撃つのは、けっこう速いんだぜ」

「そのようだな」

「やってみないか。——どっちが速いか、勝負してみようじゃないか」楽しそうに身を乗り出す。

「まさか、こっちに勝ち目はないよ」三崎は渋い表情をつくる。「言っただろ。もう、刀の時代じゃない。そっちの時代だよ」

「それはどうかわからんぞ」モーガンはいたずらげな目をして挑発する。

「銃は十メートル離れた遠くからだって撃てる。こっちの刀ときたら、二メートル離れただけでもう役に立たない。——勝てるわけないだろう」

「がっかりだよ」モーガンは嘆かわしいとばかりに首を振る。「勇者のサムライらしくないな。そんな弱気な負け犬根性は」

「がっかりされてもな。理屈で考えて無謀なことはしないってことさ。無駄死にはしたくないからな。大砲でも仕入れたら、勝負を挑むよ」

「そっちの刀が届く、二メートル以内で戦えばいいじゃないか。——それなら、いいだろう？」

「まあ、その機会があったらな」気乗り薄げに三崎はコーヒーを飲む。

「是非、やってみたいね」モーガンは煙を吹き出して笑う。

灰を下へと落とすと、真顔になった。

「じゃあ、本題に入ろうか」

「ああ」三崎はうなずく。

「用意してきたかね」

「一万ドルある」

床に置いてあった革製の旅行かばんを持ち上げ、テーブルにドカリとのせる。

錠を開けて蓋を開き、モーガンに見せるように向きを変えた。

かばんには札束がぎっしり詰まっていた。

「日本の金で一万円だ。指定どおり、一ドル一円の交換比率で、使い勝手のいい一円札で用意した。一万ドル分、すなわち一円札で一万枚ある」と三崎は説明する。

モーガンは無言で札束をわしづかみにすると、指でペラペラとめくったが、すぐにかばんに戻した。

バタンと蓋を閉めた。

「いいだろう」モーガンは笑みを浮かべる。

「もっとちゃんと確かめなくていいのか」

「必要ない。誤魔化すような真似をすれば、ガキの頭が吹き飛ぶだけだからな」

「間違いなく本物だよ」

「だろうな」モーガンは取っ手に手をかけた。

「じゃあ、いただいてくぜ」

とっさに、三崎はかばんに手を置いて押さえた。

「チャーリーは？」

「心配無用だ。ちゃんと帰すよ」

「……」手は置いたままだ。

「これから隠れ家に無事に帰り着いた後、変な奴らが付けてきたり、取り囲んでいないことを確かめたら解放する」

「確かなんだろうな」グッと見すえる。

「ああ、信じてくれ。——と言っても、信じられんか」

「……」

無言のまま視線を交わす。張りつめた時が流れる。

三崎はモーガンを見つめたままゆっくりと手を離した。

モーガンは煙草をくわえたまま笑う。

そして、かばんを手にして腰をあげかけた時、モーガンが目をむいた。その視線は三崎の背後へと向かっている。

けげんに思い、三崎は振り返った。

五メートルほど後ろにエレナが立っていた。

「エレナさん」三崎の口から驚きがこぼれ出る。

「これはこれは上院議員のお嬢様じゃないか」モーガンが不敵な笑みを浮かべる。

エレナは氷のように冷たい視線をモーガンに向けている。

「いい目をしているな」モーガンがニヤッと笑った。「――そっくりだ」

「……？」エレナは眉をひそめる。

「スティーブ・マイルズの頭をぶち抜いた時のおれの目にそっくりだ。――人殺しの目だよ」

エレナはグッと唇を嚙みしめた。その視線はさらに鋭さを増す。毅然とした足取りで近づいてくる。

三崎の横まで進むと、ピタリと足を止めた。

「チャーリーを返して」厳しさに哀願がまじった声で言った。

「もちろんだよ」モーガンが眉を上げ、鷹揚《おうよう》に応えた。

「もしチャーリーを返さなかったら――」エレナは続ける。

「――返さなかったら？」

「地の果てまで追いかけてゆくわ」

「ハハハ」モーガンが苦笑する。「実際、すでにこんな東の果てまで追いかけてきたじゃないか」

「地獄の底までだって追いかけてゆくわ」

「心配するなよ」モーガンは両手を広げ、おどけたように言った。その後、一転、真顔になった。

「それより、分をわきまえないとな」

エレナの眉がくもる。

「チャーリーは生かして帰すよ。約束通りな。――生きては返すが、……その高慢な態度はどうかな？　おれの機嫌によっては、可愛い息子の頬に傷がついたり、腕が失くなったりするかもしれんぞ」不気味に目を光らす。

「なっ……」エレナの表情が引きつった。

「いいか、忘れるな。息子の命は俺の胸先三寸だということを」モーガンは凄味のある声で続ける。「お前の大切な旦那の命すら奪った、極悪非道の男のな」

「……」エレナは全身を凍りつかせている。

「エレナ・マイルズ」モーガンは指で地面をさした。「そこに跪《ひざまず》いて、神に祈るがごとくおれに頼むんだ。——息子を無傷で返してくださいとな」

「おい、モーガン、調子に乗るなよ」たまりかねた三崎が険しい声を放つ。

「お前は黙ってろ」吐き捨てる。

「どうしたエレナ、おれに哀願するんだ。どうかチャーリーを無傷で返してくださいと」

エレナはじっと押し黙ったままモーガンに鋭い視線を突き刺していたが、ゆっくりと体を沈みこませた。その場に片膝をつき、両手を胸もとで組み合わせる。十字架に磔《はりつけ》になったイエスに祈りをささげるような格好になった。

跪いたエレナはモーガンを見すえ、しっかりとした声で言った。わずかに声が震えていた。

「お願いします。チャーリーを無傷で返してください」

張りつめた沈黙。

突如、モーガンが破顔した。

「ああ、わかったよ」おどけたような表情に変じた。「任せておけ。おれは約束を守る男だからな」

エレナは口を引き結んだままじっと屈辱に耐えているようだった。

モーガンは満足したような笑みを見せると、「さて、それじゃあ、そろそろお暇《いとま》しようか」と腰を上げた。

三崎も憮然として立ち上がる。

モーガンは馬にかばんをのせると、ガス灯の柱につないでいた手綱をほどいた。

馬に飛び乗り、またがる。

くわえていた煙草を指で弾き飛ばすと、三崎を見下ろして言った。

「またどこかで会えるのを楽しみにしているぜ。——その時は勝負しよう。あんたの刀が届く間合いでやってやるからな」

三崎は後方で立ち尽くしているエレナに目をやると、

「チャーリーのこと。約束は守ってくれ」怒りを抑えて真剣な目で見る。

「くどいぜ。——そっちもおれの隠れ家を突きとめようなんて馬鹿な真似はするな」

「わかってる」

「じゃあな、お嬢さん」モーガンはエレナに向けて笑みを見せたが、次の瞬間、拳銃を引き抜き、上空に向けて発砲した。

銃声が轟き、青い空に飛んでいた一羽のカモメが旋回して落ちてきた。

モーガンは馬の手綱を引いた。

馬がいななきとともに方向転換する。

踵で馬の腹を蹴ると、土ぼこりをあげて馬が走りだした。

蹄の激しい音とともにモーガンは去っていった。

三崎は土ぼこりに霞《かす》むその姿を見送ると、後ろを振り向いた。

エレナのさらに後方、ホテルの壁に隠れて様子をうかがっていた部下に目をやってうなずく。

追跡するようなことはしないとモーガンには言ったが、馬鹿正直にただ見送るだけというわけにはいかなかった。

やはり、万一のことを考えて、居場所を突きとめるための手はずを整えていた。

ホテルを起点に、南の海側を除く、北と東西、三方向に偵察隊を配置してあった。

馬で来るかもしれないという可能性は考えていた。足の速い忍びあがりの者でも追いつけるものではない。とすると、こちらも馬を使って追跡するしかない。

そのために五名ほどの騎馬隊が用意してあった。

街道沿いに網のように張り巡らした警察の手の者によって、モーガンが進む方角を特定し、それに従って追いかけてゆく。一定の距離を空けないと気づかれてしまうので、事前に待ち伏せをした人員が、やって来る騎馬の者に向かった方角と道を示す。そうやって追跡してゆくのだ。隠れ家まで突きとめるのは難しいかもしれないが、ある一定の地域は特定できるはずだ、との算段だった。

しかし、一時間後に報告された結末は、無惨な失敗だった。

すぐに相模川のほとりにつながれた馬を見つけたのだが、モーガンの姿はどこにもなかった。川岸に用意してあった小舟で川へと出たようだった。

町民に扮した警官が川沿いに再び追いかけた。その小舟を見つけ、接岸して揚がってきた男を確認したが、まったくの別人だった。

その男は雇われていた者で、川沿いの人けのない林でモーガンとすり替わっていたのだ。

——では、モーガンはどこへ？

追跡した警官が、途中で木こりの男とすれ違ったことを証言した。おそらくそれがモーガンだったのだろう。敵も当然、警察に追跡されることを警戒し、事前に目くらましの策を用意してあったということだった。

十

金を受け取ったモーガンからは、何の連絡もなかった。

警察は秘かに馬がつながれていた相模川周辺の探索を始めた。当然、警察の制服を脱ぎ、普通の町人や農民に化けて探した。

民家や商家の一軒一軒に、異人の子供の消息を聞いてまわった。どこかの家で保護されていないかとも考えられたのだが、いつまで経っても朗報が届くことはなかった。

三崎は、エレナへ捜索の状況を報告するために天洋ホテルへと足を運んだ。

一階のフロントを通り過ぎたところで永原に呼び止められた。

「どうなんですか、チャーリーは？」深刻な声を発する。

「いいえ、まだです」三崎は力なく首を振る。

「そう」ため息をつくと、永原は顔をあげてさらに聞いてくる。「解放されたことは確かなの？」

「それもはっきりしません。モーガンからはなんの連絡もありませんから」

「もし、すでに解放されていたとしたら、山で道がわからなくなっているのかもしれないわ」

「ええ。警察隊は山の捜索も始めています。『チャーリー』と声をかけながら森の中をくまなく捜索してますが、まだ発見の朗報はありません」

永原は腑に落ちない表情をくずさない。

「正直、最悪のことも考えています。誤って川に落ちて流されてしまい、どこかの岸辺に打ち揚げられているのでは、とも考え、川岸も調べています」

永原は悪寒に襲われたかのように身震いした。

「山の獣に食い殺され、どこかで四肢がバラバラになった無残な姿が見つかるのでは、という暗い想像さえしてしまうわ」

「可能性としては非常に低いが、チャーリーが解放された後に、再び誰かによって連れ去られたということだって考えられます。ですから、秘かに近隣の住人に不審な者がいないかを探るように命じてもいます」

永原は目を伏せ、ため息をついた。

「そうね。私みたいな素人が思いつくことぐらい、たいがいすでに警察も考えているわけよね」

三崎は永原と別れて階段を上がってゆく。

永原には冷静に対応していたが、焦りはつのっていた。

――どういうことだ？　チャーリーはどこへ行ったんだ。そもそもモーガンは本当にあの子を解放したのだろうか。……解放したのなら、なんらかの方法で通知してくるのではないか？

……さらに、最悪なことを考えれば、チャーリーはすでに殺されてしまっている可能性だってある。

モーガンは、懸命に探す我々をどこかで見ていて、嘲笑《あざわら》っているのかもしれない。

三崎は不吉な考えを振り払うように激しく首を振った。

――だめだ。あくまでチャーリーが生きている前提を崩してはならない。今は生存を信じて最善を尽くすべきなんだ。

十一

――どうしよう。私のせいだわ、私の。こんな東の果ての国まであの男を追いかけてきたから……あの子を連れてきてしまったから……。

エレナは顔を蒼白にして茫然としていた。

……あきらめればよかったのに。スティーブの仇討ちをあきらめることができたなら。

……どうしたらいいの？ ……どうしたら？

涙がこみ上げてきた。

どうしようもない不安に飲みこまれたエレナは、チャーリーすらも失う予感に恐怖し、全身が震えた。

ついに、居ても立ってもいられなくなり、部屋を飛び出した。

ドレスの裾を持ち上げて廊下を走り、階段を駆け下りる。

あてもなくホテルから飛び出そうとした。

その時、後ろから追いかけてきた誰かに腕をつかまれた。

「待って！」

鋭い声がエレナの鼓膜を打つ。振り返ると、永原だった。

「離して！」

「気を落ち着けて」

「チャーリーを探しに行くのよ」

「気持ちはわかるけど、待って」エレナの腕をつかんだその指に力が入る。

永原はたどたどしい英語で説得してくる。

「知らない土地で、言葉もわからないあなたに、どうにかできるわけないでしょ」

「わかってるわ。わかってるけど……」エレナは駄々っ子のように首を振った。

しかし、無力な異国の女という突き付けられた現実に、しだいに冷静になっていかざるをえなかった。

「とにかく、警察に任せるしかないのよ」永原はエレナを見すえ、厳しい声を出した。

張りつめたエレナの体から力が抜けてゆく。その場に崩れるように座りこんだ。

永原が、「百合子、百合子」と、ウェイトレスの女の子を呼んだ。

百合子が心配そうな表情で近寄ってきた。

「エレナさんをお部屋へ」永原が平静な声で命じた。

百合子はエレナの両肩に手をやってうながす。

よろめきながらエレナは立ち上がった。

そして、両手で顔をおおったエレナは、百合子に付き添われて階段を上っていった。

十二

その夜、三崎は悪い夢を見た。

空には、どんよりとした黒雲がたれこめている、三途の川が流れる賽《さい》の河原で、何人もの子供たちが石を積んで卒塔婆《そとば》をつくる。

丸っこい顔の男の子もその中で石を積んでいる。

会ったことはないが、お登勢さんや親父から聞かされていたケン坊にちがいない。

その子供たちのもとに鬼がやって来た。

鬼は獰猛な顔で牙をむき出し、面白半分に笑いながら次々と石積みを蹴飛ばして崩してゆく。

次々と泣きだす子供たち。

ケン坊の卒塔婆も崩された。

泣くケン坊。

そんな子供たちの中に、金髪の少年がいた。その子も石を積んでいる。

チャーリーだった。

チャーリーは、射るような目で鬼を見返す。

だが、鬼は持っていた棒で容赦なく石を突き崩す。

チャーリーが泣きだす。

鬼が手に持っていたのは、トゲだらけの金棒でなく、ベースボールのバットだった。

大きく振りかぶる。

そして、泣き叫んでいるチャーリーの脳天めがけてバットを振り下ろした。

鈍い音がして頭が割れる。

金色の髪が赤く染まった。

十三

連日の捜索が空振りに終わり、悪夢まで見て、三崎は精神的にまいっていた。

ラウンジのソファに身を沈め、しばしの休息を自らに許した。

そこに一階に下りてきたアメリカ帰りの建築家、梶川が通りかかった。

三崎に気づくと、向かいのソファに腰を落とした。

「どうだい、チャーリーは見つかったかね」

「……いいえ、まだ」力なく首を振る。

「ジャック・モーガンは捕まりそうかね」興味をあらわに聞いてくる。

「……」

「あいつはなかなか手強いようだ」

「わかってます」乾いた声で応じた。

「奴の噂は、私もアメリカにいた頃、色々と聞いたよ」

「よくない噂なんでしょうね」

沈む心を叱咤して、三崎は体を起こした。とにかく、敵の情報はどんなことでも知りたい。

梶川は通りかかったメイドの百合子を呼ぶと、コーヒーを頼んだ。

「カリフォルニアの話なんだが――」

再びこちらに顔を向けて話を続ける。

「ゴールドラッシュで大きな金塊を掘り当てた若い夫婦がいてね。その金塊はそうとうな現金に変わったらしい。で、それを聞きつけたモーガンが、強盗に入ったんだ。その金は、夫婦が馬と土地を買って牧場をやるための大切な資金だったわけだよ」

「ええ」

「赤子の男児を抱いた妻を人質に取り、夫を脅して金の在りかを吐かせた。モーガンが背中を向けて金庫を開けている間に、テーブルの下に貼り付けておいた隠し銃で撃とうとした。ところが、まるで背中に目があったようにモーガンが振り向き、夫は撃ち殺されたというわけだ」梶川は悲しげな表情で首を振る。

三崎は顔をしかめる。

アメリカ側から嫌というほど聞いている非道ぶりと同じだった。

メイドの百合子がコーヒーを運んできた。梶川の前のテーブルに置く。

メイドが去ると、三崎は聞いた。

「アメリカで悪事の限りを尽くす男に、東洋人の血が入っている。――同じ東洋人として嫌じゃなかったですか？」

カップを口に運んでいた梶川は手を止め、三崎を見る。

「まあね。いい迷惑ではあった」

「アメリカ人の偏見を助長することになりますよね」

梶川は一口飲み、カップを置く。

「だがね。冷静に考えれば、白人にだって賞金首の悪人はいっぱいいる」

「どんな人種にだって、立派な人もいれば、ろくでなしもいるってことですか」

「そうだ」

「白人のほうがそう思ってくれればいいんでしょうが」

「確かに、向こうはささいな瑕疵《かし》を見つければ、東洋人が劣等であることの証左と思いたいからね」

梶川は眉をあげた。

「さっきの話には続きがあってね」

「牧場を夢見ていた男の話ですか」

「この話は、その家で家政婦として働いていた黒人の婆さんの証言によるんだが……隣の部屋に隠れて命が助かったんだよ」

「ええ」

「奥さんと赤子がどうなったかというと……」

「……」三崎は梶川の目を見返す。

「モーガンはね、この子の命だけは助けてと、泣いて頼む妻どころか赤子をも撃ち殺した」

「……」びくっと頬が引きつった。

「――その時に、妻になんと言ったと思うね」

「さあ」三崎の胸に熱い怒りが湧き上がってきたが、平静な態度を装った。

「その男の子は、大きくなって仇を討とうとするだろう。――だから、殺すとね」

「……昔の武将みたいですね。――滅ぼした武将の後継は、子供でも容赦なく殺したように」

「災いは小さいうちに摘むということさ」

「理にはかなっているんだろうが、最低の奴だ」

「まったくその通りだ」梶川は大きくうなずくと、意味ありげな目で三崎を見つめた。

「だが、その理屈で言えば、――チャーリーが生きて帰ることは無いということになる」

その声が三崎の耳に暗く響きわたった。

その後、三崎は朗報を待ちつづけたが、それがもたらされることはなかった。

チャーリーが帰ってくることはなかった。

再び日は暮れ、夜となった。

十四

翌日の夕刻、横浜港に伝六の迎えに行った。

長崎から荷を運んでくる貨物船に乗せてもらって、急いで帰ってきたのだ。

チャーリーのことが頭から離れなかったが、今はそれを振り払い、戻ってきた伝六の労をねぎらおうと自らを奮い立たせた。

港近くの牛鍋屋の二階へ連れて行った。

窓際の風がよく入る場所に伝六を座らせると、いたわるように団扇《うちわ》であおいだ。

「お疲れさま。手間をかけたな」

「いえいえ」手拭いで汗ばんだ顔を拭きながら笑う。

しばらく、グツグツと湯気がたつ牛鍋をつつきながら、長崎の土産話をしてから本題に入った。

コウゾウとキヘイは、幸造と喜平と判明した。

伝六は、幸造と喜平が長崎へ密航して戻ってきたその後の足取りを調べたのだが、喜平のほうは生まれが長崎だったゆえに、長崎にそのまま いたようだ。

最初は慣れ親しんだ廻船問屋で働いていたが、海にはこりたのだろう、まったく畑違いの造り酒屋で働きだしたようだった。

そして、幕府瓦解の五年ほど前、大阪へ移ってしまっていた。

そのために、伝六の相棒につけてやった岸本は長崎から戻る途中、大阪に足を止め、単独で喜平の行方を探しているのだ。

伝六のほうは、ひとまず三崎に報告してから、また大阪に戻って合流するつもりでいるとのことだった。

伝六は熱々の肉片を口に放りこむと、モグモグとうまそうに口を動かし、ゴクリと飲みこんだ。

無精ひげの生えた顎をなで、真面目な顔になって言った。

「幸造のほうですが、最初、三十五年も前のことをどうやって調べるか悩んだんです。ですが、幸造が日本へ密入国したのは、シスターの銃撃で重傷を負って間もなかったことを思いだしたんです」

箸を止めて三崎はうなずく。

「清の警察に追われていたから、傷が癒える前に密航し、日本へ戻ってきたはずだ」

「とすると、戻って来たらすぐに、医師に診てもらったんじゃないかと」

「それで、長崎の医師を調べてみたのか」

「ええ。漢方、蘭方医とわずに聞きこみにまわりました。で、ある蘭方医から浅尾公仙《あさおこうせん》という同じ蘭方医が、三十年以上前に銃で撃たれた男を診たことがあるって言っていたのを聞きこんだんですよ」

「本当か」期待がふくらむ。

「ですが、その浅尾公仙という蘭方医は、すでに亡くなっているとのことだったんです。訪ねてみましたが、やはり医院は閉じられ、家族もいませんでした」

「うむ」三崎は難しい表情でうなる。

「それでも、近所で聞きこみをしたところ、湯屋で興味深い話を聞きこんだんです」

「なんだ」体を前のめりにする。

「夏の終わりごろの話だったそうですが……銃で撃たれた患者が傷を診てもらいに来た同時期に、公仙のもとに松浦秀全《まつうらしゅうぜん》という江戸の絵師が滞在していたという話だったんです」

「江戸の絵師が……？」

「ええ。秀全は呉服屋の次男で、稼業は長男が継ぐので、自分は好きな絵の道に進んだらしいんです。それで、諸国漫遊の旅をしながら絵を描いて、長崎に来た時に、知り合いだった公仙のところに滞在していたんです」

「うん」

「秀全は、自分の画帳に修行の一環として、森羅万象、目についた物を描く癖があったそうです」

「ああ、それで」

「実は秀全が、公仙がその負傷した男を診ているところに居合わせたそうなんです。その時、患者の背中に見事な刺青があったのを見たようで、図柄を自分の画帳に描いたらしいんです」

「つまり、その松浦秀全という絵師は、自分の画帳に、その男の刺青の図柄を描き写しているってことか」

「そうです。で、話を聞いた湯屋の親父が、その絵師に自分の幼い娘を描いてもらったことがあったんです。描いてもらいながら世間話をしていた時に、その患者の話が出たようで、背中一面に刺青があったと聞いたらしくて」

「刺青の図柄がどんな絵だったか、湯屋のおやじは聞いていたのか」

「それが……」伝六はすっかり赤らんだ首の後ろを掻いた。「湯屋のおやじが言うには、忘れてしまったそうです。商売柄、裸体に彫られた刺青を見るのは珍しくないから、龍や虎、不動明王だのとゴチャゴチャとなり、どうだったかはおぼえていないらしいんですよ」

三崎は思わず舌打ちした。が、すぐに気を取り直して聞く。

「だが、松浦秀全に聞けば、またはその画帳を見られれば、刺青の絵柄を知ることができるってことだな」

「そうなんです」伝六は大きくうなずいた。

三崎の体は熱くなった。酒のためだけではなく、熱い血が体じゅうを駆け巡った。やって来た患者が幸造だとすれば、そいつが羅刹鬼の正体だとすれば、……その背中に彫られた刺青の絵柄を知ることができれば、——すなわち、その刺青をした男が羅刹鬼なのだ。

そして、羅刹鬼を捕まえること、それがチャーリー救出へとつながる。

「松浦秀全の居所は？」

「江戸へ帰ったそうですから、東京にいるはずです」

「東京のどこにいるのかわかったのか」頰が震える。

伝六は得意げな笑みを見せた。

「小石川の伝通院ですよ」

十五

エレナはカーペットの床にドレスを脱ぎ捨てた。

乗馬用のズボン、ジェドパーズを穿《は》き、白のシャツに紺のテーラードジャケットに身を包んだ。

護衛のために警官が詰めているロビーを避け、裏口から忍び出た。

ホテルの裏側には、宿泊客が乗馬を楽しめるように小さな馬場が造られている。

エレナは馬を一頭借りることになっていた。大人しい性質の白毛の雌馬だ。

馬丁《ばてい》の老爺から手綱を受け取る。エレナはアメリカ西部の生まれなので、幼い頃から馬に乗り、一通りの乗馬技術を持っている。

白馬にまたがり、慣れるまで馬場の中をぐるりと軽く歩かせた。

そして、馬丁が厩舎の中で作業を始めたのを見計らい、静かに馬場から抜け出した。

速足でホテルの敷地内を横切って出て行く。

ロビーにいた警官たちがそれに気が付いた。

玄関から飛び出してきた警官たちが追いかけてきたが、エレナは馬に鞭をあてて速度を上げ、いっきに追手を振り切った。

そのまま海風に吹かれながら軽やかに馬を駆って海岸線を走り、横浜の市街地へと向かった。

道を行く日本人の農夫たちが物珍しそうに見上げている。

人通りの多い道に入り、馬の速度を落として慎重に進んでゆく。

白馬に乗った異国の若い女がやって来るのを不思議に思い、しだいに人々が群がってくる。

街の中心へやって来て、広場までたどり着いた。エレナは馬を止める。

馬上のまま周囲を見まわした。

こちらを見上げている顔が、広場をぎっしりと隙間なくおおい、遠くまでつながっている。

馬上の白人女を好奇な目で見る人々から声がもれる。日本語なのではっきりとはわからなかったが、卑猥な言葉が飛び交い、笑い声が立つ。

エレナはジャケットのポケットに入れていた護身用の銃を取りだした。

銃口を上に向け、その手を天空へと突き上げた。

自らの頭上で拳銃の引金を引いた。

銃声が轟き、白い煙が青い空へと一直線に伸びた。

群衆が驚きの声をあげ、体をのけぞらせる。

横浜の街に銃声が響きわたり、青い空に残響して消えてゆく。

人々はあぜん茫然としてエレナを注視する。

「ジャック・モーガン、出て来なさい！」エレナは叫んだ。「嘘つきの恥知らず。私が相手をしてやるわ。正々堂々と勝負しなさい」周囲に鋭い視線を放ちながら雄たけびを上げる。「卑怯者！　さあ、私を撃ってごらん」

エレナは英語で叫んでいるので、野次馬たちには何を言っているのかわからなかったが、白人の女が何やら激しい怒りを表出しているのは理解できた。また、少数の英語を解する者が、エレナの訴えを周りの人々に通訳してやっていた。

エレナは一通り口上を述べると、拳銃をポケットに収めた。

手綱を引いて再び馬を歩かせ始めた。群衆がばらばらと後ろに下がり、道を開ける。

その後、エレナは辻や広場、さまざまな場所へと行き、同様の口上を述べたてた。

そのうちにこのことを聞きつけた新聞記者や錦絵を描く絵描きがやって来て、馬上で銃を放って叫ぶ白人女を写真に収めたり、その姿を描いたりしだした。翌日には新聞に載り、錦絵にもなるだろう。

そして、三崎も駆けつけてきた。群衆を掻き分けて、白馬の下までたどり着く。

エレナを見上げ、荒い息のまま問いただす。

「何をしてる」

「ほっといてちょうだい」エレナは鋭い一瞥を返す。

「馬鹿なことはやめるんだ。危ないだろ」

「百も承知よ」

三崎はいっしょに来た警官に仕込み杖を預けると、白馬に飛びつき、その背に手をかけた。

腕だけを使って体を持ち上げ、上へあがろうとした。

「ちょっと何するのよ」エレナは抗議の声をあげる。

三崎はかまわず体を持ち上げ、「押してくれ」と、下にいる警官たちに声をかける。

下から警官が三崎の尻を押して持ち上げる。

エレナは手で押しとどめようとしたが、三崎はその腕をかいくぐってエレナの背後にまわり、馬の背にまたがった。

「降りてよ」エレナは振り向いて叫ぶ。

「駄目だ」三崎が言い返してくる。「こんなことをしてなんになる」

「罵詈《ばり》雑言《ぞうごん》を浴びせてあいつをおびき出すのよ」

「気持ちはわかるが、速まるな。頼むから無茶なことはやめてくれ」

「侮辱されたあいつが、私を殺そうと姿を現わせば、かっこうの機会になるわ」

「それはそうだが……そんな見え透いた手に乗る奴じゃない」

「そうするしかないじゃない！」エレナは食ってかかった。「他に妙案があるなら教えてほしいわ」

「……」三崎も黙りこんだ。

息を荒くして互いににらみ合う。

憮然とするエレナに三崎が言った。

「とにかく、その銃をわたしてくれ」

「嫌よ」と拒否をしたが、三崎はかまわず手をつかんできた。

銃を取られまいと揉み合っていた時、指がかかっていた引金が引かれた。

青空に白煙が真っすぐに伸び、銃声が轟いた。

火の見櫓《やぐら》の上部に吊られた半鐘にあたり、甲高い音が横浜の街に響きわたった。

エレナから銃を奪い取った三崎は、背後にまわして腰の袴に突っこんだ。

三崎は手綱をつかみ、エレナの両腕を外からぎゅっと絞めつけて自由を奪う。

エレナは身をよじって抵抗する。

「道を開けさせてくれ」三崎が叫ぶ。

警官たちが、「どけ、どけ」「道を開けろ」「散れ、散れ」と群衆を押しのけて道を作り出す。

大地が割れるがごとく人波が割れ、直線の道ができた。

三崎は手綱を引き、馬の腹に踵を打ちつける。

その一本の道を走りだした。

そのまま休むことなく走り続け、天洋ホテルまで帰ってきた。

もとの馬場まで戻ると、三崎が先に馬から降り、うろたえている馬丁の老爺に手綱を預ける。

馬上のエレナは、感情が消えた目で前を見つめている。

三崎が降りるよう手を差しのべてきたが、エレナはその手を取ることはせずに、自らの力で地面へと下りた。

そして、こちらを見つめる三崎に背を向け、無言でホテルへと歩いていった。

十六

部屋へと戻ってきたエレナは、窓辺の椅子に崩れるように腰を下ろした。

頭を壁にもたせかけ、虚《うつ》ろな目で海原を見つめる。

打ちひしがれたエレナの脳裏に、夫と息子と過ごした楽しかった日々のことが浮かんできた。

天には青い空が広がり、地には緑の草原が広がっている。白い雲が流れ、草が風にそよいでいる。

物干しに干されたいくつもの白いシーツが、カリフォルニアの光に白く輝き、風に舞っている。

その中に一つ、チャーリーのシーツだけ、真ん中あたりが黄ばんでいる。

それを見ながら捨てようかと思案していたエレナの頭に、愉快なアイデアがひらめいた。

チャーリーがまた、ジェニーおばさんのオレンジにいたずらしたら困るので、代わりのボールをこのシーツを再利用して作ろうと思いたったのだ。

「ほら、できた」

エレナは、両手で持った黄白色のボールをチャーリーに見せた。目にはいたずらっぽい色。

キョトンとするチャーリー。

「なにそれ？」

「チャーリーのオネショボールよ」

シーツの黄ばんだ部分を切って袋状に縫い、綿を詰めこんでボールを作ったのだ。

「やだよお、こんなの」チャーリーは恥ずかしそうに身をよじって笑う。

でも、いったんは嫌がったものの、オネショボールのネーミングも気に入ったのか、そのボールで遊ぶことになった。

「ほら、にっくきオネショを打て！」エレナはチャーリーを叱咤し、ボールを下手投げで放ってあげる。

チャーリーがバットを思いっきり振る。ボールに当たらない。

だけど、何度も面白がってやっているうちに当たり出す。

ボールがポーンと飛んでゆき、草原に転がる。

エレナは「上手、上手」と誉める。

そうしているうちに、思いっきり振ったバットが見事にボールの芯をとらえた。ボールが勢いよく飛んできて、エレナの顔に直撃した。オシッコの染みたシーツがもろに当たった。

「キャッ」と悲鳴をあげ、尻餅をつく。

チャーリーがあわてて駆け寄ってくる。

「ママ、大丈夫」

「やったわねー」エレナは笑いながら立ち上がる。「チャーリーのオシッコがもろに当たっちゃったじゃない」

「ははは」チャーリーが笑う。

エレナはチャーリーを捕まえると、「お前も受けてみろ」と言いながらオネショボールを顔に押しつけた。

「やだ、やだあー」チャーリーは身もだえつつはしゃいだ。

オネショボールの特訓のたまものか、チャーリーの打撃もけっこう様になってきた。

だから、六歳の誕生日には、ちょっと早かったけど、スティーブが本物のバットをプレゼントしてあげた。

今度は本物のボールとバットで練習した。

エレナは怖かったので、スティーブにピッチャーを代わってもらった。

スティーブが下手でボールを放る。

でも、やはりチャーリーの小さな体では、バットが重くてうまく振れず、体がぶれて空振りしてしまう。

がっかりする息子に、スティーブがさとす。

「まだスイングは不格好になっちゃうけど、いいんだ。そのうちにちゃんと振れるようになる。それがすなわち、チャーリーが成長した証しなんだ」

「うん」

「その頃には、オシッコで世界地図も描かなくなるものね」横からエレナがからかう。

「へへ」チャーリーが笑った。

かけがえのない夫と息子の笑顔を思い浮かべながら、エレナは追想から現実に戻った。

……あのままずっと、スティーブがチャーリーの相手をしてあげるはずだった。

チャーリーがもっと大きくなれば、下手投げから、本格的に上から投げてもらうようになって……。

エレナは椅子から腰を上げ、よろよろと立ち上がった。

チャーリーのベッドへ行き、枕の横に立てかけてあるバットを手にした。
そのまま横になり、白いシーツに頬をくっつける。
手にしたバットを愛おしそうになでる。
――もう一度、この手であの子を抱きしめたい。
スティーブ、お願い。あの子を守って。

十七

大きな旅行かばんから出された札束が、テーブルの上に無造作に山積みにされていた。
銀次は札束を手にすると、目を輝かせた。
「すげえな。実際にこれほどの金を見ると興奮するぜ」口を開けて息を弾ませる。
「ふふふ」煙草をくわえたモーガンが含み笑いをする。
銀次は上目づかいでモーガンを見る。
「これだけありゃあ、おめえも使い道に困るだろう」
「そうでもない。半分は世話になった羅刹鬼のお頭にやるさ。銀次さんも分け前をもらってくれ」

「そいつはありがてえ」無邪気に相好《そうごう》を崩した。

銀次はしばらくえびす顔だったが、今度は真顔に戻って低い声を出した。

「じゃあ、……もう金を手に入れた今は」

「ガキのことか」

「これでもう用済みだろう？」

「そうだな」モーガンはふーっと煙を吐き出した。

「お頭の言うとおり、さっさと後腐れなく片付けようぜ」

「まったく、あんたらは人でなしばかりだな。いたいけな子供をすぐに殺そうとする」

「お前が嫌なら、おれがやってやるぞ」

「ああ、恐ろしい」モーガンはおどけてみせる。「羅刹鬼もあんたも、ともに地獄行き間違いなしだな」

銀次は鼻で嗤う。

「なに言ってやがる。お前もいっしょだろうに」

「チャーリーとはせっかく楽しくやっていたのになあ。冷たくしたり殴って反発されても面倒になるだけだからな」モーガンは余裕の笑みをつくり、「本当に、おれは気が進まんよ。優しい男だからよお。子供を殺すなんてことはしたくない」嘆かわしそうに首を振る。

「よく言うぜ」銀次は汚い歯を見せて笑う。「あんたは子供だろうが容赦なく殺す、悪魔のような男だろ」

「よしてくれよ。それは羅刹鬼のお頭のやり口だろう。おれは女子供に優しい男だ」

「だから、それはアメリカじゃあ、まだしゃべれもしない赤子だって殺したじゃないか」

「アメリカ政府のデマだ。あの子は流れ弾に当たったんだ。殺《や》ったのはシェリフどもだ。ひどい奴らさ」

銀次は苦笑しながら、ぼりぼりと胸を掻いた後、暗い目つきになって言った。

「とにかく、早く殺っちまおう。あんたが躊躇するなら、お前が殺れってきつく言われているんだ。ちゃんと始末したってお頭に報告しなきゃあならねえんだ」

「わかったよ」モーガンはため息をつくと、腰をあげた。

「では、手早く片付けるとするか」

ガチャリと撃鉄を上げると、その拳銃をガンホルダーに差しこむ。

モーガンは銀次を連れて暗い廊下を歩き、奥の突きあたりの部屋までいった。

木製のドアの前に立つと、鍵穴に鍵を差しこんでまわす。

ゆっくりとドアを開ける。

殺風景な小部屋の奥に木製ベッドが据えられ、その端にチャーリーが腰かけていた。

「やあ、チャーリー」モーガンは笑顔で声をかける。

チャーリーが恐怖と憎しみが混じった目で見返す。

「ずいぶんと窮屈で退屈だったろうが、もう終わりだ」

「えっ？」

「家へ帰るんだ。ママのもとへな」モーガンがニコリと笑う。

チャーリーは半信半疑の顔。

「さあ、行こう、チャーリー」

モーガンは手を差しだした。

恐るおそる出したチャーリーの手をつかんで立ち上がらせる。

モーガンはチャーリーに顔を近づけると、諭すようにゆっくりと言い聞かせた。

「いいか、チャーリー、これから君を外へと出してやる。だが、おれがうちへ連れていってやることはできない」

「……」幼い顔にかすかに不安の影がよぎる。

「心配するな」ふっと笑う。「君のママのいるホテルの周りには、怖いおじさんが、いっぱいいるから連れていけないという意味さ。だから、別の所で君を解放する。怖いおじさんがいない所だ。そこで自由になったら、君は真っすぐ道を歩いてゆくんだ。夜だが、月が出ているから怖くはないだろう？　君は勇気ある少年だからね。で、三百メートルほど行くと、民家がある。そこに着いたら、自分の名前を名乗るんだ。そうしたら、警察に連絡してもらえるはずだ。誰かが迎えに来てくれるだろう。――多分、あの三崎とかいう意地悪なおじさんだ」

三崎の名前が出て、チャーリーの頬が少しゆるむ。

「そいつが君をママのもとへ連れていってくれる」

チャーリーの瞳が輝く。

「君がそうしている間に、このモーガンおじさんはどこかへ隠れてしまうというわけだ。――わかったかい？」

チャーリーは大きくうなずいた。

「よーし、いいな。――じゃあ、行こうか」

チャーリーの背に手を置き、ゆっくりと押す。

モーガンは銀次を横目で見て、無気味な笑みを口もとに浮かべた。

外へ出た。

むっとする室内の空気から、少しだけひんやりとした空気が肌をなでる。

茂る木々の葉の間から、微かに月の光が見える。

ぼうぼうに伸びた雑草が刈り取られてあちこちに積み上げてあり、夏の陽射しにさらされ、すでにカラカラに干上がって黄土色になっている。

チャーリーが草を踏んで歩く。草むらからはすでに虫が鳴きだしている。

左側に、事前に人が一人入れるほどの穴が掘ってあり、その脇に盛り上がった土が置いてある。

木の暗い影が穴の中に落ちていて、中ははっきりとは見えない。

モーガンの後から銀次が付いてくる。

「おお、いい月が出てるなあ、チャーリー」緊張をほぐすようにモーガンが優しい声をかける。

チャーリーが夜空を見上げる。

モーガンはそっとチャーリーの肩に手を置く。

穴の脇までたどり着いた。

「あっ、ちょっと待って、チャーリー」

チャーリーの足が止まった。

不思議そうにモーガンを見上げる。

「ほら、チャーリー、あそこに」モーガンは穴の先にある、刈り取った草が山積みにされた一画を指さした。「あれ、カブトムシじゃないか」子供の興味を引くように声をかける。

「ほんとに？」チャーリーはよく見ようと、首を突き出し、下を向いた。

モーガンはそっとホルスターから銃を取り出した。

銃口をチャーリーの背中にあてる。引き金に指をかける。

チャーリーは目を凝らしていた。

夜の静寂《しじま》に虫の声が鳴っている。

引き金をひいた。

銃声が鳴り響き、闇をゆらした。

チャーリーの胸から赤黒いものが飛び出し、月の光に照らされた。

小さなうめき声をあげ、そのまま穴に倒れこんでゆく。ドサリと乾いた音がたった。

チャーリーは穴の中で体を痙攣《けいれん》させていたが、やがてその動きが止まった。

モーガンはその様子を穴の上から冷たい目で見おろしていた。

そして、背後の銀次を振り返り、どうだとばかりに笑った。

銀次も暗い笑みで応える。

モーガンはかたわらに積み上げてあった土を靴で崩した。うつ伏せになったチャーリーの上に土がかけられてゆく。チャーリーが埋まり、その姿はまったく見えなくなった。

土の地面へと戻ったのだ。

「これで終わりだ」モーガンは冷めた声で告げた。

「羅刹鬼のお頭にも、無事すんだことを伝えておく」銀次が体温の無い声で応じた。

「ああ、よろしくな」

「これからどうするんだ」

「どうもしないよ。しばらくこの隠れ家にいるつもりだ」

「そうか」

銀次は地面に目をやって言った。

「このガキも可哀そうにな。異国の地のこんな所で、誰にも知られずに白骨になるとはな」

「ああ、可哀そうだ」モーガンは芝居じみた悲嘆の表情をつくると、「チャーリーが父親のもとへと無事たどり着くことを神に祈っているよ」そう言って胸もとで十字を切った。

十八

翌日、伝六は三崎の期待を背負い、大阪へ向かっていった。

一方、三崎は絵師の松浦秀全に話を聞くために横浜から汽車に乗った。

久しぶりの汽車の短い旅を楽しみたかったが、どうしてもチャーリーのことが頭から離れずに、風景を楽しむどころではなかった。

窓から外を見ると、何羽ものカモメや鳶《とんび》が風を切って飛んでいる。走る汽車に、カモメが並走するように飛ぶ。甲高い鳴き声が、風を切り裂いて鼓膜に響く。

ススの混じった煙の焦げ臭さと塩辛い海風がツンと鼻を刺激する。

永原の部屋にあった汽車の模型が頭に浮かぶ。横浜から先に鉄路が日本全国へつながってゆくことを夢想した。

新橋駅で降り、途中、警視庁に寄って挨拶をする。

絵師の家がある小石川伝通院への道順を確認するのと、モーガンの捜査について意思疎通をはかるために、向こうの担当者と話をするねらいもあった。

モーガンの担当者は変わっていた。石間はあの夜の大失態の責任を問われてはずされていたのだ。

会合を終えて入口へと向かう途中で、石間を見かけた。

泣き顔の老婆が、えんえんと訴え続ける空き巣被害を、腕組みしつつ憮然と聞いている。

唯一無二の国家的事件であるモーガンの追跡からはずされ、東京ではドブ鼠の数ほどいる空き巣犯を捕まえる部署にまわされたようだった。

仕方が無いとはいえ、その立場をおもんばかり、どう挨拶したものかと迷いつつ通りすぎようとした。

こちらに気づかなければいいがと思ったが、目が合ってしまった。

一応、目礼をしたが、石間は見なかったことにしたようで、果てしなく空き巣を罵倒し続ける老婆に再び視線を戻しただけだった。

警視庁を出て目的の家へと向かった。

伝通院まで行って酒屋に聞くと、すぐ一本裏の路地にある家だと知れた。

懸念が一つあった。三十五年も前の話だ。絵師が存命であるのかどうか。

松浦秀全の家は、敷地の大きな古びた平屋だった。

手入れもしていないようで、いたるところから雑草が伸びており、板壁のあちこちがはがれたり割れたりしている。

住人がいるのか不安をおぼえつつ戸を開け、声をかけた。

返事は無かったが、奥で人の気配がしたので、何度か声をかける。

しばらく待つと、四十がらみの痩せた男がけだるそうに出てきた。

無精ひげがはえた顔はわずかに赤らみ、濁った目はどこか眠そうだ。酒を飲んでいるようだった。あまり、まっとうな人間には思えなかった。

「なんだい」男が眠そうな声を出した。

「絵師の松浦秀全さんの家と聞いてお訪ねしたんですが」

「松浦秀全なら、とうの昔に成仏したよ」

——やはりか。

三崎は気落ちしたが、そのそぶりを見せずに聞く。

「いつですか？」

「五年も前だよ」

「失礼だが、あなたは？」

「おれか？　おれはその秀全の不肖の息子、辰之だよ」

「そうですか。私は三崎と言います。――警察の者です」

「けいさつ？」とろんとしていた目がぎょっと見開かれた。「なっ、なんで警察が……」

「といっても、横浜の者です」三崎はあわてて付け加える。

「ヨコハマ？――横浜のポリスがどうしてこんな所まで」

「実は三十五年前のできごとについて、お父さんにお聞きしたいことがあって来たんですが」

恐れていた通り、本人はすでにこの世にいなかったが、遺品を見せてもらえれば、目当ての長崎を描いた画帳を見つけることができるかもしれない。

とりあえず、詳しい事情を話すのでと告げ、なんとか家にあげてもらった。

伸び放題の木々と雑草が茂る庭に面した、十五畳ぐらいある居間に通された。縁側近くに、酒徳利《さけどつくり》と猪口《ちよこ》が漆盆にのせられて置かれていた。脱ぎっぱなしの衣服が放り出され、畳のヘリにはほこりの塊がたまっている。

三崎は庭を背にして、日焼けで変色している毛羽だった畳に腰を下ろした。

松浦は再び猪口を手にして飲み始めようとしたが、徳利を逆さにして振っても雫《しずく》しか垂れてこなかった。

手荒に徳利を置き、舌打ちした。

三崎は羅刹鬼のことに触れながら、秀全の長崎時代の画帳を見せてもらいたい理由を説明した。

松浦は不貞腐《ふてくさ》れた顔で黙って聞いていたが、しだいに興味をひかれたようだった。

「へえ、その羅刹鬼とかいう極悪人を示す何かが、長崎にいた頃の親父の画帳に描かれているってわけかい」

「ええ、それが何かははっきりとはわからないのですが……」

刺青のことは伏せた。部外者にあまり詳しく話すのもはばかられたし、他人にペラペラしゃべられても困る。それに、正直、この男はあまり信用できそうにない。

松浦はしばらく考えていたが、やがて言いにくそうに口を開いた。

「実は、……親父の絵はいっぱいあったんだけど、もう、とうの昔に捨てちまったんだよ」

「……それは……本当に？」三崎は茫然とした。

「ああ」渋い表情。「三周忌の後に片づけたんだよ。誰かが買ってくれるような絵でもないしね。邪魔だったからなあ」

「そうですか」肩を落とした。「その……何か特徴的な図柄とか、おぼえているようなことはないですか」

「いやあ、おれはまったく興味なかったから。……悪いねえ、せっかくこんな所まで訪ねてきてもらったのに、無駄足になっちまって」

「……」三崎はうつむき、腕を組んでどうするべきか考えこんだ。

「それで……」唇を舌でなめると、松浦が聞いてくる。「その羅刹鬼って奴の目星はついているのかい」

「いや、まだなんとも。だが、そのうち明らかにできるとは思っているんですが……確証がね」

三崎は息をつき、思いを吹っ切るように顔をあげた。

「残念だが、……捨ててしまったのでは仕方がない」力なく腰を浮かせ、「どうもお邪魔しました」頭を下げて立ちあがった。

「何か見つかったら、声をかけるよ」松浦が申し訳なさそうな顔をした。

見送りに出てきた松浦に、丁寧に礼を述べて、きびすを返した。

背後で引き戸が閉まる音を聞きつつ家を後にした。

門を出て、来る途中に目にした百メートルほど先の酒屋に寄った。

酒徳利に酒を入れてもらう。しばらく世間話をしつつ、松浦辰之のことをそれとなく聞いてみる。

やはり、酒は相当に好きらしく、この店でもお得意さんのようだった。

三崎は酒がたっぷり詰まった徳利をさげて引き返した。

再び玄関で声をかける。

出てきた松浦が三崎を見て、戸惑った表情をした。

「どうしたんだ、また」

三崎は酒徳利を掲げて笑顔を向けた。

「お父上の絵、見せてもらえたら、これを進呈するけど、どうかな？」

父親の絵をぜんぶ捨ててしまったという言葉は、にわかには信じられなかった。

家の周りには雑草が生え、板壁も修復されていない。部屋の中も衣服が脱ぎっぱなしで畳のヘリにはほこりの塊。――ずいぶんと無精者のようだ。そんな奴が父親の遺品整理をして捨てたりする労力をかけるとは思えなかった。父親が死んだ後、どこかに突っこんで、そのまま放りっぱなしにしてあるのではと疑ったのだ。

松浦は三崎の顔をまじまじと見ていたが、「ありがてえ」と言って舌なめずりした。

酒の買収が功を奏し、再びもとの部屋にあげてもらった。

松浦はどかりと胡坐をかき、面目なさそうに頭を掻く。

「いやあ、さっきは悪かったね。めんどくさいなと思って、ついね」と言い訳しつつ、脇に置いた土産の徳利を傾けて猪口になみなみと酒をつぐ。

「いえいえ」三崎は愛想笑いを返すと、「では、見せてもらえますかね」首を伸ばす。

「ああ、もちろんさ」猪口をクイッと上げて酒を飲み干すと、立ちあがって、縁側に出た。

松浦が先にたって外廊下を歩き、奥へと入ってゆく。

「おれも、たまーに入るくらいで、整理もしないで山積みにしてあるだけなんだよ」

突き当りまで行くと、たてつけの悪い板戸をガタガタと開けた。

納戸《なんど》のような薄暗い四畳くらいの小部屋があった。

開いた戸から入る外の光に、宙に舞うほこりがきらきらと光っていた。

三崎はその舞っているほこりをうかつにも吸いこんでしまい、何度も激しくむせた。

板張りの床の四方には棚がつくられ、書物や画帳、キャンバス、巻物などが無造作に山積みにされていた。

四書五経といった書物や、地球儀や置時計などの西洋の物、それと何十冊もの秀全の画帳。——雑多な物をただ放りこんでいたという感じだ。

松浦は顎で中を示した。

「親父の残したガラクタばかりだ。一文にもならねえよ。邪魔だから、ほしけりゃ、みんな持ってってくれていいよ」

「ああ、ありがとう」

「まあ、勝手に調べてくれよ。おれは向こうで一杯やらせてもらっているからな」

そう言い残すと、松浦は戻っていった。

一人になった三崎はさっそく捜索にかかる。

無造作に山積みにされた書物や画帳は、薄っすらとほこりが積もっていたり、手荒にほこりが払われたのもあった。

床の端には払われたほこりが塊になって落ちている。

きれいに整頓されてはおらず、年代もごっちゃになっていて、虫食いのように抜けているものもありそうだ。

胡坐をかき、腰を据えて一つ一つ見てゆく。

和紙をとじた画帳に、けものや草花など、墨一色の線で簡潔に描かれた絵や、岩絵具で彩色されたものがある。油絵も何十枚もあった。

一冊一冊、丁寧に調べては戻すことを繰り返した。

一時間ばかり探したが、目当てのものは見あたらなかった。

と、奥の壁に差しこまれていた一枚の油画が目についた。

抜き出してみると、それは肖像画だった。

子供の胸より上を描いた絵で、きょとんとした顔でこっちを見ている。

おそらく、あの酒飲み息子の幼い頃だろう。父親の息子への愛おしい視線が感じられる絵だった。

――可哀そうに。親もそれなりの期待をしただろうに、あんな昼間から酒びたりになるような奴になってしまって。

死んだ秀全に同情を禁じえなかった。

三崎は片手にその絵を持ち、縁側を歩いて居間まで戻ると、松浦は相変わらず酒を飲んでいた。

「ひと通り見せてもらいました」と声をかけながら、三崎は縁側から畳に上がろうとしたが、そのさいに、怪我をしている右足が畳の縁に引っかかった。

転びそうになり、とっさに隣の部屋の襖に手をついて踏みとどまろうとした。だが、体重がかかった襖がすべって開いてしまい、そのまま膝をついて倒れた。

手に持っていた絵もバタンと畳に落ちる。

松浦があわてて駆け寄ってくる。

「おい、大丈夫か」右手を三崎の背中にあて、心配そうにかがみ込む。

「いや、申し訳ない。……この間、足に怪我をしてね。……それに、横浜からずいぶんと歩いてきたんで疲れていたんでしょう」三崎が照れくさそうに謝った。

「ならいいが、気をつけろよ」

「面目ありません」と言いつつ、畳に落ちた油絵を確かめる。「こっちも大丈夫だ、傷もついていない」

「なんだこれは」

「お土産です。お父上が描いた絵のようです」三崎は、キャンバスを裏返して画面を披露する。

松浦はその絵をまじまじと見ると、複雑な表情をした。

「ああ……これか。おれが三つか四つの時の絵だ」不審そうな目で見てくる。「どういうつもりだ。こんなもの出してきて」

「懐かしかろうと思いましてね」

「まあ……そりゃあ」ちょっと戸惑ったが、すぐに聞いてきた。「で、どうだった？」

「……よく探したんですが、目当ての物は見当たりませんでした」

「……酒まで御馳走になったのに、役にたてなくて悪いな」

「いや、仕方がありません」三崎は絵を手にして立ちあがった。「では、これで失礼します。もし、何か見つかったり気づいたことがあったら教えてもらえますか。それなりの礼はしますし」

「ああ、わかった」松浦はげんきんに笑顔をつくった。

三崎は隣室との間の襖に絵を立てかけた。

「せっかくのお父上の絵です。これをながめて、酒の肴《さかな》にでもして下さい」

三崎は松浦の家を後にして門を出ると、左に曲がって板塀に沿って歩いた。土がむき出しの道に強い影が落ちる。

三軒ほど過ぎた少し広い通りに出ると、また角を左に曲がる。下駄に着物の子供らが暑さをものともせずに遊んでいる。

二分ほど歩き、また角を左に曲がる。庇の影が落ちた縁台で年寄りが寝ている。さらに、その縁台の下の影で猫が寝ていた。

また左に曲がり、さらに左に曲がる。

結果、八分ほどかけて町内をまわり、元の場所へ戻ってきた。

足を忍ばせて門をくぐり、庭に入る。伸びた草が袴にすれる音に気をつけながら、先ほどの居間が見える位置まで来た。

木の陰からそっとのぞく。

松浦は帳面のようなものを畳に置いてかがみ込んでいる。めくっては何かを考え、再びめくっている。

三崎は木の陰から出て、縁側の敷石の前へと進む。

松浦は集中して帳面をのぞき込んでいたが、突然、影が落ちて暗くなったのに驚き、はっと顔をあげた。三崎を見るなり、「わあ!」と叫び声をあげて体をそらし、腰が抜けたように後ずさりした。

「やあ」三崎は笑顔で挨拶した。

「なっ、……なんだよ、帰ったんじゃ……」

「ちょっと忘れた用があってな」

松浦はほっとしたせいか、急に怒りが湧き上がってきたようで、「空き巣みたいな真似しやがって」と吐き捨てた。

「空き巣が聞いてあきれるよ」三崎は苦笑した。

「わっ、忘れた用ってなんだよ」敵意をむき出しにしつつ帳面をたたむ。

「用はその画帳だ」三崎は指を向ける。

松浦はあわてて画帳を背中に隠した。

「それが、おれが探していた画帳だろ。見せてくれ」

「こっ、…これは違う」しどろもどろになる。

「違わないね」

「……」

「おれから画帳の話を聞いたお前は、おれが一度ここを出て酒屋に行っている間に、あの納戸を調べたんだろう。そこで目当ての物を見つけた。——長崎滞在中の画帳だ」

視線を松浦の背後へと向ける。

「お前はおれを納戸へ案内してゆく時、たまーにあの部屋に入っているって言った。そりゃあそうだよな。だって、たった今入ったばかりだ。あちこち動かしたから、ほこりの積もった場所や取れてしまった場所など、まばらになってしまっている。だから、そう言わざるをえない」

松浦の目を見る。

「だけど、おれはお前がたった今入ったばかりだったのがすぐにわかった。なぜかというと、戸を開けた時、ほこりが舞っていたからだよ。しこたま吸いこんで咳が出たがね。たまにしか開けないのに、閉めきった部屋でほこりが舞っているわけないよな。おれが入るちょっと前に、お前が入ってあれこれ動かしたからだよ」

「……」松浦はあんぐりと口を開けている。

「——さあ、見せてもらおうか」三崎は手を差し出す。

「ごめんだね。——ふざけんな！」松浦は、突如、開き直った態度に出た。「確かにあったが、どうしてそれをお前に見せなきゃならねえんだ」

三崎は黙って考えこんだ後、口を開いた。

「嫌ならそれでもかまわないが、お前がやっている空き巣のことを警察に通告するぞ。いいのか？」

——カマをかけた。さて結果は？

「なっ……なにを突然」明らかに戸惑った。

「隠そうとしたって駄目だ」三崎は軽く笑う。

——どうやら、当たりだったようだ。

「最初に不審に思ったのは、おれが警察だと名乗った時、明らかにうろたえた。何かやましいことでもあるのだろうと思ったよ。次に、この部屋で話している時、お前の視線が動いていた。隣の部屋の方向にだ。何かあるんだろうなと思ったよ。最初は、おれが聞いた絵のことかなと思ったが、その後、奥の部屋に連れていかれたので、絵ではなく、別のことなのかと思ったわけだ。ではなんだ？　最初におれの素性を知った時、うろたえたのと考え合わせると、隣の部屋に何かやましい物でも置いてあるんだろうという疑いを持ったよ。東京で日常茶飯事に起きている空き巣か何かで得た盗品でも隠してあるのかとね。で、お前の反応を確かめてみるために、わざと転んで隣室を隔てている襖に手をついて体重をかけ、少しずらしてみた。中ははっきりとは見えなかったが、おれが転ぶと、お前はすぐに駆け寄ってきて、心配してくれた。——ずいぶん腰が軽くていい人じゃないか。呑兵衛《のんべえ》らしくもない」

　三崎は含み笑いをする。

　じっと見ている松浦の額に汗がにじむ。

「で、それとなく観察していると、お前はかがみこんでおれの背中に右手をあて、気遣うふりしていたが、左手で背後の襖を静かに閉めていたんだ。——おれは目の端でそれをとらえていた。

　なんでそんなことをする？　やはり、隣の部屋に何か見られたくない物があるからさ。それらを合わせて、こう考えたよ。隣室におれが探してた画帳と、お前の空き巣の盗品の両方を隠しているんだろうとね。——で、一度ここを出てしばらく時間をつぶし、お前が安心して画帳の吟味をしだすところを見計らって戻って来たってわけさ」

松浦の赤くなった顔からタラタラと汗が流れ落ちる。

「スケベ心が起こったんだろう？　これでひと稼ぎできるとね。今はまだ羅刹鬼の正体は知れないが、そのうち、疑いの濃い奴がわかってくるかもしれない。おれに酒徳利ひとつで画帳をわたすより、その羅刹鬼とかいう悪党を強請《ゆす》ったほうが、もっと金になるんじゃないかとね」

三崎はニヤリと笑って手を差し出した。

「さあ、こっちへ寄こせ。空き巣は見逃してやる。おれの管轄じゃないからな。――これ以上、ごねるなよ。でないと、本当に警察に通報してお前を豚箱にぶち込んでやるぞ」

松浦は三崎をにらみつけたまま、じっと黙って考えこんでいたが、観念したのか、しぶしぶと画帳を差し出した。

「本当に見逃してくれるんだな」

「ああ、おれの関心は羅刹鬼だけだ」真摯な表情でうなずき、その画帳をつかんだ。

「誓えるか」しっかりと端をつかんだまま離さない。

「ああ、信じてくれ」引っ張る。

「……」松浦はまだ離さない。

「心配するな。まがりなりにも、おれは武士だった男だぞ。二言《にごん》は無い」三崎は澄んだ目で見つめ返した。

松浦はようやく納得したのか、手を離した。

三崎は画帳を手に取り、黙ってうなずいた。

表紙には、「長崎にて」と墨で題名が書かれていた。

縁側に腰を下ろし、めくってゆく。

画帳には、長崎の風景や人々が描かれていた。

髭を生やし、青い目をした異国人の姿が、細密な筆致で描かれていて、彩色もしてある。下に、「オランダ人船乗り」と書かれている。

他にも、草花やけものなどを細密に筆写したものや、線のみの簡易に描写されたものなどがある。

画面の下側に、描いたものの説明書きが簡潔に書かれている。「桜の下で騒ぐ町人」「紫陽花《あじさい》に蝸牛《かたつむり》」「異国船の詳細な図像」「辮髪《べんぱつ》の清国人たち」「ひまわり」「風鈴」。

次々にめくってゆく。しだいに画題の季節は、夏の盛りから終わりに近づくのがわかる。

「蟬しぐれ」「島原の遊女の浴衣姿」「赤蜻蛉」。

胸の鼓動が高鳴る。口が渇く。

もうすぐ羅刹鬼の正体を暴くための決定的な武器を手にすることができる。羅刹鬼を証明する重要な絵図を知ることができる。

心が高揚し、指が震えた。

画帳が終わりに近づく。

そして、「枯れた朝顔の花」の図像の後だった。

めくった。

真っ赤な色が、目を射た。

三崎の全身の筋肉は張りつめ、カッと体が熱くなった。

それは異様な絵柄だった。

紅蓮《ぐれん》の炎が一面に描かれ、その炎の中に蛇がいた。

背骨らしき中心の棒にからみつくように上昇し、口を開けて牙と赤い舌を出した大蛇の図像だった。

下に書かれた説明には、「刺青の患者」とあった。

――これが、これが羅刹鬼であることを証拠だてる絵か。

紅蓮の炎の中で、らせんを描いて昇る蛇の姿。

長い年月、追い求めていた奴に間違いなく近づいたのだ。

しばし、三崎は強い感慨に打たれながら、穴の空くほど図像に見入っていた。

息をつき、画帳を閉じると、腰をあげた。

松浦に別れを告げ、その家を辞去した。

譲り受けた画帳を手に歩きながらも興奮は冷めやらなかった。

幸造という男が羅刹鬼であるらしいことがわかった。だが、その幸造はどんな男かもわからず、今なんと名乗っているのかもわからない。

しかし、いまだ羅刹鬼が誰かはわからなかったとしても、この刺青をした男が羅刹鬼だということはわかった。あの炎と蛇の刺青をした男を探し出すことさえできれば、すなわち、それが羅刹鬼なのだ。

三崎の足取りは自然と力強くなった。

三崎は横浜への汽車に乗るために新橋駅へ行く途中、再び警視庁に寄った。

仏頂面《ぶっちょうづら》の石間に会った。

そして、松浦が空き巣をやっていて、証拠の盗品が居間の隣室に置いてあるようだということも教え、逮捕するように要請した。

十九

雷鳴が轟く。雨が滝のように降り、長屋の板屋根を打ち続ける。

真っ暗な闇が部屋の中を占拠し、雨の音だけが鼓膜に響いている。

その雨音の中に、ゴトッと鈍く重たい音が鳴った。

鼓膜を震わせたその音が脳へと響き、チャーリーのことで寝付けずにいた三崎の意識をゆり起こした。

戸口を開ける音。続いて、衣擦《きぬず》れの微かな音。

まぶたが開き、危機感が急速に上昇してくる。

枕もとの仕込み杖に静かに手を伸ばした。

つかんだのと同時だった。

闇の中を、殺気とともに空気の塊が押し寄せてきた。

――来る。

刀を抜くやいなや、鉄刃がぶつかる激しく鈍い音が響き、肩口に熱い痛みが走った。

敵がいったん下がる。

布団をはいで見えない敵に投げうつ。

体を後ろへと下げ、背中を壁につけた。

暗闇に溶け込んでいる目は、前方の敵をいまだはっきりと視認できなかった。

刺客の刃は光を反射しないよう黒く塗られているようで、暗殺に手慣れた者であることが感じられた。

――忍びか？

雨音の中に、刺客の吸っては吐く息の音がかすかに聞こえる。

刺客は再び向かってきた。その動きは、闇に目を慣らしてきたのだろう、素早く的確だった。

三崎は刀を振りまわしたが、左腕を斬られた。深手ではないが、血が肌を伝う。

畳に膝をすらしながら位置を変えてゆく。角に追い詰められた。

刺客は無言のまま襲ってくる。三崎の目が闇に慣れる前に、決着をつけようとしているのだ。

波のように押しては引く攻撃を続けてくる。それにともなって少しずつ手傷を負い、体力がそがれていった。

闇の中に鉄の刃と刃があたる硬く重い音が響き続ける。雨の音は激しく、時々、ゴロゴロと落雷を予兆させる音が鳴る。

体のいたるところに痛みを感じ、血が流れ出ていることがわかる。少しずつ弱らせた後、とどめを刺すつもりなんだ。

──まずい。このままではやられる。

敵が勝負を決めようと、息を整え、力を溜めていることが感じられた。

三崎はグッと刀を握りしめた。

その瞬間、稲光が走った。室内を明るく照らす。二メートル先の全身黒装束の影を映し出した。

刺客は黒い刀を手に、畳に膝をつけた姿勢のままいっきに間をつめて斬りかかってくる。雷光が刺客の顔を照らし出す。

三崎の刃面に、雷光があたってギラッと反射する。その反射した光が敵の目を直撃した。

刺客はまぶしさで一瞬、目を閉じた。

──今だ。

三崎はその隙を逃さなかった。渾身の力で刀を突き出した。

ドスッ！　鈍い音。敵が振るう刃をかいくぐり、刀が黒装束の胸を刺し貫いた。肉を貫く重たい感触。

勢いは止まらず、体と体がぶつかった。

再び、闇の中。

息がかかるほどの目の前に刺客の顔がある。

敵はそれでも突き刺してこようとするが、三崎はその手をつかみ、身動きを封じた。

そのまま敵の力が尽きるのを待った。

聞こえてくる刺客の荒い息は、少しずつ小さくなり、やがて止まった。

張りつめていた力が抜け、刺客の体が崩れ落ちた。

三崎は大きく息をついた。がくりと力が抜けた。

畳は血だらけになっていた。

その後、負った刀傷の手当てをし、朝を待った。

日の光が射しこんで修羅場と化した室内を照らす中、刺客の死骸を詳細に調べた。

六十を過ぎていそうな老いた男だった。

男の手を見ると、指紋や掌のしわの溝が、薄い赤茶色に染まっていた。だが、それは血で染まったものではなかった。さらに、肩と首の付け根の皮膚が硬くなってもいた。

家の外へと出ると、貼り合わせていた地蔵の頭の欠けらがはがれて地面に落ちていた。その音で目を覚ましたことを思い出した。

――どうやら、この地蔵が曲者の侵入を知らせてくれたらしい。割れかかっていたので直さなきゃなと思っていたが、ずぼらで後まわしにしてしまっていた。でも、それが功を奏したようだ。

自然におかしみがこみ上げてきて、三崎の顔に笑みが広がった。

――廃仏の嵐が吹き荒れた折は、おれがかくまったが、地蔵の恩返しってところかな。

二十

同じ長屋の大工の息子に、署へ使いに走ってもらい、応援を頼んだ。やって来た警官たちに老刺客の遺骸を運び出してもらった。

血が飛び散った部屋の片づけを長屋の者に手間賃を出して頼み、あちこちと痛む体で署へと向かった。

署で報告を受け、捜査の指示を終えると、天洋ホテルへと向かった。

いまだチャーリーの行方は知れなかった。

三崎は重い気分のままエレナの部屋をノックする。

が、返事がない。

――不在か？

ノブはまわった。

黙って開ける。

エレナはカーテンを閉め切った暗い中で座っていた。浮き出た鎖骨。ツンとした鼻の頭に玉の汗。よく眠れないのだろう。目の下にくまができている。

三崎に視線を向ける。その目はおびえていた。

――明らかに恐れている。――最悪の言葉を。吉報と悲報のどちらを告げられるのだろうかと。

三崎の表情からその答えを読み取ろうとするかのように、その瞳は小刻みに震えていた。

その両手は、神に祈るように胸の前で固く握りしめられている。

だが、三崎の表情が暗く沈んだままなのを見てとり、その表情は恐怖に引きつった。

「まさか……。チャーリーは？……」エレナは最悪の言葉を自分から口にすることをためらっていた。

「いえ。……まだ見つかっていません」三崎は軽く首を振る。

エレナは突如、抑えていた感情が噴き出したように立ち上がり、詰め寄ってきた。

「どうして、どうしてなの？　なんでチャーリーは見つからないの？」目に悲痛な色を浮かべて三崎の胸に激しくつかみかかる。

「今も我々はあらゆる可能性を考えて捜索しています」三崎はかろうじて言葉を発した。

エレナの両眼から涙があふれだし、その場に崩れ落ちた。

「……ああ……」嗚咽《おえつ》する。「……神様、お願い」

「……」三崎は何も言えなかった。黙ってその姿を見つめるしかなかった。

顔を伏せて泣いていたエレナは突如、キッと顔を上げると、叫んだ。

「あなたよ。あなたのせいよ」弾けるように立ち上がった。「なんであいつを付けたりしたの。お金は、お金はいらないって言ったじゃない。スティーブの復讐もあきらめるって。なのに、なんで、なんで付けたりしたのよ。だから、あいつはチャーリーを返さないのよ」

エレナは泣き叫びながら、拳で三崎の胸を殴りつけた。

三崎はその怒りを黙って受けた。

すでに体じゅう傷だらけだったが、その拳からけっして逃げなかった。口にあたり、中が切れた。口中に生温かい血があふれ出す。この激しい痛みも、どれだけ受けても足りないと思えた。

エレナは再びその場に崩れ落ちると、狂ったように号泣した。

三崎の目にも涙がにじんでいた。

拳を握りしめた。

――おれは、羅刹鬼を捕まえたいばかりに、間違いを犯したのだ。

あの子の命を、自分の悲願を叶えるために、危険を承知であの子の命を利用したのだ。

三崎は黙って体を反転させ、その場を後にした。

ドアを開け、静かに閉めた。

廊下に立ち尽くした。

二十一

ホテルを出て署へ向かった。

天空で輝く太陽とは対照的に、気持ちは闇に閉ざされていたが、なんとか沈む気持ちを立て直し、捜査への意欲を奮い起こそうとした。

署へ戻ると、伝六たちが大阪から帰って来ていた。

その報告によると、喜平は大阪の難波で、造り酒屋で働いていた。

喜平は、清でのできごとについては、大阪にいた頃も何もしゃべらなかったようだ。

「まあ、当然だろうな」三崎はうなずく。「不慮の事故とはいえ国外へ出て、しかも密入国という海禁の法をおかしたことが御上の耳に入れば、重罪はまぬがれない。絶対に知られたら困ることゆえ、口を堅く閉じていたのだろう」

三崎は唇を軽くなめると、核心の問いを発した。

「で、その喜平という男には会えたのか」

「いや、すでに大阪を後にしていました」伝六が首を振る。

「……またか……」三崎の心が沈む。「――どこへ行ったのかはわかったのか」

伝六はニヤッと笑って言った。

「東京ですよ」

「本当か！」思わず声が大きくなる。傷に響く。

「御一新を機に、東京へ出てきたようでね」

「どこだ！」呟くように問う。また響く。

「四谷の富岡町」伝六が得意げに言う。

「それは好都合だ。もう徳川が倒れて異国との通商が盛んになっている今、そいつも口を閉じてる理由はないからな。幸造のことを詳しく聞けるはずだ」

「ここですよ」伝六は住居の書かれた紙を卓の上に置いた。

「でかした」その手を握った。

二十二

喜平の居場所を知り、四谷の富岡町にあるその長屋を急いで訪れた。

障子戸の前で声をかけたが、返事はなかった。

人の気配は無い。まだ仕事へ行っているのかもしれない。

隣の家から若い女が顔を出した。

つぎのあたった着物にたすき掛けをした、純朴な田舎娘のような女だった。みずみずしい肌をしていたが、ほつれた髪に所帯やつれも見える。

下に視線を移すと、少し腹がふくれている。身重のようだった。

「喜平さんに御用ですか？」女がか細い声で言った。少しなまりが混じっていた。

「ええ」

女の表情は暗い。

三崎は眉をひそめる。不吉な予感がした。

「喜平さん、もうここにはいないんですか」

「いえ、そういうわけではなく……」女は言いよどんだ後、静かだがはっきりと言った。

「亡くなったんです」

女の話によれば、二か月ほど前の夜、喜平は居酒屋で飲んで酔った帰りに、堀に過《あやま》って落ち、溺れ死んだということだった。

三崎は茫然とした。

――くっそう。……事故なんかじゃない。殺されたんだ。羅刹鬼に先まわりされたんだ。モーガンとの関係から、長崎のことが露見することを見越して、唯一生き残っていた証人の口を封じたんだ。

三崎は唇を咬みしめた。

「ええと……旦那さんは……」恐るおそる女が聞いてくる。「喜平さんとはどんな？」

「警察です。……ある事件について喜平さんの話を聞きに来たんだが……」かろうじて三崎は応じた。

「……警察」女は恐怖を感じたように唇を震わせた。

三崎はできるだけ優しげな声で聞いた。

「三十五年前、清にいたはずなんだが、その頃のこと、何か聞いてませんか」藁にもすがる思いだ。

女は少し考えた後、可憐な口を開いた。

「喜平さん、船が難破して清へと流れ着いたんですよね……」

「そうです」

「……実は、……お役に立つかどうかはわかりませんが、……清にいた時のことを話してくれたことがあります」

女は自信なげだったが、三崎は一筋の光を見た思いがした。

「どんなことですか？」思わず体に力が入った。

「私より、うちの亭主が……ちょっと、もうすぐ帰ってくると思いますから」

三崎は家に上がらせてもらい、亭主が帰ってくるのを待つことになった。

しばらくして、湯あがりの左官職人、与吉が帰ってきた。

女房同様、まだ若い男だった。職人らしく喧嘩っぱやそうな顔つきだったが、あどけなさを残していた。警察と聞いて、挑むようににらみつけられたが、性根は悪くなさそうだった。

挨拶を交わし、事情を話した。

一緒に酒を飲むことになったが、三崎は格好だけ付き合った。

与吉は、漬物を持ってきてくれた女房の大きな腹にやさしく手を触れる。

「それは一年ほど前の話なんですが、うちの三つになる娘がいましてね。その子が病で亡くなっちまったんです。初めての子で、私らも目の中に入れても痛くないほど可愛がっていたんで、もう二人とも悲嘆に暮れてしまって。……女房は毎日泣いているし、おれも仕事をする気も無くなって落ちこんでたんです」

「ええ」三崎は同情を示す。

「そんな時、見るに見かねた喜平さんが、飲みに誘ってくれたんです。そこで、三十五年も前の清にいた時の話をしてくれましてね。ある雷雨の夜、血だらけになって戻ってきたその男を、大あわてで清の医師に担ぎこんだ時のことです」

「その男、もしかしたら、――背中に炎と蛇の刺青があったのでは？」

「いいえ、どんな刺青かは聞いてはいませんが、いっしょに清に流れついた日本人だとは言っていました」

「その男です」間違いない。幸造だ。

「その男の人相は言っていましたか？」三崎が聞く。期待に胸がふくらむ。

――ついに顔がわかるか。

「いや、人相までは言っていませんでしたね。喜平さんの話す内容と、人相は関係なかったんで、ただ、刺青があった男だとしか……」

「そうですか……」失望する。

気を取り直して話をうながす。

色々としゃべってもらううちに、引っかかる何かを聞き出せるかもしれない。

「その刺青の男なんですが……」与吉は酒を口に含むと、ゆっくりとしゃべり出した。

二十三

天洋ホテルに来た三崎は、メイドの百合子を呼びとめた。

「ちょっとすまない」

「はい、なんでしょうか」メイドがニコリと笑みを向けてくる。

「あそこに変な人がいるんだ。ちょっと見てもらえるかな」そう言って、三崎は背を向けて歩きだす。

「……はい、なんでしょうか」少し不安そうに付いてくる。

メイドは足が痛そうで、変な歩き方をしていた。

観葉植物が置かれた物陰に来たところで、三崎は振り返った。

メイドは足を軽く引きずりながら付いて来ていた。

三崎はメイドと向き合うと、軽く笑った。

「うまいもんだ」

「は？」百合子が目をぱちくりする。

「もういいんだ」

「はあ？」不可解といった表情。

「その臭い芝居はやめろよ」

「なんのことですか」さらにとぼける。

「なにが百合の花だ。ドクダミみたいなオカマが」

「なによ」とたんに声が低くなって顔をしかめる。「こっちは本気でやってるのに」と言いつつケラケラと笑う。

実は三崎は、ホテルでメイドの募集をしていることを永原から知り、お京をメイドとして潜りこませていたのだ。三崎の目の届かないホテル内部の情報を得るためと、エレナが警察に隠れて動いた場合、すぐに報告させるためだった。

「どうした、お京、歩き方が変だな」三崎は眉をしかめる。

「股と内腿が痛いんだよ」

「ふっ、またろくでもないことしたんだろう」思わず吹き出す。

「あんたのせいだよ」

「おれのせい？」

「例のことだよ」お京は二つの指で円をつくり、その手を片目に持っていった。

「ああ、あれか。……そいつはすまなかったな」思い当たることがあり、三崎は苦笑する。

「なんの用なの？　怪しまれるじゃない」

「ああ、そうだった」三崎はふところから竹皮に包まれた物を取り出した。

竹皮を開くと、三つの大福があった。

「お礼と言っちゃなんだが」三崎は一つをつまんでかぶりついた。「うまいぞ」

「どうしたのよ、大福なんか」お京は不思議そうな顔をする。

三崎はさらに一つをつまんだ。

もぐもぐ嚙みながら、「ほら、お前の分」とお京にわたす。

「こんなところでもらってもさあ」と言いつつお京は受け取り、口に入れる。「あんこは好きだけど、暑いからアイスクリンのほうがいいわ」

「この一件が終わったら、ご馳走してやるよ」

「ほんと？」目を輝かす。

三崎は軽く笑うと、残ったもう一つの大福を竹皮に丁寧に包む。

それをお京に差し出した。

「そして、——これはケン坊の分だ」

「ケン坊？」けげんな目で見返す。

「ああ、そうだ」三崎はうなずいた。

その目は切ない色をにじませていた。

四章　銃と刀

一

モーガンが歩いてゆく。コツコツと靴の音が鳴る。

鍵を差しこみ、ガチャリと鍵を開ける。ドアのノブをまわす。ゆっくりと開ける。ギイイと木のきしむ音。室内へと足を踏み入れる。

モーガンが言った。

「やあ、調子はどうだい？」

窓から射しこむ光に照らされたのは、チャーリーの強《こわ》ばった顔だった。

モーガンは近づいてゆく。

ベッドに座っているチャーリーの横に腰を下ろした。人質の緊張を解くように笑顔を向ける。

「チャーリー、上手な芝居だったぞ」

「……うん」チャーリーは戸惑った表情でうなずく。

この間のことは、チャーリーと事前に打ち合わせを綿密にやった狂言だった。

拳銃はもちろん空砲で、弾は入ってなかった。銃を撃つと同時に、チャーリーが胸に仕込んでおいた血のりを吹き出させたのだ。

チャーリーはそのまま穴へと落ちる。衝撃を緩和するために、表面の土の下には、刈り取った枯草を敷いていた。

落ちた頭の先には、横穴が掘られていた。だから、上から枯草や土をかけて埋めたとしても、横穴の空間から空気を吸えるようにしてあったのだ。

銀次が人質殺しに納得して帰った後、チャーリーを掘り出したというしだいだった。

モーガンはチャーリーの肩にそっと手を置く。

チャーリーの体がビクッと強ばる。

「苦しかったろう。すまなかったな」

モーガンは沈痛な声を出す。

「しょうがなかったんだよ。おれをかくまってくれている怖いおじさんに、早く君を始末してしまえと、せっつかれてね。君を生かして帰してはいけないと言われたんだ。金を奪ったら、もう用は無いから、きっちりと殺してしまえとね」

「……」チャーリーの顔が恐怖でひきつる。

「でも、おれは君を殺す気はなかった。ちゃんとママに返してやろうと思ってね。それで、あんな芝居をやらざるをえなかった。君をさらったおじさんに、君を殺したところを見せて、お頭《かしら》を納得させようと思ってさ」

モーガンはチャーリーの表情をうかがう。

チャーリーはじっと固まっている。

「君はおれのことが憎いだろう？」モーガンが静かな声でたずねた。

「……」チャーリーはうつむいたままで、どう答えたらいいか困っているようだった。

「まあ、それはしょうがない。父親の仇だからね。でも、おれのことが憎かろうが、君が生きてママに逢うためには、おれに協力しなくちゃならない。悔しいだろうが、――わかってくれ」

モーガンは精一杯やさしい声で言った。

チャーリーは引きつった顔でかすかな笑みをつくり、うなずいた。

「……うん、わかった」

モーガンはチャーリーの部屋を出て、ドアの鍵をしっかりと閉めた。きびすを返し、大きな窓から陽が入る廊下を歩いてゆく。

突きあたりの木製のドアを開ける。

キッチンへと足を踏み入れた。テーブルや椅子、食器棚などの調度品がアメリカのスタイルで整えられている。

そこには太った六十過ぎの背広姿の男がいた。座って煙草をふかし、大ぶりのカップに入れたコーヒーをがぶりと飲んだ。

「よお、ジャック」

名前はアルフレッド・ブレナー。

頭は禿げあがり、顎まわりを白くちぢれた髭がおおっている。とろんとした目はのんびりとした印象を与えるが、その瞳の奥には、冷酷な光が宿っていた。

ブレナーはアメリカ時代のモーガンの仲間の一人だった。ブレナー自身、さんざん人を殺してきた男だったが、歳を取って体が思うように動かなくなり、三年ほど前に足を洗った。この東洋の国へは、清廉潔白な貿易商という肩書でやって来ていたのだ。モーガンは、ブレナーからここの別荘を隠れ家として借りるにあたり、羅刹鬼からもらった金で充分すぎる謝礼を払い、さらに、アメリカ時代の悪事をバラされたくないだろうと、少しの脅しをも加えて借りていた。

モーガンは、ブレナーと向かい合うように腰を下ろすと、コーヒーを飲んだ。

ブレナーが大きな鷲鼻をうごめかす。

「あの小僧を生きて母親のもとへ帰してやるとは、思ったより情のあるいい奴なんだな」皮肉な笑みを浮かべた。

モーガンは木のテーブルの側面で黄燐《おうりん》マッチをすると、口にくわえた煙草に火をつけた。

マッチの燃えかすを、テーブルに飾られた白い桔梗《ききよう》の一輪挿しに突っこんだ。

煙草をゆっくりと吸いこむ。

そして、吐き出す煙とともに、「クックックック」と、ゾッとするような悪魔の笑い声をもらした。

「なんだよ」ブレナーが気味悪そうに眉をひそめる。

「ちがうよ」

煙をくゆらすと、モーガンは冷徹な声で言った。

「おれがあの小僧を生かしておくわけないだろう」

「……どういうことだ？」不可解といった表情を向ける。

「あの小僧どころか、あの小生意気なクソ女もいっしょに英雄きどりだったスティーブのもとへ送ってやるつもりだ」

「じゃあ……なぜ？　あんな手のこんだ芝居を……」

「あんな芝居をうったのは、日本で面倒みてもらっている羅刹鬼が、早く殺しちまえってうるさかったからだ。とりあえず、殺したふりをしないと収まらない様子だったからな」

苦い顔で煙を吐き出す。

「だが、おれはそれじゃあ、気がすまない。チャーリーにはもっと使い道があるんでな」

「使い道？」ブレナーは眉をひそめる。

モーガンは目に狂気の色を浮かべた。

「ふふふ、おれがあの小僧をわざわざ生かしておいたのは、あの女にさらなる苦しみを与えるためだ。

　この後、おれはエレナを呼び出し、チャーリーと対面させるんだ。あの小僧が解放されて母親のもとへ走ってゆく。エレナは我が子が生きていたことに歓喜し、抱きしめようとするだろう。

　――その瞬間、チャーリーの頭を吹き飛ばすのさ。小僧が母の胸に抱かれようとする、まさにその瞬間、息子の頭が血しぶきとともに木っ端みじんに吹き飛ぶのを、あの女は目の前で見るんだよ。クックックック」

　ブレナーはあぜんと口を開き、ゴクリと唾を飲みこんだ。

「恐ろしい男だな。悪い趣味だぜ」

「おれはあの親子にさんざんな目に遭わされ、こんな東の果てまで逃げて来なければならない破目になったんだ。ただ殺すなんて、そんな楽な死に方をされたんじゃあ、こっちの鬱憤《うっぷん》が晴れねえ。――地獄を見て死んでもらわねえとな」

　ブレナーは肩をすくめた。

「まあ、とにかく気がすむようにやるんだな。おれに迷惑さえかけなければな」

「心配するな」

「おれが商談で神戸に行っている間に、すべてを終わらせといてくれよ」

「ああ」モーガンは不敵に笑った。「万一、警察にこの隠れ家がバレたとしても、お前に火の粉は降りかからない。神戸の旅行中、留守にしていた別荘に勝手に入りこんだってことにしてやる」

「頼むぞ」冷や汗を垂らしながら、ブレナーはうなった。

二

朝の空気はまだわずかに涼しさを残していた。

閉めたカーテンを透して日の出の光が入ってくる。

薄明るくなった部屋の中にノックの音がした。

エレナは腰を浮かせる。椅子がきしんで音をたてる。

ゆっくりと立ち上がった。一瞬、立ち眩みがして体がふらついたが、すぐに体勢を立て直した。眠れない日々と心労で疲れ切っていた。顔は蒼ざめ、目は赤くなっている。

まぶたを一度閉じ、しっかりと開ける。

——気をしっかり持たなくては。

ドアを開けると、メイドの百合子が緊張した面持ちで立っていた。

手に手紙らしき白い封筒を持っている。

「グッドモーニング」百合子はおぼえたての英語で挨拶をしてきた。

「グッドモーニング」エレナが微笑み返すと、百合子は手紙を差し出した。

後で知ったのだが、その手紙を持ってきたのは八百屋の子供で、知らないおじさんに駄賃をもらって配達を頼まれたということだった。

宛先には英文でエレナの名前が書かれていた。

裏返し、差出人の名前を見た瞬間、表情が強ばった。

――ジャック・モーガン――とあった。

エレナは、「ありがとう」とぎこちない笑みとともに日本語でお礼を言った。

百合子が頭を下げてきびすを返すと、すぐにドアを閉めた。

独りになると、エレナは急いで封を開けた。

入れられていた洋紙には、こう書かれていた。

『やあ、元気かね。ジャック・モーガンだ。

チャーリーについて話がある。息子はちゃんと生きている。もちろん、おれがまだ預かっている。証拠は同封の写真だ』

その写真には、チャーリーが薄暗い部屋のベッドに腰をかけ、新聞を持っている姿が写っていた。

新聞の日付は昨日だ。

写真を食い入るように見つめるエレナの目に涙がにじんでゆく。胸の中に、春のような温かいものがこみ上げてきた。安堵が全身を満たした。

――生きている。チャーリーは生きてるんだ。今はまだ私の腕の中にはいないけど、死んではいない。

涙があふれ出した。

――よかった。とにかく、あの子は生きていてくれた。

続いて、その手紙はこう続いていた。

『チャーリーを返して欲しければ、あんたと直接会って話がしたい。もちろん、日本の警察は抜きにしてだ。連中が入ると話がややこしくなる。あんたと二人だけで話がしたい』

その後、会う場所の地図と、正午という時間が指定されていた。
さらに、警察の目を盗んで一人で向かうための方策も示してあった。
エレナは涙に濡れた目で、写真の中の愛しい息子を見つめていた。
――チャーリー、待っていて。ママが行くわ。
あなたを助けに行くからね。

三

正午まで一時間と迫った。
エレナはハンドバックと日傘を持つと、部屋を出た。
一階まで下りてゆくと、ラウンジで永原と会った。
「どこへお出かけ？」心配そうに声をかけてくる。
エレナは無理に笑みをつくる。
「気晴らしに、外を少し散歩してこようと思いまして」

「ええ、それがいいわ」笑顔でうなずく。「気をつけてね」

「はい、ありがとうございます」

エレナがホテルを出てゆくと、やはり、護衛の警察官が二人ほど十メートルの間を空けて付いてきた。

エレナは日傘を差し、海岸線の砂浜を歩いてゆく。ゆったりとした波の音が耳に届き、潮風に髪がなびく。

こんな不幸な事態に追いこまれ、心の中は暗澹《あんたん》たるものだったが、その暗さが嘘のように外の世界は明るく光っていた。

そのあまりの対比に、まるで夢を見ているような心地がした。

――夢は夢でも、悪夢なのだが……。


洋風にデザインされた木造の建物が見えてきた。

クリーム色の漆喰《しっくい》の外壁に緑の庇が出ている。テラス席にはテーブルが五つほどある。

手紙で指定されたコーヒーハウス〈ロンドン〉だ。

開けっぱなしにしたドアから入る。

ちらりと護衛たちに目をやると、思っていた通り、中へは入って来ずに外のテラスで待っている。

煙草の煙がたちこめる店内は、外国人たちで混雑していた。

エレナはウェイトレスにコーヒーを頼むと、さまざまな言語を話す人々をぬって奥へと行き、壁際の空いていた席に腰をおろした。

じっと静かに待った。

少しして、コーヒーが運ばれてきた。

一口、二口飲んだ。

しばらく座ってすごしたのち、代金をカップの脇に隠れるようにそっと置いた。

静かに席をたつと、奥のトイレに向かう。

もちろん、警官たちは、まさかエレナが自ら姿を消すとは思っていないから、気にする様子もなく外で待っている。

エレナは手紙に書いてあったとおり、トイレを行き過ぎ、奥の倉庫のドアを開けた。

中はほとんど光が入ってこないので暗かった。

両側の棚に珈琲豆や小麦粉の麻袋が積み上げられた狭い通路を通り、裏口へ通じるドアへとたどり着いた。ドアを開ける。

光が満ちあふれた外へと出ると、目がくらんだ。

少しの間、目を細めて光に慣らしたのち、まぶたを開けた。

すると、手紙に書いてあったとおり、幌付きの人力車が待っていた。

「エレナさんで」日除け笠をかぶった車夫が聞いてくる。

「はい」エレナはうなずく。

「どうぞ」と、骨ばった手で指し示す。

エレナは車夫に手伝ってもらいながら人力車に乗った。幌がかぶされ、エレナの上半身が隠れるようになった。膝掛けをすれば、通行人に見られても誰が乗っているのかはわからない。

梶棒が持ちあげられた。真上からの陽射しで白茶けて光る道を人力車は走りだした。

四

汗だくで荒い息を弾ませて、お京が警察署に飛びこんできた。

顔が真っ赤で汗が吹き出している。膝に両手を置いて、はあはあと息を整える。

「み、水ください」あえぎながら訴える。

出された水をガブガブと飲むと、「大変だ！」あわてふためいている。

「どうした？」三崎が顔をしかめる。

「エレナが護衛をまいて姿を消したんだ」

「なんだと！」

「モーガンに手紙で呼び出されたみたいなんだ」

「――どういうことだ？」三崎はお京をにらみつける。

「内容は英語だから、正直よくわかんなかった」

お京は懸命に頭を整理しながら続ける。

「あたし、朝に手紙をエレナのもとに持っていったんだけど、差出人を見たとたん、エレナの様子が明らかに変わってさあ。気になって、エレナが朝めしを食いに食堂に下りていた隙に、こっそり部屋に忍びこんで盗み読んだんだよ」

お京は部屋のドアの鍵を手持ちの道具で開け、中へと侵入した。そして、引き出しの中に入っていた手紙を見つけて目を通したのだ。

そこには、生きたチャーリーの写真があった。

英語の文だから内容は理解できなかったが、そんな時にエレナが姿を消したので、あわてて伝えに来たしだいだった。

　お京はふところから一枚の紙を出した。

「その手紙には地図も描いてあったから、それを写しておいたんだ」

「えらいぞ」三崎は喜色を表す。「おそらく、チャーリーを人質にしてそこで会うつもりなんだろう」

　三崎は手描きの地図をのぞき込む。

「磯子の海辺近くのようだな」

　顔を上げてお京に聞く。

「――会う時間は？」

「多分、十二時だよ。異国の数字くらいは知ってるから、英語の中に、12って字があったから」

　三崎は置時計を確認する。

　時間は十一時三十分を過ぎようとしていた。

　三崎は仕込み杖をつかむと、伝六に告げた。

「人員を集めて来てくれ。――おれは先に行く」

　刑事部屋から飛び出した。

――エレナ、なぜ言ってくれなかった。

厩舎から馬を引き出して飛び乗り、手綱を引っ張る。馬がいないて反転する。踵で馬の腹を蹴る。馬は激しい蹄《ひづめ》の音をたてて走りだした。

――間に合ってくれ。

心の中で叫びながら磯子への道を急いだ。

チャーリーが生きていた。最悪のことを予期していたが、本当ならありがたい。生きてさえいれば、おれが助けることができる。

姿勢を低くし、風を切って突っ走る。

……それにしても、チャーリーを餌にエレナを呼び出したのは、どういうことなんだ。

……奴の意図がはっきりとわからない。

頭の中を多くの疑問が駆けめぐりながら、三崎は海岸沿いの道を駆け抜けていった。

五

太陽が青い空の真上へと昇った。

磯子にある廃墟となった穀物倉庫にエレナがやって来た。

半分焼け落ちた木造の倉庫三棟がうち捨てられており、広い土の敷地にはあちらこちらに雑草が伸びている。

モーガンは二十メートルほどの距離を取って対峙した。

「よく来たな。あんたの大切な息子はこのとおり元気だよ」

モーガンは横に立つチャーリーを目で示す。

緊張した面持ちのチャーリーは、両手を後ろにまわして縄で縛られていた。

「ママ」叫んで駆け寄ろうとする。

すぐさま、モーガンが襟をつかんで止めた。

「チャーリー」エレナが悲痛な叫び声をあげ、走り寄ろうとする。

「ストーップ！」モーガンが吠える。「そこから動くな」

エレナの足が止まる。

「早く我が子を抱きしめたかろうが、話がすんでからだ」

「……お金は受け取ったでしょ。……これ以上、いったい何がほしいの」エレナの顔がゆがむ。

「一万ドルは確かにもらった。――で、もう一つ、要求がある」

「なに？」

「もうこれ以上、おれを追いかけるなってことだ」

「チャーリーを連れてすぐにアメリカへ帰るんだ。――それも、秘かにだ」

「……」

「わかったわ」強ばった表情でエレナはうなずく。

そして、思いつめた声で言った。

「あなたのことは忘れる。アメリカへ帰って、もう二度とあなたを追いかけようなんて思わないわ」

「約束できるか」モーガンがにらむ。

「神に誓って」エレナも見返した。

エレナの真意を見抜くようにモーガンが見つめる。

「ふふふ……よかろう」

笑みをもらした。

「あんたがアメリカへ帰れば、日本の警察だっておれに興味は無くなる。――まあ、あの三崎とかいう愚か者はしつこく追いかけてくるかもしれんが、警察全体がおれを追うようなことは無くなるだろう」

「ええ、そうよ。あなたは自由だわ」エレナは毅然とした声で告げた。
「話がうまくまとまってよかったよ、エレナ」モーガンは髭面の顔を笑みで満たした。
「では、おまちかねの坊ちゃんを返すぜ」チャーリーの襟首から手を離した。
後ろ手に縛られたチャーリーの縄をナイフで切ってやる。
「ほら、ママのもとへ帰んな」ポンとその背を押した。
自由になった手を振って、チャーリーは駆けだした。
同時に、エレナも地を蹴って駆けだす。
二人の距離が縮まってゆく。
十五メートル。
モーガンの目が妖しく光る。静かにホルスターから銃を抜く。
十メートル。
ガチャリと撃鉄を起こした。鉄の重く鈍い音が鳴る。
エレナが両手を広げる。
チャーリーも両手を広げる。
二人の目には、ともに喜びの涙がにじみ始めている。
五メートル。

モーガンは銃口をチャーリーへと向け、その後頭部にねらいを定めた。

「チャーリー」エレナが叫ぶ。

「ママ」チャーリーが叫ぶ。

チャーリーはエレナの胸の中へと飛びこんだ。

引き金に指がかかる。

エレナはその豊かな胸で我が子を受け止めた。

強く抱きしめる。

「グッバイ、チャーリー」モーガンは口もとに邪悪な笑みを浮かべた。

指にグッと力が入る。かすかに引き金が動いた。

その時、モーガンの視界の上方に、何かが入った。

青い空に白く小さな点。

一瞬、引き金にかけた指の力が弱まり、意識がそちらへ移った。

こちらへ向かってくる白く小さな点は、しだいに大きさを増し、白い球体へと変わってきた。

それは白いボールだった。みるみる大きくなり、すごい速度で落下してきた。

モーガンは跳びすさるように後ろへ下がった。

ボールは激しい音をたてて目の前に落ち、大きく弾んだ。

飛んできた方向に目をやると、草むらから走ってくる何者かがいた。

——あいつだ。

「ジャーック！」三崎が走りつつ叫んだ。

まだ距離はだいぶあったが、モーガンはかまわず銃を放った。

銃声が轟き、三崎がとっさに姿勢を低くした。弾丸が草を千切って頭上を飛んでゆく。

三崎が再び立ちあがって向かってこようとしたが、モーガンは連射で応じる。

弾丸が三崎の肩や髪をかすめた。

草に隠れながら三崎が叫ぶ。

「観念しろ！すでに周囲は警官隊が包囲している。神妙にお縄をちょうだいしろ！」

モーガンはそんな脅しに聞く耳を持たず、すぐさま行動を起こした。

しっかりと抱き合いながらも、何が起こっているのか困惑している母子のもとへ駆け寄った。

そして、チャーリーを奪い取ろうと、その襟もとを引っつかんだ。

「やめて！」エレナが必死に息子を抱きしめる。

チャーリーは泣き叫び、足をじたばたさせて抵抗する。

三崎がエレナたちのもとへ駆けてくる。

「この女！」モーガンはエレナを銃の台尻で殴りつける。

エレナのこめかみを直撃する。血がにじみ、エレナの意識がふと遠のいた。一瞬、力がゆるんだ。

その機を逃さず、モーガンはチャーリーを引っぱがして抱き寄せた。

「ママ！」チャーリーが叫ぶ。

銃を放ち、迫りくる三崎をけん制する。

三崎は物陰に隠れた。

「おい、いいか。このガキを殺されたくなければ、馬鹿なことをするな」チャーリーの頭に銃口を突き付ける。

「逃げられんぞ」三崎が叫ぶ。

「そうかな」不敵な笑み。「このガキは人質にもらってゆく」

モーガンはじりじりと後退して、馬をつないだところまで戻った。

威嚇のために銃を三発撃ち、チャーリーを抱きかかえたまま馬に飛び乗った。

「ママーっ！」チャーリーの悲痛な叫びが響く。

そして、モーガンは、「また仕切り直しだ。お楽しみは次に取っておくぜ。——じゃあな」と言い捨てると、手綱を引いて馬を方向転換させた。

馬の腹を靴で蹴った。チャーリーを抱えたモーガンが乗る馬は、土煙をあげてあっという間に走り去っていった。

三崎は倒れているエレナのもとへ駆け寄る。

「大丈夫か」

朦朧としていたエレナは、頭から血を流していた。

「チャーリー、チャーリー」うわ言のように息子の名を呼び、「助けて、あの子を助けて」半狂乱になって涙を流す。

「わかってる。おれに任せろ」

三崎はエレナを静かに寝かせると、やがて来る警官たちに任せ、自らはモーガンを追跡するために立ちあがった。

接近を気取《けど》られぬよう、百メートル手前に置いてきた馬のもとへ戻り、木につないだ綱をほどいた。

馬に飛び乗り、モーガンを追いかけるために再び取って返す。

エレナのもとを走り過ぎる時、うちひしがれて座りこんでいるアメリカの母親に叫んだ。

「待っていろ！　必ず取り返してくる」

六

モーガンの馬の後を三崎は追っていったが、道が幾つか分かれている地点で馬を止めた。

馬を降りる。膝をつき、かがみこんで地面を凝視した。

土は乾ききっていて、はっきりと蹄の跡だといえるものは見当たらない。

たとえ蹄の跡があっても、ここいらの地域では馬を乗りまわす外国人たちが多いから、見分けがつかない。

――あいつはチャーリーを連れて馬であの倉庫跡まで来た。小さな子供を連れた目立つ姿で、そんな遠くから来られるはずはないから、この近くに隠れ家があるはずだ。

見上げると、小高い丘に外国人たちの別荘が建ち並んでいた。

外壁が白や赤、オレンジなどの色鮮やかな西欧風の意匠で建てられた大きな邸宅が、芝生と樹木が植えられた広い敷地内に幾つも建っている。

一つ一つ虱潰《しらみつぶ》しに探していたら、大変な手間がかかりそうだった。

――だが、やるしかない。早く見つけださなければ、再びどこか別の隠れ家へ逃げられてしまう。

警官たちが押し寄せてくれば、奴はあの子を盾にするだろう。その前に見つけだしたい。

馬を降り、近くの木につないだ。

音をたてないよう気をつけながら自らの足で走る。

各家を通り過ぎるさいには、目を凝らし、モーガンの居場所を告げる手がかりになる物がないか探した。

住人の白人と目が合い、こちらを不審そうに見てくる。若い女性があからさまな侮蔑の表情を見せる。窓から見ている老婦人と目が合い、カーテンを閉められる。

ある男は、ショットガンを構えて吠える。

「警察を呼ぶぞ」

「呼ばなくても、もうここにいるよ」と、手を振って三崎はそそくさとその場を後にした。

ああやって嫌悪感を露《あらわ》にされると、気分は良くないが、かえって疑いが晴れる。もし、モーガンの協力者がいて、家主だとするなら、不審を抱かせないためにも、もっと友好的な態度を取るだろう。

三崎は気をゆるめることなく低い姿勢で歩を進めてゆく。どこから銃でねらわれているかわからない。馬のいる家もあったが、モーガンの馬とは明らかに違っていた。

こうして三十分、探しまわった。

三崎は、ある大きなアメリカンスタイルの家の前に出た。

疲れ果てて立ち尽くした三崎の周囲では、最期とばかりに力を振り絞って鳴く蟬の声が響きわたっている。

その屋敷の庭の隅に、ブリキでできたゴミ箱が置いてあった。銀色の蓋が太陽を反射して光り、周囲に蠅が一匹飛んでいる。

そのゴミ箱に目が引きつけられた。

蓋の隙間から、少しだけ見える白い物があった。

七

銃声が轟《とどろ》いた。

板壁に耳をつけていた三崎の鼻先に、弾丸の穴が空いた。

全身から汗が噴き出す。

「出てこい！」モーガンの怒声が響いた。

三崎は建物の陰から出て、大扉が開け放たれた入口に立った。

――危なかった……。

隠れて奴を待ち伏せし、不意打ちに斬って、いっきにカタを付けるつもりだったが、敵もさるもの、気配を察知されてしまった。

三崎は、三十メートルほど離れたモーガンに視線を向ける。

モーガンは、硝煙が立ち昇る銃口に息を吹きかけ、指でクルリと銃をまわしてホルスターに差し込んだ。

そこはアメリカの牧場にあるような、古びた大きな厩舎だった。奥行きのある広い空間には、左の壁に沿って干し草が積まれていて、乾いた草のにおいが充満している。

天井まで二階家ほどの高さがある窓からは、夏の光が降りそそいでいた。

モーガンは旅行かばんに服などの私物を詰めこみ、この隠れ家から逃亡する間際だったようだ。

「やあ、ジャック」三崎は無理に笑みをつくった。

「またお前か」モーガンが苦々しい顔で応じる。

「さっき別れたばかりだけど、また会えたな」

「しつこい奴だな」舌打ちする。

「うちのチームのスラッガーを返してもらいに来たんだよ」

三崎は左側の奥に目をむける。

チャーリーが柱に縄で縛りつけられて座らされていた。

「チャーリー、元気だったか」

「おじさん」チャーリーが泣きそうな声で叫んだ。

「元気そうで何よりだ」

「元気じゃないよ」

「ははは、オネショ王子、またリトルガンをぶっ放したようだな」

「どうして、ここがわかった」モーガンが低く冷たい声で割って入った。

「神が教えてくれたよ。腐った魂の臭いがプンプンするからな」

「……」にらみつけてくる。

「捨ててあった白いシーツを広げたら、見事な黄色いアメリカ大陸が描かれていたんでね」

　ちらっと横目でチャーリーを見ると、顔を真っ赤にしていた。

　三崎は右手に持った仕込み杖を握りなおし、ゆっくりとモーガンに近づいてゆく。

　――奴は銃に絶対の自信があるから、刀の届く間合いまで銃を抜くことはおそらくない。

「なかなかいい所だな、快適だったろう」警戒心を抱かせないよう、軽口をたたきながら厩舎の中を見まわす。

　――こっちにも特注の仕込み銃があるが、銃で撃ち合ったら、素人のおれが勝てるわけはない。しかも、二発目は無いから、失敗は許されない。できるだけ近づいて仕留めなければならん。

　三崎は軽い足取りで歩を進める。

　仕込み杖の柄の真ん中をグッと押すと、へこむようになっていて、それが引き金だ。

　親指をその位置に置く。

　歩きながらも、静かに目立たないよう、少しずつ柄頭《つかがしら》を上げてゆき、水平になるように持ってゆく。

　この状態で二メートルまでモーガンに近づく。モーガンの胸から腹の中心部と、この柄頭の先が一直線になるよう持ってゆく。そこで隠しボタンを押せば、事は完了だ。

だが、五メートルまで近づいた時のことだった。

「そこで止まれ」

突然、モーガンの声が響いた。

三崎は足を止めた。

「どうかしたか？」と首をかしげる。

モーガンがじっと見てくる。目には猜疑心《さいぎしん》を浮かべている。

三崎は無言で見返す。

——五メートルか。少し遠いな。確実に当てるには、もう何メートルか近づきたい。

三崎は軽い口調で話す。

「ジャック、そう、おっかない顔するなよ。あんたと話したいことがあるんだ」

——もう少しだ。もうあと一メートルも近づけば、こいつをぶっ放せる。

「話をするのはかまわないが……」モーガンが口の片端をあげる。「世の中には、卑怯な奴がいてな。愛想よく近づいてきて、合図もなしに不意打ちを仕掛けてくる、そんなズルイ奴もいるんだよ」細くなった目が、冷たい光をおびる。

「……おれが？」三崎は戸惑ったように笑う。

「ああ、そうだ」モーガンは能面のような表情でこっちを見つめている。

「まあ確かに、あんまり正々堂々とした人間とはいえないが、まがりなりにも、おれはサムライだぜ。卑怯なことを一番、嫌う男なんだ」

「そう、例えばな。――テーブルの裏に貼りつけて隠していた銃で、撃ってこようとしたりな」

「……はは」三崎は顔をしかめてみせる。「それはなかなかの卑怯者だ」

「そう、例えば、――」モーガンは一瞬、間を置くと、ゆっくりと告げた。「仕込み杖の先に、弾を仕込んだりとかな」

三崎の体がビクッと反応した。

沈黙が流れる。

「ははは……なかなか斬新な思いつきだ」顔から血の気が引くが、無理にでも笑う。

モーガンはすべてお見通しとばかりにニヤリと笑う。

「どうした？　サムライ・シェリフ、顔色が悪いぞ」ニヤニヤと口もとをゆるめる。

「腐った物でも食ったのか？　夏場は気をつけないとな」

「……」三崎は引きつった顔でモーガンを見すえる。じっとりと手に汗がにじみ出てくる。

モーガンは余裕の顔で続ける。

「なあ、お前の持っているその仕込み杖。柄の部分の真ん中あたりをちょっと押してみてくれ。そう今、親指をのせているところだ。——ああ、こっちに向けてじゃないぞ。向こうの窓に向かってだ」

——なんでだ？　なんで知っている。なんでバレているんだ。

「面白い話をもう一つしてやろうか」

モーガンは笑う。

「おれの友達がこの間、酒場でこんな話を聞いたんだ。——そいつは金玉を花火の爆発で失くしちまったオカマらしいが、すっかり酔っ払って上機嫌になってな。そいつが、ある警官のために、仕込み銃に一発、弾丸が発射できるような細工をしたっていうのを得意げに話していたそうだよ」

三崎はあぜんとした。

心の中で毒づく。

——あの馬鹿！　おしゃべりの玉無し豚野郎が。

それでも、噴き出しそうになる怒りを懸命に抑え、表情は平静を装う。

「さあ、押すんだ」モーガンが冷たく重たい声でせかす。「そっちが押さないなら、—

「おれが先に撃つぜ」

——くっそう。

三崎は目をつぶり、観念した。

——仕方がない。

親指にグッと力を入れる。押した。

柄頭から轟音とともに火が吹き出し、銃声が轟いた。反動が腕を伝う。

窓硝子が耳障りな音をたてて木っ端微塵に砕け散った。

その見事な威力を目にした三崎は、煙を上げている柄頭を怨めしい目で見た。

——あの野郎。せっかくうまいこと作ったのに。

「……はは、……あれ？　どうしたんだろう。いつの間にこんな……誰だが知らないが、武士の魂に勝手にこんな細工をするなんて、ひどい奴もいるもんだな」

「卑怯者め！」モーガンは侮蔑の表情で吐き捨て、拳銃へと手を伸ばした。

「ちょっと待った！」三崎があわてて叫んだ。

モーガンの手が止まる。

「いきなり銃をぶっ放すってのはどうかな？」三崎は軽い調子で声をかける。

「……」眉をひそめる。

「銃と剣。そっちの早撃ちとこっちの居合い。どっちが速いか、正々堂々と勝負しようって言ってたろ?」

「……ああ、あれか」モーガンは思い出したようにつぶやいたが、すぐに嘲笑に変わった。「卑劣な真似を企んでた奴が、何を今さら調子のいいことを」

「いや、自信が無いなら、そこから撃ってもらってもかまわんよ。こんだけ離れてたんじゃ、おれは手も足も出ない」三崎は渋い顔で両手を大きく広げたが、すぐに声を落として付け加えた。「——でも、臆病者のそしりは免れないだろうがな」

「なんだと?」モーガンの表情が険しくなる。「おれを怒らせたいのか」

「いや、本物のガンマンだってことを証明しろってことさ」わざと挑発する。

「……」

「お前は本当は恐れているんだろ。おれの居合いを恐れている。だから、刀が届かない所から撃ちたいんだよな」

「……ふふふ」モーガンはおかしそうに笑った。

「どうかしたか?」

「おれの誇りに唾を吐きかけ、決闘に持ちこもうとしてるんだろうが、その甘い考えは大間違いだ。お前に勝ち目はまったく無い」

「そうかな」

「ふん、よかろう」小馬鹿にしたように笑う。「その見え透いた口車に乗ってやる」

「さすが、アメリカじゅうに名が轟くガンマンだな」

「わざとらしいお世辞はいい」不快そうに言い捨てた後、モーガンは手招きする。「こっちへ来い」

三崎は、一歩一歩、間を詰めてゆく。

「自信満々だな、ジャック」

「当たり前だ。おれの早撃ちが、刀を抜くなんて悠長な技に負けるわけがない」

「確かにね。手を動かす距離を考えたら、そっちが圧倒的に有利だものな」

三崎は再び足を止めた。

わずか一メートル半ほどの間隔を空けてジャック・モーガンと対峙した。

「じゃあ、やるか」モーガンが言った。

「そう、焦るなよ」

「おれもゆっくりはしてられん。――まごまごしていると、血に飢えた警官隊の狼どもがやって来るからな」

「心配しすぎだよ」三崎は顔をしかめる。

――まさにこっちはその援軍をさっきから待っているんだが。ブリキのゴミ箱の上に、オネショのシーツを広げてシェリフのバッヂを置いてきた。あれを見つけてくれれば、ここがわかるはずだ。

「お前の猿芝居には飽きあきしたぜ」モーガンは吐き捨てる。「――そっちがやらないなら、こっちは勝手にお前を撃ち殺して出てゆくのみだ」真剣な目でにらみつける。

三崎はその目を見返し、唇を咬む。

――本気みたいだ。……もうこれ以上、引き伸ばせそうもないな。

「わかったよ」

覚悟を決めた。

三崎は踏み出そうとした足を止めた。

「ちょっと待った」三崎は手で制すと、不安いっぱいの表情で二人のやりとりを見つめていたチャーリーに目をやった。

柱に縄で縛りつけられている人質に近づいてゆく。

腰をかがめると、チャーリーの顔を見つめる。

「やあ、チャーリー、ちょっとおっかないことになってるが、ションベンちびるなよ」

「ち……ちびらないよ」唇を震わせながら、なんとか口を開く。

「ああ、オネショ王子の名は返上だな」笑みをもらす。「——どっちが死ぬことになるにせよ、こんな小さな子が人の死ぬところを見るには早すぎる」

三崎は自分の頭からカウボーイハットを取ると、チャーリーの金色の頭にかぶせた。

「チャーリー、しばらく目をつぶってろ」グッとつばを下へさげて目を隠した。

立ち上がる。

「——逆転ホームランを祈っていてくれ」

そう告げると、三崎は元の位置に戻った。

二人は対峙した。

間合いは一メートル半。

三崎は足場を固める。足を開き、腰を落としぎみにかまえた。息を吐き、腕をぶらつかせる。

モーガンは両手をだらりと垂らして軽く振る。右手をホルスターのそばへと持っていって、軽く指を動かす。

高い窓からは午後の斜光が射しこんでいた。

三崎の瞳に、青い空が映る。

仕込み杖を体の左側へと持ってゆき、先端を地につけた。

左手を鞘に軽く添えてつかみ、右手で柄を握る。

——刀を抜けば、たとえ手を同じ速さで動かしたとしても、向こうのほうが作動距離は短い。ゆえに、先に撃たれてしまう。それなら、鞘から抜かずにそのまま振ればいい。鞘に入れたままで振れば、手を動かす距離は短くなり、それだけ速くなる。五分の勝負になる。しかし、鞘の分の重さがあって、どうしても刀の振りが遅くなる。しかも、木の鞘で打つだけになり、斬ることはできない。そうなると、やはり勝ち目は薄くなる。


だが、——。

互いの視線がぶつかり、からみ合う。

時が凍りついたように二人は動きを止める。

静寂。空気が張りつめる。

青空を流れている雲が、太陽を隠した。室内が急に暗くなった。

三崎は息をつめている。ドクドクと心の臓が鳴る音。吸って吐く、静かに出入りする息の音。

通り過ぎた雲の間から再び太陽が顔を出す。

いっきに強い光が射しこんだ。室内が光に満ちた。

そのせつな、凍りついた時が動きだした。

三崎が刀を振り、モーガンが銃を抜いた。

銃口から火が吹き、銃声が轟く。

銃弾が三崎の右脇腹に食いこみ、筋肉を切り裂いて突き抜ける。

三崎は体をねじりながら、下から上へと刀を振りあげた。

だが、刀は抜かれはしなかった。

鞘ごと振った。抜かずに、鞘に入ったまま、下から袈裟斬りに振り上げた。

しかし、鞘は握った左手の中にとどまり、中身の刀が鞘を割って飛び出した。

蝶が蛹《さなぎ》の背を割って翅《はね》を出すように。

そのまま刃先が、銃を持ったモーガンの手をとらえて斬り裂き、胴体をも斬り裂いた。

この仕掛けは、莢から豆が飛び出す枝豆に触発されて着想したもので、隠し銃が失敗した時の次善の策として用意していたものだ。

折れた刀身を交換した折に、峰側にだけたっぷりと糊をつけ、刃の側の糊はヘラで掻き落としただけにした。振った瞬間に軽く糊づけしておいた刃側の鞘が割れ、刀身がむき出しになるように細工していたのだ。

これによって鞘から抜いて斬るより、はるかに速くなる。

三崎が振り上げた刀の切っ先は、モーガンの斜め上方へと到達した。

下から上へと斜めに斬り裂かれた線にそって、モーガンの体から血が噴き出した。

うめき声をあげ、モーガンは膝から崩れ落ちる。

そして、土ぼこりをたてて前のめりに倒れ伏した。

うつ伏せになった体の下から赤い血がにじみ出て一面に広がる。夏の強い陽射しが、広がった血にあたって無気味に反射する。

三崎はふーっと大きく息をついた。全身からどっと汗が噴き出す。呼吸を繰り返して荒い息を整える。

むき身になった刀の血のりを、近くあった布で拭き取った。

体の向きを変え、チャーリーへと近づいてゆく。

カウボーイハットで顔を隠したままチャーリーは固まっている。

自分の上に人影が落ちたのがわかったのか、ぴくりと体を動かし、息を呑むのがわかった。

——どちらが生き残ったのか、まだわからないからだろう。

チャーリーの顔を隠しているカウボーイハットの端をつまむ。

上にあげる。

顔が現れた。

目が合う。

怯えきっていた蒼い瞳が、しだいに安堵と喜びの色に変わってゆく。

三崎は刀を、縄と柱の間に差し入れ、手首をひねって縄をぶつりと斬った。

そして、極度の緊張から解放され、放心しているチャーリーに笑いかけた。

「どうだい、場外までカッ飛ばしたぜ」

チャーリーの顔に笑みがにじむ。

「さあ、チャーリー。——帰ろうぜ」

三崎は手を差しのべた。

「ママが待ってる」

八

日没が迫っていた。空は夕焼けに紅く輝いている。

三崎が歩いている。

チャーリーをエレナのもとへと帰した後、ここへとやって来た。

刺客に肩や腕を斬られ、アメリカのお尋ね者の弾丸に腹の脇をえぐられ、あっちもこっちも傷だらけで、あっちもこっちも痛い。

このまま非番にしてもらって、倒れこみたい気分だが、そうもいかない。

今日じゅうに片づけてしまわなければならないことが、もう一つあったからだ。

――あいつはモーガンが死んだことを知っているだろうか。

知っているかもしれないが、自分の正体がばれているとは思っていないだろう。

ドアの前に立つ。息を一つ吐く。拳を固め、ノックした。

中から返事があった。

ノブをつかみ、ゆっくりとドアを開ける。

「あら、三崎さん」永原が笑顔で言った。

三崎は真顔のままで告げた。

「ジャック・モーガンは死んだよ」

それを聞いた永原は、軽く口を開けた。

鉛のような沈黙。

告げられた言葉の意味をとらえかねているようだった。

「ジャックは死んだよ」三崎はもう一度言った。

永原の表情に動揺の色がにじんだ。

窓の向こうから、寄せては返す波の音が聞こえる。

わずかばかりの間に、永原は再び元の平静な表情に戻っていた。一瞬、心の亀裂を見せたが、すぐに修復されたようだった。

「ジャック……って、あのお尋ね者が捕まったの？」驚いた顔で聞く。

「捕まったんじゃない。——死んだんだよ。ジャックはね」

「……」

「おれが斬った」

「まさか……」無理に笑みをつくろうとするが、顔の筋肉が引きつっている。

「自分でもまさかだと思うが、なんとかね。できれば生きたまま捕まえたかったが、そんな余裕はとてもじゃないが無かったからな」

「……」

三崎は中央にすえられたマホガニーのテーブルへと近づいていった。

「最初にあんたを疑い出したのは、モーガンがこの部屋に来たことがあるのではと思ったからだ。なぜかというと、このテーブルの側面に、黄燐マッチを擦った跡があったんだ」

テーブルに触れ、側面を指でなでる。

「ここへ最初に挨拶に来た時、このテーブルでコーヒーを御馳走になった。その時に気づいたんだ。——テーブルの側面に、薄っすらと何かをこすった跡があった。

さらに、おれは根付《ねつけ》とかが好きでね。機関車の模型にも興味があってながめていた。そして、裏側を見ようと、模型を持ってひっくり返す時、手に触れる物があった。煙突から何かが出てきたんだよ」

三崎は機関車の模型を持ち上げると、煙突に手のひらを添えてひっくり返した。

元に戻し、手のひらを見せる。

そこには軸の頭部が黒く焦げた黄燐マッチがあった。

「癖なんだよ、あいつのな。テーブル席に座る場合、テーブルの側面でマッチをすって煙草に火をつけ、マッチを近くにある筒状の物や隙間に入れるんだ。おそらく、その一連の動きが癖になってるんだ。その光景が、この部屋で見た擦り跡と煙突の中に捨てられたマッチと結びついたんだ。

だから、モーガンはこの部屋を訪ねて来たことがあるんじゃないか、という可能性が頭をよぎったわけだ。でも、あんたはそんなことは一言も言ってはいない。――では、なぜなんだとね」

三崎はじっと座っている永原に目をやる。

「あんたが羅刹鬼となれば、すべてのつじつまが合う。モーガンは、日本へ密入国して来た時、まだエレナがわざわざ日本まで追いかけてきて、日本じゅうの警官が自分を鵜の目鷹の目で探し始めるなんてことは考えもしないだろうから、当然、あんたのところ、つまり、このホテルへと挨拶に来る。

そして、この部屋を訪ね、このテーブルに座ってあんたと話す。おれがここに挨拶に来た時のように。そこでいつものように黄燐マッチをすり、ちょうど目の前にあった機関車の煙突に捨てたというわけだ」

三崎は灰のついたマッチをテーブルに置く。

「あんたはモーガンを日本でかくまうことにした。そこで出てくるのが、増岡海運の増岡重吉だ。腹心の手下の一人だろ？　あいつは、おれの口を封じようと、忍び崩れの刺客を送ってよこした。

あんたの差し金なのか、あいつが独自で判断したのかは知らないが、自分のところで使っている荷運びの人夫の中に、暗殺を請け負う忍び崩れがいると知ったんだろう。あの男の息子に、荷を落として叱責されていた老人夫だ。

刺客の手のしわには鉄の錆がこびりついていたし、首と肩の皮膚が硬くなっていた。船着き場の赤錆の浮き出た鎖を触り、肩にのせて荷物を運んでいたからだよ。もちろんあの増岡も、刺客が生きて捕まった時のことを考えて、自分で直接に依頼するような間抜けなことはしなかったろうが」

三崎は永原の目をのぞき込む。

永原は表情を変えることなく、その目は冷たく光っているばかりだった。

「そして、あんたは増岡屋が所有している家にモーガンをかくまうことにして、銀次をつけて面倒をみさせ、ゆっくりさせることにした。――ところが、エレナが日本まで追いかけて来ることになった」

三崎は椅子を引き、腰を落とした。

「あんたは、エレナが日本へモーガンを捕まえに来ると知った時、このホテルへ滞在させようとした。そりゃそうだ。エレナがここを拠点にすれば、彼女の動静や、警察の手の内やら捜査状況を詳しく知るにはもってこいだからだ。エレナを気遣うホテルの社長を演じつつ、様々な情報を得ることができ、それをモーガンに知らせることができるからな。

だから、なんとしてもエレナにここを滞在場所に選択させなければならない。そのために外務省の役人、あの川峯を使って、まあ、金でもつかませて、アメリカ側に働きかけさせた。もちろん本当の理由を言えるはずはないから、このホテルの知名度を上げ、格を上げるためという理由を用意した。いや、まあ確かに、それも目的だったとは思うがね」

三崎は軽く息をつく。

永原は椅子から立ちあがると、窓辺へと行った。

桟《さん》に体をもたせかけると、鼻で嗤った。

「さっきから聞いていれば、馬鹿馬鹿しい限りだわ。私が羅刹鬼だって？――何人もの子供を無惨に殺し、金を奪ってきたあの極悪人だと？――ははは、女の私に、か弱い女の私にそんなことができるわけがないじゃないの」

「できるね。なぜなら、――」

「……」

「あんたはか弱い女なんかじゃない。――男だ」

「……」永原が無言でにらむ。

「もと男だったというべきか。今はもう老いた女そのものだが、昔はちがった。三十五年前は男だったんだ」

「なにを言ってるの？」目に不愉快な色をにじませて吐き捨て、「私にはちゃんと旦那もいたのよ」顔を壁に掛けてある夫婦の写真に向ける。

「あんな物はただの偽装だよ。その男は誰だか知らないが、ただいっしょに写っているだけのことだ。いかにも自分は女であることを強調するための偽装夫婦の写真さ。あんたには旦那もいなければ、夫婦生活をしていたなんて事実もない」

三崎は軽く咳払いをすると、口を開いた。

「喜平の口封じをすでに終えていたから安心していたんだろうが、彼のすぐそばに若い夫婦が住んでいてな。最近、幼子を亡くして沈みこんでいたんで、喜平はある男の話をしてやったそうだ。――幸造という男の話だ。『その幸造という奴は、もう子供すら持てない。持ちたくてもできなくなってしまったが、お前たちはまだ子供を持てる。作れるじゃないか』と慰めたようだよ。

じゃあ、なんで幸造が子供をつくれないかと言えば、――玉と竿を失っていたからだとね。つまりは男性器だ。どうして失ったか？　あるアメリカ人宣教師の日記によって、シスター・ケイトに銃で撃たれて重傷を負ったということだけはわかっていた。どういった重傷かは書かれてはいなかったが、喜平が話したそうだ。――性器を撃たれたんだよ。ケイトは手ごめにされた時、幸造に銃を向けて撃ったんだ。幸造は陰茎を撃ち抜かれたんだよ。ケイトは、自らを汚したその部分を、男のにっくき部分をねらって撃ち、罰を与えた。汚らわしいそのものを破壊したってわけだ」

三崎は軽く息をつく。

「それで思い至ったよ。お前がなんで羅刹鬼と名乗ったか。羅刹とはつまり、鬼の別名だ。賽の河原で子供をいたぶるのも鬼だ。やっている非道な行いにちゃんと名前も合っているから、なんの疑問も抱かなかった。だが、お前が拳銃で受けた傷によって生じたことを考えると、羅刹には、裏の意味があったことがわかった」

「……」

「江戸の頃の川柳に、『奥家老らせつしたのを鼻にかけ』とか、『案山子《かかし》かな女中預かるらせつ人』とかいうのがある。大奥詰めの役人たちが、女官たちを仕切る清の宦官《かんがん》に近い存在だったことから作られたんだが、ここで言う『らせつ』とは、漢字で『羅切』と書く。これは『陰茎切断』の俗語だということだ。つまり、銃撃で受けた自らの傷と鬼をかけた言葉だったってことだろう。――ちがうか？」

「……」永原は何も応えず、ただ冷めた目で三崎を見つづけている。

永原は窓辺を離れると、納得できないように首を振りながら歩き、再び自分の机に戻って腰をおろした。

「だけど、その幸造という男が、どうして私だと言うの？　なんの証拠も無いのに」口もとにはいまだ笑みを残している。

「その幸造、つまり、羅刹鬼は、背中に火炎と蛇の刺青があることがわかった。――ちがうかい」

三崎はじっと見つめる。

永原は答えない。

「おれはお京という手下にあんたを見張らせた。だが、羅刹鬼が湯屋に行ったり、日中、裸になったりしないかぎり、背中を見ることはできない。当然だ。羅刹鬼としたら、絶対に人前で肌をさらすような危険な真似はしないだろう。

そう、あんたを疑いはしたが、確かめようがない。あんたが夏の海水浴などするはずもなさそうだから、考えられる機会は、服を脱いで着替える時か、風呂に入った時だ。ところが、あんたは自分の二階の部屋でしか服を脱ぎそうにもない」

三崎は窓の向こうに目をやった。

「そこで考えた。あんたが夕涼みをすると話していたことを思いだしたんだ。夜、風呂あがりに肌をさらしたままで、バルコニーで涼むのではないかとね。角度があって下からは見えないし、前方は海だ。刺青があったとしても、安心して風呂あがりにバルコニーで涼めるというわけだ。

そこで打った手が、三本マストの帆船だ。沖にイギリスの帆船が停泊していたのを思い出した。あそこのマストのてっぺんへ昇れば、じゅうぶん二階を直線で、正面から見ることができる。もし、あんたの背中に刺青があるなら、その絵柄をとらえることができるのではとね。

でも、角度はいいが、距離がありすぎる。肉眼ではとても見えない。そこで使ったのが、遠眼鏡というやつだ。うちの署長が怠《なま》け者の部下を監視するのに使っていてね。それをちょっと拝借したしだいだよ。おれは、酒場で知り合った帆船の一等航海士に頼んで、夜中にこっそりお京を引き入れてもらい、マストに昇らせてもらったのさ。

お京はそこから遠眼鏡を使ってあんたの部屋をずっとのぞいていたんだ。その間じゅう、足と尻に力を入れてマストの棒にしがみついていたから、ケツと股が痛くなったそうだがね。

そして、マストの上で三時間ばかり粘ったすえ、ついにあんたが風呂あがりに、熱くなった体を冷やそうと、夜風にあたるためにバルコニーへと出てきた。そこで、あいつは確かに見たそうだ。
——蒼白い月の光に妖しく照らされる、炎の中の蛇をね」
永原はしばらく無言で視線を宙に泳がせていた。
そののち、ゆっくりと口を開いた。
「なるほど……そこまで調べがついていたんじゃあ、しょうがないわね」
不敵な笑いを浮かべる。
高かった声も、低く粘りつくような調子に変わった。
「いかにも、私が羅刹鬼だ」
両眼には邪悪な光がゆれる。
「ついに認めたか」三崎は笑みを浮かべると、静かに告げた。
「——羅刹鬼。ようやく会えたな」
三崎と永原はしばしの間、無言でにらみ合った。
空気が張りつめている。
永原が大きく息をついた。
そして、いくぶん楽しそうに笑った。
「三崎さん、やるじゃないか。最初は間の抜けた男だと思ったけど、どうしてどうして」

「あんたに誉められても嬉しくないよ」

「そうだな。憎い仇だものな」

「ああ」

永原は緊張を解くように肩を動かした。

静かに立ち上がる。

脇に置いてあったポットからカップにコーヒーをそそぐ。

「あんたは？」眉を上げる。

「いや、いらない」三崎は首を振った。

「ふん。毒でももられると思ってるんだろう」

「まあな」

永原はカップを持って窓辺に行くとコーヒーを口にした。

しばらく外の青い空と海をながめながら飲んでいたが、こちらを振り向くと、口を開いた。

「私の一族はずっと佐賀の貧農だった」

逆光で黒い影になった永原は、低く沈んだ声で話しはじめた。

「徳川が始まる前からキリスト教を信仰していた一族だ。ところが、徳川の世で隠れキリシタンとして日陰者となってしまった。それでも棄教することなく神を信じ続けていた。だが、神はなにもしてくれなかった。代々ずうっと貧しいままで、塗炭《とたん》の苦しみを受け続けてきた一族なのだ」

三崎は冷めた声で応じた。

「キリスト教は、現世では報われなくても、来世で天国へ行けるという教えではなかったか。現世で貧しく苦しい生活だとしても、それでもって神を怨むのは筋違いだろう」

永原は三崎の反論を無視して続ける。

「私は西洋の科学というものを知るにつれ、来世とかいうものが信じられなくなった。となると、我らはキリスト教に、宣教師どもに騙され、ただただ苦しい生活を強いられていただけだったのだ」

その口調が熱をおびてくる。

「私の父は町の米問屋に借金を重ねて首がまわらなくなり、農地を取られてしまった。そして私は借財の返済のために廻船問屋に売られた。その家の子供にいじめられ、ひどい仕打ちをされて働かされた。しかも、女性的な顔立ちだった私は、その家の主人の弟に手籠めにされた。そいつは男色でね。さらに悪いことに、追い詰められた父が母を殺した後、首をくくって心中してしまったのだ。

——神は何もしてくれなかった。我らが先祖は、イエスを信じて三百年近く生きてきたが、神はなんの役にもたたず、ずっと貧しく苦しく、何ひとつ報われなかったあげくに、二親も死んだ。——神は救ってくれなかった」

怨念の炎を目にたぎらせる。

「私は信仰を捨てた。そして、悪に手を染めていった。その廻船問屋の主人と弟や子供を刺し、一家を皆殺しにして金を奪うと、家に火をつけて逃亡した。その後は、押し込み強盗に人殺し、なんでもやった」

「……神はいないのだから、何をしようとも、地獄も恐ろしくはないというわけか」

「そうだよ。神の罰など存在しないのだ」永原の顔に暗い笑みが広がる。

「なるほど、そういうことか。——それでわかった」

「なにがわかったんだね」

「お前が背中に彫った刺青の意味さ。蛇の理由がね」

「どういうことだね」目が細まる。

「おれもキリスト教の知識が多少はあってね。蛇といえば、人間が神に楽園から追放される原因として、禁断の果実を食べることをそそのかした忌み嫌われる邪悪な生き物の象徴だ」

「察しがいいな。その通りだ」

不敵に笑う。

「棄教した後、悪い仲間に入って刺青を入れようとした時、思いついたのが蛇の紋様だ。キリスト教で、サタンの化身とされる蛇だ。だから、地獄の業火でうねる蛇を背中に背負おうと思ったわけさ」

「やはりか……」三崎はうなずいた後、問いを続ける。

「清へ行くことになった理由は？——密貿易か？」

「そうだよ。その取引で海へ出た時に、天候が急変して嵐に襲われ、舟が転覆して遭難したんだ。そんな目に遭ったが、命からがら清の浜辺に喜平とともに流れ着いた」

「そこで出会ったのが、布教に来ていたケイトか」

「ああ、そうだ。……私の体内には、若い性の奔流が渦巻いていた。けだものと化し、あの女の肉体をむさぼった。——私は雷雨の夜、独り神に祈っていたあの女を、神の面前で犯した。三百年、キリスト教に騙されていた怨みがそうさせたのだ。あの偽善ぶった女の顔が苦しみにゆがむところを見たかったのさ」

「その時にケイトに撃たれたってわけか」

「ご明察の通りだ」自嘲の笑みを口もとに浮かべる。「すべてが終わった時に、思わぬ反撃を受けた。ケイトは隠し持っていた銃を取り出し、私の股間を撃ち抜いた。自分を汚した男の部位を破壊したんだ。私は血だらけになり、のたうちまわった。

すぐに喜平が医者に担ぎこんでくれたために、命はなんとか助かった。当然、玉も竿も吹き飛んで、すでに使い物にならなくなっていた。もはや一生、女を抱くこともできなくなり、一生、血を分けた自分の子供も持てなくなったのだ。我が一族は私をもって終了することになった」

「シスター・ケイトもその時、お前の股間なんかではなく、頭を撃ち抜いてさえくれていたら、悲しむ者が出なくてすんだのにな」三崎は悔しさをにじませた皮肉を言った。

「それは残念だったな。ふふふ、ご愁傷様だ」

永原は鼻で嗤うと、さらに続けた。

「その後、私は密航して日本へ帰ってきた。長崎に着いた後、どうやって生きていくかと考えたが、誰も私を知らない場所で商売でもやろうかと、江戸へ向かったんだ。

ただ、男の一物《いちもつ》がなくなったことで、体に変化が生じた。女っぽくなってきたのだ。元々、色白で女のような容姿だったが、股間の一物を失くしたことにより、さらに女の色香が漂うようになった。しまいには、女の格好をしてもよく似合った。

すると、女だと勘違いして近寄って来る男が出てくるようになった。そいつらを言葉巧みに誘っていっしょに旅をし、道中の人けの無い場所で殺して路銀を奪った。そうやって宿へ泊まりつつ、宿場ごとに獲物を見つけて江戸までやって来たんだ。江戸へ出て来てからは、どうしようかと思案した。押し込み強盗で手っ取りばやく金をつくろうかとかね」

永原の目が暗い光をおびてゆく。

「そんな時、一組の商人の家族を見かけたんだ。その日は祭で、私は女に化けて浪人たちのふところをねらったんだが、つかまってしまった。そこに現れたのが、あのケン坊とかいうガキでな。捕物ごっこのつもりか、私を助けようとした。その後、三崎源兵衛とかいう同心も出てきて浪人を追い払ってくれた。……ふふ、お前の親父だよな」

永原は小馬鹿にしたように笑う。

「そう、あの時の女が私だったんだよ。その米問屋の父と母と子供は、なんとも仲睦《なかむつ》まじい親子だった。――憎らしくなってな。自分の人生を振り返れば、金持ちの商人によって家族は塗炭の苦しみに遭わされた。しかも、私はもう結婚もできなければ、子供も持てない。その怨みがあの一家に向いた。あいつらの幸せを踏みにじってやりたいという、暗い炎が心の中に燃えたぎったんだよ。

つまり、復讐と金を得ることをいっきょに果たすことにした。子供をさらって引き換えに金を得る。それをやろうとしたのさ」

「そうだったのか……」三崎は唇を噛みしめた。

「あの子は私の顔も見ているし、私が誰かも知っていた。だから、身代金を払おうがどうだろうが、どのみち生かして帰すことはなかったんだよ」永原は嘲笑《あざわら》う。

「……」三崎は怒りをこめた視線を突き刺す。「長年の謎が解けた。お前が子供を殺すそのやり口が異常なほど残虐だった、その理由がな。子供らへの異常な憎しみは、自分がもはや子供をつくれないことに起因していたというわけだ」

「私は、貧苦にあえいだ代々の一族の血の怨みを晴らし、一族が失ってきた分け前を取り戻すつもりだった。だから私は、次々に富裕な商人の子供をさらって、その命と引き換えに親に金を吐き出させる稼業に没頭することにした。

少しでもおかしな真似、そう、町方に訴え出ようとしたり、金を出し渋ったりしたら、容赦なくガキを殺した。ただ殺すんじゃない。見せしめに残虐に殺したんだ。子供をつくる可能性を奪われた男が、子供とともに楽しく暮らしている金持ちたちに復讐をしたんだ。自分はもう一生、自分の子供は持てない。しかも、性の営みすらもうできないのだからな」

三崎は湧き上がる怒りで、すぐにでもこの男を斬り殺してやりたい衝動にかられた。だが、拳を握りしめて懸命にこらえた。

永原の告白はさらに熱をおびる。

「こうやって私は御上《おかみ》に捕まることなく金を得て、溜めこんでいった。そして、表向きの商売を始めることにした。それが宿屋だった。ただの偶然で、たまたま泊まった宿の亭主が、老いて店をたたむというので、安く買い取ったのだ。それを機に、宿屋稼業にも成功して富を築いたんだよ。

明治維新になり、新しい世が始まった。私は歳を取ったこともあり、悪の道から足を洗うことにした。徳川の時代が終わり、侍が消え去った。今度は天皇を崇拝するようになったようにも見えるが、違う。新しい神は西洋なのだ。新しい神は科学となった。

そして、キリスト教も大っぴらに信仰できるようになった。多くのキリスト教徒が、あんなに迫害されても護ってきた先祖たちの宿願が果たされた。だがその時には、自分はすでに棄教していた。なんという皮肉。それでも、キリスト教徒が多くいる横浜へと惹きつけられ、私はやって来た。西洋が最初に日本に流れこみ、今も流れこみ続けている場所だ。その地で西洋の商売を始めようと思った。

そこでホテルに泊まってみた。徳川二百六十年、一番下で地べたをはいずりまわっていた男が、最上階に泊まる。まるで、将軍様にでもなった気がした。あの高さで寝られる男など、江戸の頃は、殿と呼ばれる身分の者以外はいなかったのだ。

ちょうど溜めこんだ金の使い道を考えていたが、ホテルがほしくなった。人生は残り少ない。溜めこんだ金で西洋の城を造り、その主になる。ホテルの持ち主になることを欲したんだ。それが、次なる野望となった。そして、見事にこのホテルを造った」

永原は自慢げな表情を向けてきたが、すぐにその顔に影が射した。

「――だが、一つ心残りがあった。私の汗と血の結晶であるこのホテルを継がせる者がいないのだ。すでに子はつくれない。この成功もしょせんは、私一代だけなのだとね」

永原はしばらく黙りこんだ後、口を開いた。

「そんな時、アメリカ帰りの梶川に出会った。ホテルの設計を頼むうちに、ある男の話を耳にはさんだんだ」

「それが、ジャック・モーガンか……」

「ああ、そうさ」顔が輝く。「東洋人の血が半分入ったお尋ね者のガンマンは、歳が三十くらいで母はシスター。そのシスターは清国へ宣教に行っていたことがあるらしい。

頭の中でさまざまな記憶の欠けらがつながり、何かが光ったよ。もしやと思った。あの女は、手ごめにした時、あの時に私の子を孕《はら》んでいたんじゃないか。そのモーガンとかいう男は、自分の子供ではないか。途絶えたと絶望していた自分の血が、つながっているのではないかとね」

「それでお前はモーガンのことを調べたわけか」

「断片的ではあったが、入ってくる情報がことごとく符合する。ついには、銀次をアメリカへやり、詳しく調べさせた。それによって、間違いなく、ジャック・モーガンは、自分の唯一、血のつながった男だと確信したよ。あの時の子供だということがわかった」

永原は興奮するように頬を震わせた。

「目の前が明るくなったよ。天にも昇る心地だった。あきらめていた、もう自分の血をつなぐ者がいないと絶望していたのに、いたのだ。子供が、自分の子供が遠く離れたアメリカにいたんだとね。

それで、銀次を通じてジャックと接触をした。だが、最初は一笑にふされたよ。ジャックは自分がお尋ね者の極悪人だと自認していた。だから、そんな男を自分の子供だと好きこのんで名乗り出る奴はどうかしているとね。

当然だ。普通の親だったら、そんな悪人の息子なんて知らないふりをするだろう。それを自ら名乗り出るとはな。それで、ジャックも私を頭のイカレタ日本人だと思ったのさ。

そこで、私は自分の素性も明かした。お前同様の、いやそれ以上の極悪人、羅刹鬼だとね。すると、彼は、『そうか、おれが悪人になったのも、その血ゆえだったのか』と面白がってくれてね。だからといって、遠く離れた日本にいる私とどうこうするということはなかった。

そんな折、あいつはシェリフたちに追い詰められた。しばらくほとぼりを冷ますための隠れ場所を探していた。渡りに船とばかりに、私は二つ返事で承諾し、日本に招いてかくまうことにしたというわけさ。私の大切な血のつながった息子。私の後を継いでくれる男をね」

「馬鹿げた野望だ」三崎は鼻を鳴らした。「ジャック・モーガンはすでに日本じゅう誰もが知る極悪人だ。あの男にこのホテルを継がせられるわけがないだろう」

「そうだ。それが難題となったんだよ。本当だったら、ジャックは日本でなら誰も知らない、善良なアメリカ人として化けられたにちがいない。だが、あの執念深いアメリカ女のせいで、すべてがご破算になってしまった。ジャックの悪行は日本じゅうに知れ渡ってしまい、今さらこのホテルを継がせることはできなくなってしまったのだ」

永原は絶望に顔をゆがませたが、すぐにまた希望の染まった表情に変わった。

「そこで考えたのが、ジャックの子供、つまり、私の孫に継がせるということだ。ジャックに秘かに子供をつくらせ、その子を自分の養子として永原姓にし、財産とホテルを継がせる。これならどこからも問題はない。——そのために選んだのが、咲代という女でね」

永原は壁に掛かった永原夫婦の写真を顎で示す。

「あの写真はお前が言ったように、手広く宿屋をやっていたという経歴をそれらしく見せるための偽装写真だが、私の旦那役で写っているのが、その咲代という女の父親だよ。事業で失敗して大きな借財を負ったのを助けてやった、さる藩の家老のおやじだ。その咲代という女は、武家の娘である上に、公家の高貴な血さえ引く女なんだよ。私の孫にふさわしい血筋だから、その女の腹を借りてジャックの子供をつくることにした。これで私の血はつながってゆくことになる」永原は狂気に満ちた笑いを放った。

「だが、あの娘に身ごもった兆候は無いし、あっても産む気は無いそうだ」三崎は冷めた声で言い放った。「お前の願いは儚《はかな》く散ったよ。——大人しく縛に着け」

「ふふふ、確かに私の望みはついえた。それは認めるよ。——だが、今、最後の望みが二つできた」

「……」

「一つは、残りの余生を安楽に過ごし、死んでゆくことだ。私もこの歳まで無事生き延びてきたからには、どこか暖かい所で余生を過ごし、畳の上で安らかに死にたいんでね。金は充分に隠してあるしな」

「虫のいい話だな、羅刹鬼。他人様の息子をさんざん殺しておいて。子供たちを冷たい川に沈めたり、土の下に埋めてきたのに、自分は安楽な余生か」

「この歳で牢屋に入るなんてごめんだからね」

「いいや、お前はこの部屋から出ることもできやしない」

　視線がぶつかる。

「そうかな」永原は無気味に笑う。「もう一つ願いがあるって言ったろ――」

「……」

　永原の顔はたちまち悪鬼の形相へと変貌し、叫んだ。

「それは、私のすべての計画を壊した憎い仇を殺すことだ」

　永原の目は赤く血走り、憤怒の咆哮を放つ。

「お前は私のたった一人の息子を殺し、私の夢を奪った。その報いは受けてもらうぞ。絶対に許せん」

「笑わせるな」三崎は吐き捨てた。「お前はどれだけ多くの子供を殺し、親たちの夢を奪ってきた。親たちの残りの人生を地獄へ落としたと思ってる」

三崎は仕込み杖を握りしめ、足を踏み出した。

「江戸からの宿願に、明治になった今、ようやく決着《けり》をつける」

グッと永原を見すえて言い放った。

「ケン坊と、お前をずっと追いかけていた死んだ親父に成り代わり、徳川の古き世にならわせて言わせてもらうぞ。――羅刹鬼、御用だ。神妙にしろ」

永原は、その熱い言葉にも、冷めた笑いを浮かべただけだった。

机の引き出しを静かに開ける。

そして、中から何かを取り出した。

それを三崎へと向ける。

黒光りする鉄製の筒が、三崎の胸をとらえた。

「――わかるか。コルトM１８７７だ」

「……」

「ジャックが日本に来た時、父親の私に土産にくれた最新式のリボルバーさ」

永原はコルトの銃口を軽く上下させる。

「もうこの年だから使うこともあるまい、宝の持ち腐れになると思っていた。私自身の死に際に、病にでもなって苦しんだ末、自分の頭を撃ち抜く時が最初で最後の使い道ぐらいかと考えていた。ところが、早々に使い道ができたよ。――そう、ジャックからの贈り物、このコルトの最初の餌食は、三崎蓮十郎、お前だ！」

「馬鹿なことはやめておけ」三崎は平静な声で応じた。「おれは、あんたの大切な早撃ちガンマンにすら勝った男だ」

「ジャックと堂々とやりあって勝てるわけがない。どうせ卑怯な騙し討ちでもしたんだろう」

「そうと言えなくもないがな」苦笑する。

「今はこの距離だ。お前の刀はこちらへは届かない」凍りつくような声を放つ。

三崎は静かな目で言った。

「あんたの人生はもう残り少ない。その間、自らの犯した数々の罪を噛みしめ、その罰を受け入れろ。最後ぐらい、かつてキリスト教を信じた証《あか》しを示したらどうだ。わずかに残っているかもしれない良心を見せてみろ」

「ごめんだよ」永原は鼻で嗤い、三崎をにらみつける。その目にはさらに憎悪の炎が燃え盛った。

そして、銃口を突きつけたまま、その灼熱の視線を突き刺してくる。

二人の熱い視線がぶつかる。

永原がしわがれた声を放った。

「死ね！」

引き金が引かれ、銃声が轟いた。

閃光が三崎の目を射る。

だが、硝煙が漂う中で、三崎は微動だにせず立っていた。

「ぎゃああ」

永原の悲痛な絶叫が響きわたった。

三本の指が吹き飛び、その傷口から血があふれていた。

ぼたぼたと落ちた血で、絨毯があっという間に赤く染まる。

永原は悲鳴をあげながら絨毯の床をのたうった。暴発した銃が羅刹鬼の指を吹き飛ばしたのだ。

三崎は、脂汗をたらして苦しむ永原に静かに言った。

「子供を殺された親の苦しみ、その一端でも味わうがいい」

そして、断末魔の叫び声をあげている永原を、腕と膝で押さえこむ。

指から血を流している永原の手首を、自らの袖口を裂いた布できつく縛りあげた。血管を圧迫し、血を止める。

永原の両手を背中にまわし、取り縄で縛った。

「ちくしょう、ちくしょう。殺してやる、殺してやる」永原は目を血走らせ、口から泡を吹きながら、悪鬼となって呪いの言葉を吐き散らし続ける。「殺してやる、殺してやる」

三崎は、永原の痩せてはいるが筋骨のしっかりとした体をむんずとつかんだ。持ち上げて振り回し、容赦なく壁にたたきつけた。

永原が絶叫する。

「それはこっちの科白《せりふ》だ」三崎は吐き捨てると、倒れこんだ永原の体を蹴飛ばし、押さえこんだ。

三崎は入口に行き、ドアを開けた。廊下に向かって声をかける。

「伝六」

表情を硬くしたまま伝六が近づいてくる。

「後を頼む」三崎は中へと招き入れる。

永原の血だらけのありさまを見た伝六が、三崎に目をやり、うろたえた表情をする。

「どうしたんですか」

「おれを撃とうとしたんだが、……銃が暴発したんだ」

「……」伝六がじっと三崎を見つめる。

三崎もその目を見返す。

少しの間、無言のままの対話がなされた。

三崎が口を開いた。

「銃身に何か詰まっていて、暴発したんだろう。——医者に診せてやってくれ」

「そうですか……自業自得ですね」伝六は無表情のままつぶやいた。

「……かもしれんな」三崎は苦い顔でうなずいた。

なおも呪いの言葉を吐き、抵抗しようともがく永原を、伝六ともう二人の制服警官が付き添って連行していった。

扉を閉じる。

室内が静まり返った。

硝煙が漂う中、三崎は独り残った。

生々しい血が、絨毯に赤く大きな染みをつくっている。

三崎は体をかがめ、床に落ちた銃を拾った。

血まみれになったコルトＭ１８７７。署長から聞いていたとおり、羅刹鬼はモーガンから土産にもらったこの銃を持っていた。

お京に頼んでいたことがあった。

永原の部屋を秘かに調べることだ。

――エレナの部屋に入って手紙を盗み見たように、この部屋の鍵を開けて忍びこむことなど、あいつにとっては朝飯前だからな。

そして、銃身の中に何かを詰めることも。

三崎は銃身を下に向け、机にコンコンと何度か銃口をたたきつけた。

筒の中から、真っ黒に焦げた塊が転がり出た。

乾いて固まった大福の欠けらだった。

それを見つめる三崎の顔に、切ない笑みが浮かんだ。

「ケン坊、お手柄だったな」

終章　蜩《ひぐらし》

一

羅刹鬼は一命を取りとめ、裁判を待つ身となった。

三崎は山内に署長室に呼ばれた。

額に青筋をたてた山内は、握りしめた拳で厚い机をダンとたたいた。

重い振動音が響く。

「わざとハメやがったな。おはん」顔を真っ赤にした山内が、怒りのこもった視線をぶつけてくる。

「なんのことですか」三崎は無表情で応じる。

「羅刹鬼、永原に、あいつに銃を使わせようとしたろう」

「はあ……？」とぼける。

「ただ捕まえるだけじゃなく、あいつを痛い目に遭わせようとしたろう。しかも、自分で斬らずに、手を下さずに、あわよくばあいつを殺そうとしたな」

「まさか」三崎は笑いをもらす。「潔くお縄を受けろと言ったのに、向こうがあんな所業に出たんですよ。カリフォルニアは乾いた土地だそうですから、砂ぼこりでも入って固まったんじゃないんですか。――まあ、自業自得でしょう」

「そんな都合よく銃身に物が詰まっていたなんてことがあるか。それに、銃を調べたが何も詰まってはいなかったぞ」

「きっと、撃ったさいにバラバラに飛び散ったんですよ」

山内は三崎を射るように見て、「うーっ」と、苦しげにうなる。

「あるいは、――」三崎は静かに言った。「殺された子供たちとその親たち、みなの無念さが固まった怨みの塊だったのかもしれませんね」

「ああ言えば、こう言いおって」いまいましそうに吐き捨てる。

「……」

「すかん。おはんのような奴はすかん」口をへの字にして、そっぽを向いた。

三崎は苦笑する。

「言ったでしょ。卑怯な男なんですよ」

「やっぱりか！」目をむいて吠える。

「でも、悪い奴をやっつけて、自分が獄に入るんじゃ、おかしいでしょ」三崎はしれっと言った。

「この野郎」山内がにらみつける。

沈黙が流れる。

深い森の湖のように三崎の目は澄んでゆき、淡々と言った。

「どうしても許せないのでしたら、クビにしてもらっても、牢屋にぶち込んでもらっても、どちらでもかまいません」

山内がじっと見る。

三崎の表情に、しだいに抑えがたい怒りが現れてきた。

修羅のごとき形相へと変わる。

「おれは本当は、逮捕なんてまどろっこしいことはしたくなかったんです」

「な……」三崎の熱風に、山内が気おされる。

「自分の手で、刀で斬り、奴がもがき苦しみ、断末魔の叫びをあげて死んでゆく姿を見たかった」

「……」山内は絶句した。

三崎は軽く息をつき、緊張をゆるめた。

「でも、あいつに、最期の良心を目覚めさせる機会はやったんです」

三崎は目を伏せ、自らに言い聞かせるように言葉を吐いた。

「裁判も無しに悪人どもを斬り捨てることができた江戸が終わり、明治になった。――どうやら、日本にも文明とやらが来たらしい。その法というものに、少しばかり敬意を表したんだ。……おれは譲ったんですよ」

二

巨大な客船が青い海に浮かんでいる。吊り橋が、岸壁と船をつないでいて、かもめが周囲を飛びまわっている。

青い空に太陽が輝き、ゆったりとゆれる波に反射する。出航準備であわただしく甲板作業にあたる船員たちの帽子や制服が白く光る。各国の色とりどりの万国旗がはためくその中には、日章旗や星条旗もあった。

燕尾服《えんびふく》やドレス、華やかに着飾った外国人たちがデッキに出て手を振っている。日本人らしき姿もちらほらと見える。岸壁では見送りの人々が歓声をあげ、様々な外国語が飛び交う。小さな洋犬が走りまわり、それを追いかけて子供たちが走りまわる。

巨大な船の体内から時折、巨大な鉄の歯車が嚙みあって動く、重く低い振動音が響いてくる。ガラガラと太い鉄の鎖が引き上げられ、錨《いかり》が水面から顔を出した。

エレナ・マイルズが、見送りに来たアメリカの大使館員や日本の官吏たちと言葉を交わしている。

チャーリーはもう少し日本にいたかったみたいだが、亡き夫、スティーブの母の容態が思わしくなく、エレナが一刻も早い帰国を希望したのだ。

エレナのそばを離れたチャーリーが、三崎のもとへトコトコとやって来た。

「ねえ、アメリカへ来る?」三崎を見あげ、無邪気に聞いてきた。

「ああ、オネショをしなくなったら考えるよ」

「もうしないよ」頰をふくらます。

「ははは……」

「ねえ、アメリカへおいでよ」チャーリーは三崎の腕を取って上下に振り、甘えた声を出す。

「……どうかな」三崎は小首をかしげる。「日本にはまだ悪い奴がいっぱいいるから、おれが留守にすると、連中が調子に乗るからな」

「そうなんだ」がっかりした表情で肩を落とす。

その反応に、三崎は言葉をつけ足す。

「チャーリーが大きくなるまでに、日本の悪人どもを全部ブタ箱にぶちこむよ」

「うん」顔をほころばせ、大きくうなずく。

「それがすんだら、お前がどでかい一発をカッ飛ばすところを見にいくさ」

チャーリーが笑った。

気がつくと、別れの挨拶を終えたエレナが立っていた。

息子と日本人ポリスのじゃれ合いを、微笑ましい目で見ている。

三崎と視線が合った。

エレナは一歩足を前に出し、微笑みを浮かべた。目が少しうるんでいる。

言い出しにくそうにしていたが、艶やかな唇をなんとか開いた。

「お世話になったわ。感謝している」

「そう言ってもらえると、こっちも嬉しいよ」

「……なんて言っていいかわからないけど……私、あなたには大変失礼な振る舞いをしたわ」

「あなたらしくもないな」三崎は笑いをもらす。

「……ええ」エレナも戸惑ったように笑う。

「この案件を引き受けさせられた時、上司に、金髪と蒼い目は苦手だと言ったんだが、――」三崎は微笑んだ。「でも、だいぶ好きになったよ」

二人は見つめ合い、どちらからともなく近づいた。

軽い抱擁を交わした。

エレナが三崎の頰にキスをした。

「お元気で」そう言い残すと、エレナはきびすを返した。

チャーリーの手を取って船へと上がってゆく。

横浜の港に汽笛が響きわたる。波を割り、船がゆっくりと動きはじめた。

デッキに立つエレナとチャーリーがこっちを見ている。

海風にそよぐエレナの金色の髪がまぶしく光っている。

チャーリーは目いっぱい背を伸ばして手すりから体を出し、千切れんばかりに手を振ってくる。

「また来るからねー！」可愛い声が青い空に響く。
三崎もそれに応え、思いっきり手を振り返した。

三

その日の午後、三崎は自分の長屋へと帰ってきた。
時間は四時を過ぎようとしていた。
衣装簞笥《だんす》の前に両膝をつき、一番下の引き出しを開ける。
丁寧に折りたたまれた同心の羽織を取り出した。
三崎は薄汚い単衣《ひとえ》と袴《はかま》を脱ぎ、新しい着物に着替える。
そして、父の形見の羽織に袖を通した。
真新しい雪駄《せった》に、真新しい足袋《たび》をはいた足を入れる。
瓶の水で髪をきれいになでつける。
準備が整うと、障子戸を開けた。
路地を歩いてゆく。

途中で、魚屋の女房のお滝に会った。

お滝は目を丸くした。

「どうしたんだい、その格好」

三崎は笑って答える。

「おれだって、いつもヨレヨレのを着ているわけじゃないぞ。たまには、ちゃんとした格好もするのさ」

「いい男っぷりだね」とほれぼれとした顔で笑った。

「お滝さんはいつもいい女っぷりだ」

「もう、嘘がつけないんだから」と満面の笑みで喜んだ後、「どこへ行くのさ」と聞いてくる。

「ちょっとな」

「女のとこ？」いたずらげな目を向けてくる。

「まあ、そうだな。——だいぶ年は上だが」

お滝はその後もしつこく詮索してきたが、なんとか振り切り歩いてゆく。

前から鬼ごっこをしている童《わらべ》たちが走ってきた。つぎはぎだらけの汚れた着物に下駄ばき、垢《あか》まみれの顔で歓声をあげ、三崎の周りを通り過ぎてゆく。それに遅れて、腹かけにおチンチン丸出しの幼子が、母親の大きな下駄をつっかけたまま「まっててってばー」と可愛い声をあげてお兄ちゃんたちを追いかけてゆく。

中風病みの爺さんが、障子戸をガラリと開け放って飛び出してきた。

「うるさいって言ってるだろー！」

三崎は見つかる前にやり過ごそうと、体をかがめて足早に通り過ぎたが、背後から、

「こら、ポリス！　待たんかー！」と怒声が追いかけてきた。

路地を出て、傾きかけた太陽がつくる家々の影をつたって歩く。

夕方近くになり、ようやく暑さがやわらいできてはいたが、それでもまだまだ暑い。

お登勢の家の前に来た。

手拭いで顔や首の汗をぬぐう。

ガラガラと戸を開け、「こんちはー、蓮十郎です」三崎は声をかける。

「はーい」奥から声が返ってきた。「入ってちょうだい」

上にあがり、きちんと雪駄をそろえる。

廊下を奥へと歩いてゆく。

縁側で団扇《うちわ》を使って涼んでいたお登勢も目を丸くした。

「どうしたの、そんな格好して」

「うん、今日はちょっと報告することがあってね。——大切なことをね」

三崎はそう言うと、いつも通りに仏壇の前に正座した。

蠟燭に黄燐マッチで火をつけ、線香に移して立てる。鐘を鳴らす。

白檀《びゃくだん》のほんのりと甘い香りが漂う中、澄んだ音が長く伸びて響く。

カナカナカナ……

蜩の鳴き声が聞こえはじめていた。

三崎は目をつむり、手を合わせた。

じっと祈る。

ついに羅刹鬼逮捕の悲願を為しえたことを、ケン坊と徳之介に心の中で報告する。

お登勢は、いつもはだらしない格好の三崎の格式ばった振る舞いに、ただならぬものを感じていたようだった。

三崎は合掌の手を解き、目を開ける。

立ち上がった。

後ろに下がり、お登勢に仏壇の前の座布団に座るよううながす。

お登勢は仏壇を背にちょこんと腰を下ろした。

三崎はその下座に行って腰を下ろした。

正座し、お登勢と向き合った。
お登勢が黙って見つめてくる。
視線を交わす。
二人は無言で見つめ合う。
やがて、すべてを悟ったかのように、お登勢の目にじんわりと涙がにじんでくる。
「……ほ……ほんとうに……？」かろうじて絞り出した声が震えている。
三崎は威儀をただし、両手を畳についた。
「長い間——」
頭を下げる。
「長い間、お待たせしました」
畳につくまで深々と頭を下げた。
午後の淡い光が室内を照らし、木の影が畳に伸びている。
お登勢が座っている前の畳に、ぽたぽたと落ちるものがあり、夕陽にきらきらと光る。
涼しさを含んだ風が入ってきて、頭を下げている三崎の頬をなでる。
カナカナカナカナ……
蜩の鳴き声がやさしく耳底をゆする。

――ようやく、……長かった夏が……

三崎は目を閉じた。

――夏が終わる。

（了）

本書は書き下ろし作品です。

著者略歴　1966年静岡県生，金沢美術工芸大学卒，作家　著書『木足の猿』『炎冠　警視庁捜査一課七係・吉崎詩織』『菩薩天翅』

HM=Hayakawa Mystery
SF=Science Fiction
JA=Japanese Author
NV=Novel
NF=Nonfiction
FT=Fantasy

サムライ・シェリフ

〈JA1488〉

二〇二一年六月 十 日　印刷
二〇二一年六月十五日　発行
（定価はカバーに表示してあります）

著者　戸《と》南《なみ》浩《こう》平《へい》
発行者　早川　浩
印刷者　竹内定美
発行所　株式会社 早川書房
郵便番号　一〇一-〇〇四六
東京都千代田区神田多町二ノ二
電話　〇三-三二五二-三一一一
振替　〇〇一六〇-三-四七七九九
https://www.hayakawa-online.co.jp

乱丁・落丁本は小社制作部宛お送り下さい。
送料小社負担にてお取りかえいたします。

印刷・信毎書籍印刷株式会社　製本・株式会社明光社

ISBN978-4-15-031488-0 C0193

本書は活字が大きく読みやすい〈トールサイズ〉です。